Jochen Schimmang

Auf Wiedersehen, Dr. Winter

Erzählungen

Tisch 7

© Tisch 7 Verlagsgesellschaft Köln mbH
1. Auflage, Köln 2005
Alle Rechte vorbehalten
Herstellung: Sabine Schrage Mediengestaltung, Köln,
unter Verwendung einer Illustration von PJ Racca, Bombay,
für den Schutzumschlag
Satz: Marion Haimel, Köln
Druck und Bindung: Kösel, Altusried-Krugzell
www.tisch7-verlag.de
Printed in Germany

ISBN 3-938476-04-4

Inhalt

Schöne Suite hier	9
Kipper	37
Pulverschnee	59
Krieg und Frieden	65
New Economy	133
Ein Abend mit dem Kanzler	155
Auf Wiedersehen, Dr. Winter	159

Schöne Suite hier

Marlou erkannte ich augenblicklich wieder, als sie hereinkam. Sie gehört zu den Menschen, die zwar altern, sich dabei aber nicht verändern: als wollten sie für immer dem einen strahlenden Bild gleichen, das damals, vor zwanzig Jahren, von ihnen in der Zeitung zu sehen war. Deshalb war ich über mein sofortiges Wiedererkennen keineswegs erstaunt. Nicht einmal über den Ort, an dem wir uns begegneten, wunderte ich mich.

Ich hatte einen Freund in Hamburg besucht und fuhr nun zurück; kaum auf der Autobahn, saß ich schon fest im Stau, quälte mich zur nächsten Ausfahrt und trödelte danach über die Landstraßen der Lüneburger Heide nach Westen. Ein Samstagmittag im späten September, das erste fallende Laub, aber noch wärmte die Mittagssonne. In einem kleinen Ort, irgendwo zwischen Straßendorf und Städtchen, machte ich Halt, um zu essen.

Ein gehobenes Dorfgasthaus mit Zimmern, fast schon ein Hotel: in der Gaststube schweres, dunkles Mobiliar, hohe Stühle mit Armlehnen, hellrote Tischdecken. Auf jedem Tisch stand eine Vase mit Astern. Als Liebhaber des Halbdunkels wählte ich einen Eckplatz dem Eingang gegenüber; das Sonnenlicht reichte kaum mehr dorthin, und ich richtete mich ein in der Dämmerung.

Auf der Karte stand schon Wild. Ich bestellte Hirschgulasch und besah mir die Gäste. Dicht an der Theke der Stammtisch; fünf Männer tranken dort und besprachen laut, zufrieden und ohne übertriebene Heimlichkeiten die Angelegenheiten des Ortes. Am Fenster zur Straße saß eine jüngere Familie, die fürs Wochenende eingekauft hatte. Tüten und Taschen standen auf dem Boden und der Sitzbank, die unter dem Fenster verlief. Der Mann war Mitte dreißig, seine Frau kaum jünger, zwei Söhne um zehn und zwölf hockten sehr artig und leise vor ihrem Essen und ihren Limonaden. Nur einmal erzählte der jüngere etwas lauter und freudig erregt von einem Comic, den er im Fernsehen gesehen hatte. Am Tisch daneben bekam ein älteres Ehepaar Heidschnuckenbraten serviert. Die Frau trug ein cremefarbenes, dabei nicht schrilles Kostüm über einer roten Bluse mit Schalkragen. Der Mann, der an der Schmalseite des Tisches saß und ihr die Sauciere reichte, war in einen dunkelbraunen Anzug gehüllt, der nirgends kniff oder verrutschte, allerfeinster Stoff, das witterte ich selbst von meinem Tisch am anderen Ende des Raumes. Wohlhabende Urlauber oder Durchreisende, so schien mir, ein emeritierter Professor mit seiner Gattin etwa, froh, sich nicht mehr mit ahnungslosen und deshalb angriffslustigen Studenten auseinandersetzen zu müssen, in der Muße eines langen Alters angekommen.

Mich rührte dieser Friede des Mittags und des nahen Wochenendes. Meine Liebe zur Provinz, meine Sehnsucht nach ihr ist nicht auszurotten. Selbst als knapp Zwanzigjähriger einem Kaff mit dreißigtausend Einwohnern entkommen, bin ich immer überaus erregt, wenn ich auf Reisen in eine solche Ortschaft einfahre. Auch bei Städtchen, in denen ich noch nie war, ist die Landnahme stets begleitet vom Zauber der Heimkehr und des Wiedererkennens. Vor allem an Samstagvormittagen, wenn die halbe Stadt auf den Beinen ist und womöglich ein Wochenmarkt abgehalten wird, wenn an jeder Ecke gegrüßt wird und palavert, erwacht auf der Stelle meine

Liebe zum jeweiligen Ort, und es dauert gerade eine halbe Stunde, bis ich ernsthaft erwäge, mich in Rinteln oder Soest für immer niederzulassen. Da ich aber auch einige Male gesehen habe, wie spätestens nach zwei Uhr mittags die Straßen und Plätze sich vollständig leeren und alle Bewegung, alles Lachen und Palaver fast von einem Moment zum anderen erstirbt, habe ich bisher davon Abstand genommen.

Das Hirschgulasch war gut und wie immer zuviel für meinen kleinen Hunger, und gerade hatte ich eine Tasse Kaffee bestellt, als Marlou hereinkam, im Gefolge den Bürgermeister, der ihr die Tür aufgehalten hatte. Sie trug einen hellschwarzen Kaschmirmantel über einem kurzen Rock, und auf ihren Lippen lag das Rot der frühen achtziger Jahre, das Rot aus dem Kurfürstenhof und der Eisbär-Bar. Die beiden gingen auf den Stammtisch zu, wo die Herren halb den Hintern anhoben, um Marlou zu begrüßen. Der Mann klopfte zweimal kräftig mit den Fingerknöcheln auf den runden Tisch und rückte dann seiner Frau einen Stuhl zurecht, auf den sie sich mit einem traurigen Strahlen setzte. Sie ließ auch einen Blick zu meinem Tisch schweifen, jedoch ohne ein Zeichen des Erkennens.

Damals war ich als einer der ersten in der Stadt in ein Loft gezogen und durchdrungen von meiner neugewonnenen Bedeutung als Avantgardist des Wohnens. Meine Freunde und Bekannten machten es sich immer noch in Altbauten gemütlich, mit versiegelten Parkettböden und alten Möbeln. Sie saßen stundenlang um dunkle alte Tische herum, tranken Tee und Kaffee und diskutierten das verflossene Jahrzehnt. Ich hatte dort auch noch gesessen, bis mir eine Freundin von dem Loft erzählte. Ursprünglich hatte sie selber dort einziehen wollen, aber dann war ihr die große Liebe dazwischengekommen, und ich nahm das Loft.

Hundert Quadratmeter Obergeschoß in einem zweistöckigen Gebäude mit Flachdach in der Nähe des Barbarossaplatzes, da, wo die Kölner Innenstadt am häßlichsten war und ist. Bis vor kurzem, so konnte ich an den verblassenden Inschriften ablesen, hatte man hier mit Farben und Lacken gehandelt. Mein Loft erreichte man über eine Außentreppe, und solange ich dort wohnte, habe ich nie erfahren, wer sich gerade im Erdgeschoß niedergelassen hatte. Manchmal registrierte ich Ein- und Auszugsbewegungen. Manche meiner Besucher vermuteten unten ein Puff, später war von einem Tonstudio die Rede. Bei mir stellte sich niemand vor. Loftbewohner verstecken sich mittendrin und leben in splendid isolation.

Das Haus war an den Längsseiten von zwei Zufahrtsstraßen auf den Ring eingekeilt. Nach Osten erhob sich das fünfgeschossige Parkhaus eines Baumarkts, nach Süden sah ich auf einige Denkmäler der Kölner architektonischen Nachkriegsverwüstung. Zerrissene Straßen mit verwitterten Kneipen, kleinen Betrieben und verbauten Wohnungen, hier und da eine nackte Brandmauer: ein angenehmer vergessener Winkel inmitten der hektischen Bemühungen um die Verschönerung der Stadt, die in jenen Jahren begannen.

Ein grüner Lichtschein fiel abends von der Südseite durch ein Fenster in meine halbleere Wohnhalle. Ein paar Wochen vor meinem Einzug im Frühjahr 1980 hatte eine Kneipe aufgemacht, in einer verlassenen Fabrik oder einem ehemaligen Lagerhaus. Der Lichtschein kam vom geschwungenen Neonschriftzug mit dem Namen der Kneipe: HELDENPLATZ. Ich weiß genau, wann ich zum ersten Mal dorthin ging. Es war der Tag nach Sartres Begräbnis. Ich hatte morgens in der Zeitung über den Trauerzug in Paris gelesen: fünfzigtausend Menschen, die hinter dem Sarg hergingen, in dem der kleine tote Körper lag. Fünfzigtausend, sagte ich mir, das schaffst du nie.

Am Abend dieses Tages betrat ich erstmals den HELDENPLATZ. Unsicher, denn hier verkehrten Zwanzigjährige, ich war über dreißig. Aber niemand sah sich nach mir um oder verdrehte die Augen, als ich die quietschende schwarze Stahltür aufzog, die noch von der alten Fabrik oder Lagerhalle übrig war. Innen war es kahl, so kahl, wie es die Erfordernisse eines gastronomischen Betriebs gerade noch zulassen. Der Boden aus nacktem Stein, ebenso nackte Glühbirnen und mehrere Neonschienen erhellten weiß und grün den Raum. Ein paar junge Leute, alle in mintfarbene Overalls gekleidet und von New-Wave-Haarschnitten geschmückt, bemühten sich um die Gäste. Die Kleidung zeugte von corporate identity. Alle, der Service wie die Gäste, schienen das Bewußtsein vor sich herzutragen, Protagonisten einer neuen Zeit zu sein. *Niemand gibt uns eine Chance. Doch werden wir siegen, für immer und immer. Wir sind dann Helden für einen Tag.*

Zuerst wollte ich an die Theke gehen, aber dann entschied ich mich für einen der kleinen Tische. Die Tische und Stühle waren aus jenem verzinkten Stahl, aus dem auch Gießkannen gemacht werden. Kaum hatte ich mich niedergelassen – die Sitzfläche ein bißchen kalt für meinen Hintern –, als einer der jungen Overalls zu mir kam und fragte: „Was darf ich bringen?" Eine so vollendete Höflichkeit hatte ich schon lange nicht mehr erlebt. Fast schämte ich mich, einfach nur ein Kölsch zu bestellen. Aber das war es, was ich wollte: ein Kölsch und dann noch eins und noch eins, die Beine ausstrecken und mich freuen, daß niemand mich merkwürdig ansah. Genau die richtige Totenfeier für Sartre, der geeignete Raum: kein Blick des Anderen.

Als ich um halb zwei nachts ging, rief mir einer der Overalls hinterher: „Schönen Abend noch!"

Beim übernächsten Mal wurde ich schon begrüßt, wiedererkennend, und nach drei Wochen hatte ich Freunde unter den jungen Leuten. Ich dachte mit meinen etwas mehr als dreißig Jahren tatsächlich: die jungen Leute. Ich hatte mich bald aus der sicheren Verschanzung hinterm Tisch hervorgewagt und an die Theke gesetzt, weil die Barhocker bequemer waren als die Stühle. Ich war nicht der einzige alternde Exot hier, aber die anderen geisterten schon seit Jahren durch die Kneipen und versuchten, die zu beeindrucken, die auch so werden wollten wie sie oder noch besser. Wilde Maler, Performancekünstler, Musiker, manche auch fünf oder acht Jahre älter als ich. Ich brauchte mir nur den alten Performer anzuschauen, der mit vierzig schon aussah wie Adenauer, und danach aufs Klo zu gehen, um mich im Spiegel zu betrachten: das tat gut. Im übrigen hatte ich ein Buch geschrieben, das war etwas Besonderes. Künstler und Musiker waren in der Stadt an jeder Ecke zu finden, aber ein Buch, dreihundert Seiten dick, das fanden sie reichlich ausgefallen, das fanden sie stark: Andreas Bernd Patrick Regina Angie und Jupp Schmitz. Fünfzigtausend würden nicht hinter meinem Sarg herlaufen, aber ein paar Fans hatte ich, und davon hatte ich immer geträumt. Bald war ich sogar im Fernsehen, drittes Programm natürlich und nach Mitternacht, aber unverwechselbar ich, das hätte ich vor einem Jahr selber noch nicht geglaubt.

In Sichtweite meines Lofts war ein altes Haus abgerissen worden. Vorerst tat sich nichts auf dem Trümmergelände. Jeden Morgen beim ersten Blick aus dem Fenster genoß ich die Lücke. Langsam wandelte sie sich zum Schuttplatz. Einige Male besuchte ich das Grundstück, um den Wachstumsprozeß zu verfolgen: die dreibeinigen Stühle, die verrottenden Teppiche und Decken, ein ausgeleierter Sitzsack, die Wohnlandschaften von früher, und eines Tages mitten darin ein massiver Holztisch, Esche natur, wie mir ein fachkundiger Freund später erklärte, unbeschädigt beinahe, mit Platz für mindestens sechs Personen und zu schwer für mich, um ihn allein auch nur einen Zentimeter von der Stelle zu bewegen. Dieser Tisch mußte meiner werden, und in der spät einsetzenden Junidämmerung faßten sie alle an, Andreas Bernd Patrick Jupp

Schmitz und ich selber, und schleppten das Möbel die dreihundert Meter bis zum Haus und die Treppe hinauf. Die Frauen feuerten uns an. Zum ersten Mal hatte ich soviel Besuch und ging zum Kiosk, um Bier zu kaufen. Alle waren begeistert von meinem Loft, weil er eigentlich nichts anderes war als die Kneipe, nur deutlich komfortabler. Nun noch dieser neue Tisch, um den sie alle herumsaßen. In so etwas würden sie auch wohnen wollen.

Marlou war auch dabei, das erste Mal. Ihr Overall leuchtete kirschrot, die Lippen waren schwarz wie die Ränder der Augen. Sie sagte den ganzen Abend nichts, weil sie ganz neu war, sie war nur aufmerksam bis zur Dreistigkeit. Keiner erklärte mir, wer sie war und woher sie kam. Anfangs hielt ich sie für älter als die anderen, dann wieder für knapp achtzehn, und spät am Abend, als sie einmal den rechten Arm hob und sich ins volle blonde Echthaar griff, sah sie plötzlich aus wie Marianne Faithfull auf dem Cover von *Broken English*. Nachts um zwei, als sie mit den anderen abzog, sagte sie zum ersten Mal etwas. „Schöne Suite hier", sagte sie und wischte einmal mit der Hand durch die Luft.

Sie war dann öfter im HELDENPLATZ, saß mit den anderen zusammen, hatte wohl auch einmal eine Mappe mit eigenen Fotos dabei. Sie sprach wenig, aber ich begriff bald, daß dies nicht aus Schüchternheit geschah, sondern aus vollkommen berechtigter Arroganz. Wenn sie nämlich etwas sagte, stellte sich heraus, daß sie entschieden mehr wußte und klarer dachte als die anderen. Arroganz war vielleicht auch nicht das richtige Wort für ihre Haltung. Es war ihr eher ein bißchen peinlich, so klug zu sein, und sie wollte die anderen möglichst nicht beschämen.

Ende August war sie aus dem Kreis verschwunden, tauchte nicht mehr in der Kneipe auf und überhaupt nirgends im Viertel, und weder Jupp Schmitz noch sonstwer hatte eine Ahnung, wo Marlou wohnte.

Erst im Januar sah ich sie wieder, als der HELDENPLATZ sein kurzes Leben schon beendet hatte. Mitte November wurde die alte Lagerhalle wieder ausgeräumt, und die jungen Betreiber verschwanden von der Bildfläche: mit einer Menge Schulden, sagten die einen, gerade noch einmal davongekommen, lautete das andere Gerücht. Dafür hatte ich selber eine Karriere im Königsberuf des Taxifahrers begonnen.

Von den dreihundert Seiten, auch wenn sie sich passabel verkauften, konnte ich auf Dauer nicht leben, und neue Seiten wollten nicht gelingen. Ich brach alle Anläufe kurzatmig ab, während sich die unbezahlten Rechnungen stapelten. Bis heute verabscheue ich den Trieb, der das Papier ununterbrochen mit seinen Produkten bedecken muß, diesen überquellenden Ausdruckswillen, der sich keinen guten Einfall, keinen hübschen Satz verkneifen kann.

Mein Loft, meine schöne Suite im Baumarkthinterland aber wollte ich nicht preisgeben, und deshalb mußte Geld herbeigeschafft werden. Im August arbeitete ich drei Wochen als Vertikutierer. Das ist jemand, der mit einem speziellen Gerät, das seinerseits Vertikutierer heißt, Unkraut aus Rasenflächen entfernt, ohne das Gras zu beschädigen. Zugleich wird dabei der Boden gelockert und belüftet. Mich entzückte die Namensgleichheit von Mann und Gerät, diese Verschmelzung von Sein und Tun. Gerade war der Sommer zurückgekommen, nach einem völlig verregneten Juni. Die Firma, für die ich arbeitete, erhielt ihre Aufträge aus den besseren Vierteln der Stadt im Süden und Westen. Behende bewegte ich mich mit meinem Gerät in den Privatparks der vermögenden Klasse, beleuchtet vom Licht des hohen Sommers und zuweilen von schönen und melancholischen Gattinnen beobachtet, die mir Kaffee oder Tee anboten. Als der Sommer sich neigte, gab es für mich als Aushilfskraft naturgemäß keinen Bedarf mehr, und mehr als die Miete für den kommenden Monat hatte ich in den schattigen Gärten von Marienburg und Braunsfeld

nicht verdient. Ein junger Musiker, den ich noch im HELDEN-
PLATZ kennengelernt hatte, brachte mich aufs Taxifahren.

„Bonzo macht das auch und verdient ganz gut dabei", sagte
er. Bonzo war der Schlagzeuger der Gruppe, mit der er in einer
Ehrenfelder Garage an seinem ersten Album arbeitete, durch
das der Ruhm und das Geld kommen sollten. Damals arbeiteten fast alle Jüngeren, die ich kannte, an ihrem ersten Ruhm
und ersten Geld, und ich fand das beneidenswert, wenn ich
daran dachte, daß meine Generation in diesem Alter vor allem
an der Revolution gearbeitet hatte.

Bonzo gab mir Tips, wie ich am schnellsten den Taxiführer-
schein machen konnte und wo ich danach am besten anheu-
ern sollte. Fahrer wurden immer noch gebraucht, obwohl es
schon zweitausendfünfhundert gab in der Stadt, von denen
aber viele nur tageweise fuhren. Es war die Zeit, in der die
Spesenkonten aufgestockt wurden und Fünfundzwanzig-
jährige aus Nobelrestaurants ins Auto wankten, weil sie die
sparsame Dosierung der neuen Küche durch eine um so reich-
haltigere beim Champagner ausgeglichen hatten.

Meine Jungfernfahrt im November führte zum Flughafen,
und der Fahrgast merkte nicht einmal, daß ich Anfänger war,
und vom Flughafen fuhr ich jemanden ins Dom-Hotel. So
einfach und ohne Probleme ging es natürlich nicht weiter. Ich
kam weder um selbstverschuldete Irrfahrten herum, noch
wurde ich in der Palette meiner Fahrgäste von den Kotz-
brocken verschont. Nachdem einer von ihnen sich nach der
Fahrt bei der Zentrale beschwert hatte, erhielt ich für den Rest
des Tages Funksperre und lief gleichsam außerhalb des Wett-
bewerbs. Wenige Tage danach kam der Papst zu Besuch, die
Stadt wurde umgeleitet und vermint, Hubschrauber dröhnten
am Himmel, und bei jeder Falschfahrt hatte ich eine bedau-
ernde oder auch schimpfende Entschuldigung parat.

Danach war die notwendige Gelassenheit gewonnen. Schon
nach vier Wochen wechselte ich in die Nachtschicht und lernte

die Grundregel: *Du bist der Herr, mein Fahrgast, und ich will keine anderen Götter haben neben dir.* Langsam wurde ich zu dem Automaten, der ich schon immer hatte sein wollen, und lernte, meinen Beruf zu lieben. Am liebsten fuhr ich ins Rechtsrheinische und zurück, wegen der Brücken und des Blicks auf die erleuchtete Stadt. Wenn ich Freitagnacht um drei über die Zoobrücke nach Westen rollte und auf die Lichter am Rheinufer herabsah, fühlte ich mich verjüngt und sah mich auf dem besten Wege, einer der Helden des Jahrzehnts zu werden.

Drei bis vier Tage fuhr ich wöchentlich, zu Spitzenzeiten auch die ganze Woche. Heiligabend und vor allem Silvester waren die Umsätze so hoch, daß ich die erste Januarwoche ausfallen ließ. Ich deckte mich mit Lebensmitteln für zwei Wochen ein und verbunkerte mich in meinem Loft, an dessen großen Fenstern ich inzwischen blutrote Chintzrouleaus hatte anbringen lassen, die mich im Bedarfsfall zuverlässig vor der Außenwelt abschirmten. In den ersten beiden Tagen setzte ich mich noch an den Schreibtisch um herauszufinden, ob der Trieb, das Papier mit Wörtern zu bedecken, inzwischen wieder stark und übermächtig geworden war. Über einzelne Sätze, die miteinander kaum etwas zu tun hatten, kam ich aber nicht hinaus. Einer hieß zum Beispiel: *Blasses Aprillicht zwischen den Zügen und auf den Häusermauern in der Fluchtlinie des Bahnsteigs.* Klar, eine Geschichte um Abreise oder Ankunft sollte das werden, aber mehr wußte ich nicht. Ich stocherte ein wenig in dem Satz herum, überlegte, ob statt „auf den Häusermauern" nicht „auf den Häusern" ausreichte, ob der Satz so ganz ohne Verb auskommen konnte und ob man dem blassen Aprillicht nicht einen bestimmten Farbton beimischen sollte. Dann ließ ich es sein, und ähnlich verfuhr ich mit den anderen Sätzen, die ich in diesen Tagen aufs Papier kritzelte. Endlich wechselte ich ganz ins Reich der Zeichen über, zog mit einem weichen Bleistift Linien übers Papier und malte hier und dort Buchstaben in die Strichlandschaft.

Später begann ich, einen Spionageroman wiederzulesen, der mich schon als Schüler fasziniert hatte, und danach nahm ich mir den zweiten und dritten desselben Autors vor, geborgen in einer geschlossenen Welt ohne Siege und ohne Hoffnungen. Ich verließ das Bett nur, um ins Bad zu gehen oder mir an meiner Küchenzeile stehend etwas zu essen zu machen. Das Telefon blieb still, bis am fünften Tag mein Chef anrief und mir sagte, daß er mich am nächsten Tag unbedingt für die Spätschicht brauchte.

Abends verließ ich meine Höhle, um mich wieder an die Stadt zu gewöhnen, denn schließlich sollte ich vierundzwanzig Stunden später wieder fehlerfrei Taxi fahren. Es gab keinen HELDENPLATZ mehr in meiner Nähe. Vor Weihnachten hatte man zwar mit Renovierungsarbeiten im Innern begonnen, aber über die zukünftige Funktion der Räumlichkeiten konnte man daran noch nichts ablesen. Vom Friseursalon über die Galerie bis zur Spielhalle standen alle Optionen offen. Am Ring wandte ich mich nicht nach links ins Zentrum, sondern nach rechts Richtung Südstadt, wo ich vor meinem Wechsel in das Loft gewohnt hatte.

Im KURFÜRSTENHOF hatte man gerade begonnen, einen Teil des Raums als bessere Restaurantzone zu definieren und Kellner mit langen weißen Schürzen zu beschäftigen. Vorbei die Zeit, da ich mich hier mit dem Gitarristen der Punkgruppe *Cotzbrocken* unterhalten und der damalige Wirt seine attraktive Freundin vierundzwanzig Stunden lang fast nackt in einem Käfig ausgestellt hatte, nicht ohne die Stadt- und Fachpresse zu dieser speziellen Performance geladen zu haben.

Inzwischen war mit den neuen Pächtern auch die Neue Höflichkeit eingezogen, ohne daß sich allerdings das Publikum völlig verändert hatte. Die Lederjacken und die Anzüge mit den atemberaubend schmalen Krawatten standen jetzt einträchtig an der Theke. Und mitten zwischen ihnen Marlou, nicht im Overall, sondern im Designerkostüm, anthrazit, dafür diesmal die Lippen kirschrot. Ihr Haar war kürzer als im Sommer, beinahe ein Bubikopf. Im ersten Moment dachte ich, Marlou gehöre – in jenem umfassenden, existentiellen und sexuellen Sinn, in dem man das Wort gebraucht, um das Verhältnis zwischen Mann und Frau zu bezeichnen –, sie gehöre zu dem baumlangen Kerl, der neben ihr stand und gerade ein Glas Champagner bekam, ein Mann in meinem Alter, den ich beim zweiten Hinsehen als einen Fotogaleristen aus der Brüsseler Straße wiedererkannte. Dann erinnerte ich mich, daß sie schon im Sommer sehr ehrgeizig mit der Fotografie beschäftigt gewesen war. Einige der Fotos hatte ich gesehen, sie waren sehr gut. Sie hatte Stadtstreicher fotografiert, Penner an ihren üblichen Plätzen, einzeln am Fluß oder in geschützten Ecken und vor dem Asyl in der Annostraße. Ich hatte mich ein bißchen mit ihr gestritten, ob es erlaubt sei, einfach so Penner zu fotografieren, aber der Streit war nicht ernsthaft, und die Fotos waren wirklich gut.

Jetzt hatte Marlou mich gesehen und winkte mich an die Theke. Der lange Galerist stand rein beruflich neben ihr. Die beiden besprachen die Details einer Ausstellung mit Marlous Pennerfotos, die in zwei Wochen in seiner Galerie eröffnet werden sollte. Marlou war gerade einundzwanzig geworden, und sie hatte es geschafft.

Der Galerist verließ uns bald – er dachte vielleicht über mich und Marlou dasselbe, was ich anfangs über ihn und Marlou gedacht hatte –, und sie lud mich zum Essen ein. Also setzten wir uns an einen der weiß gedeckten Tische und warteten auf den Kellner mit der langen weißen Schürze, der uns die Karte brachte. Marlou strahlte, und ihr Strahlen zeigte jene unverfälschte Freude über den Erfolg, die nichts von Überheblichkeit und nichts von Häme den anderen gegenüber hat. Sie war nun überzeugt, in spätestens zwei Jahren weltberühmt zu sein und auch gar nicht mehr in Köln zu wohnen, sondern in New York, und das, „wo ich doch aus Klüsserath komme".

Klüsserath ist ein Kaff an der Mosel und liegt an der Bahnstrecke von Köln nach Saarbrücken. Ihr Vater war dort Zahnarzt, und Marlou hieß mit vollem Namen Marieluise Schmidt. Ich sah das Leuchten in ihren Augen, und das Leuchten sprach von Marlous Glauben, daß es für sie einen persönlichen Gott gab, der sie liebte und der nun in Aktion getreten war.

Mit dieser festen Gewißheit im Rücken führte sie mich nach dem Essen und einem Umweg über die Eisbär-Bar in ihr Bett. Bis dahin hatte ich nicht gewußt, wie Marlou wohnte. Es war ein winziges Apartment am Salierring mit Blick auf den Hinterhof, ein Raum mit Kochnische, einem kleinen Schreibtisch, einem Bücherregal und einem Bett, dazu die typische Naßzelle. Marlou hatte die Wände rot gestrichen, als sie vor zwei Monaten eingezogen war.

„Eigentlich verlorene Liebesmüh'", sagte sie, „weil ich natürlich bald umziehe, aber damals konnte ich noch nicht ahnen, daß ich so schnell auf number one landen würde."

Ich kann über diese Nacht, die die einzige bleiben sollte, nichts Bestimmtes sagen. Ich weiß, und habe diese Erinnerung über Jahrzehnte konserviert, daß es eine schöne Nacht war, so schön vielleicht, wie ich es noch nie erlebt hatte, aber ich kann mir keine Einzelheiten zurückholen. Ich weiß nicht mehr, wie oft wir miteinander geschlafen haben und ob überhaupt mehr als einmal, ich weiß nicht, ob wir danach noch miteinander gesprochen oder eine Zigarette geraucht haben. Undeutlich sehe ich Marlou für einen Augenblick rittlings auf mir, und auch dafür würde ich mich nicht verbürgen. Wie bei so vielen Situationen bin ich mir nur der Musik sicher, die uns begleitete, und höre noch die Talking Heads, die passenderweise *Once in a lifetime* sangen und später *The wind in my heart*. Deutlich ist erst wieder das Bild, wie wir am nächsten Morgen zusammen gefrühstückt haben, mit Blick auf den Hinterhof, und wie Marlou von ihren Plänen erzählte und ich ihr davon, daß ich jetzt Taxi fuhr. Sie sagte nichts dazu, aber ihr Blick schien mir zu bedeuten, daß sie mich als Autor aufgegeben hatte. Dann stieg ich über die nach Scheuermitteln riechende Steintreppe nach unten und trat nach draußen, in den schmuddlig-lauten Kölner Januarvormittag.

Am Abend desselben Tages, ich hatte gerade eine Stunde Schicht hinter mir und war wieder einmal ins Rechtsrheinische verschlagen worden, sah ich einen Mann an der Straße stehen und mir winken. Auf dem Trottoir stand einer dieser kleinen Koffer, für die schnelle Geschäftsreise zwischendurch. Ich hielt an, ließ auf der Beifahrerseite die Scheibe hinunter, und der Mann, gut gekleidet und vielleicht Ende Vierzig, beugte sich in den Wagen und fragte: „Guten Abend, was kostet eine Fahrt nach Mailand?"

Vierundzwanzig Stunden später war ich zurück, voll zärtlicher Gedanken, die aber nicht Marlou galten, sondern meinem Passagier, den ich sicher nach Mailand gefahren hatte, während er neben mir ab Baden-Baden schlief. In Mailand selber kam zu dem schon vorher entrichteten Fahrpreis noch ein Fahrerlohn hinzu und ein Dank für die gute Fahrt, dann verschwand er in einem dreistöckigen Bürogebäude. Es war nicht das Geld, das mich zärtlich stimmte, sondern die Erinnerung an das Vertrauen, mit dem er sich mir überlassen hatte und schlief: nicht mehr als der Geschäftsmann, als der er eingestiegen war und dann auch wieder ausstieg, sondern als ein Anvertrauter, Schutzbefohlener.

Marlous Vernissage war ein großer Erfolg bei der Presse und bei den Fachleuten. Der Galerist hatte für die Ausstellung den griffigen Titel *Exil und Asyl* gefunden, und Marlou hatte drei der fotografierten Penner zur Eröffnung eingeladen, die etwas traurig zwischen ihren eigenen Ablichtungen herumstakten, erst nach mehrmaliger Aufforderung ihre Bescheidenheit überwanden und sich am Buffet und bei den Getränken herzhaft bedienten. Eine kleine revolutionäre Gruppe, deren Namen ich vergessen habe, versuchte die Vernissage zu stören mit dem Hinweis darauf, wie zynisch das ganze Unternehmen sei. Bevor aber irgendetwas passieren konnte, verwickelte Marlou die jungen Revolutionäre, die immerhin ein halbes Jahrzehnt älter waren als sie, in einen Diskurs, der uns allen den Atem nahm und in dem nur sie das Wort führte, und sprach über das Wesen des Zynismus, über gut und schlecht, das wichtiger sei als gut und böse, über Gefühl und Härte, über die Macht und darüber, daß der Mensch eine junge Erfindung sei und irgendwann verschwinden werde, und schließlich beendete sie ihren Monolog mit den Worten, die vielleicht nicht nur an die kleine Gruppe, sondern an uns alle gerichtet waren: „Kommen Sie endlich in den achtziger Jahren an, meine Damen und Herren!"

Viel später noch waren wir Zeugen dieser ersten Stunde uns darin einig, daß dies ihr größter Auftritt war und blieb und alles, was danach kam, die peinlichen Stationen und Inszenierungen des Abstiegs bis zu ihrem Verschwinden überstrahlte. Die Bilder, die die Pressefotografen während und nach ihrer kleinen Rede von ihr machten, konservierten Marlous größten Moment. Noch von matten Zeitungsseiten erreichte ihr Strahlen den Betrachter. Eines davon wurde ihr Emblem; sie ließ es sich hundertfach als Postkarte anfertigen; noch in den späten Achtzigern, als Marlou längst aus Köln verschwunden war, erreichte einen Freund von mir eine dieser Karten, mit einem Gruß aus Sylt.

Von diesem Strahlen lag ein Abglanz auch jetzt noch auf ihrem Gesicht, wie sie mit ihrem Mann und den örtlichen Honoratioren am Stammtisch des ersten Hauses am Platz saß. Daß ihr Mann der Bürgermeister des Ortes war, war beim Hereinkommen nur eine Vermutung von mir gewesen. Aus dem Gespräch, das nicht leiser geworden war, seitdem die beiden hinzugekommen waren, erhielt ich bald die Bestätigung. Was hier eher noch einmal aufgewärmt als wirklich verhandelt wurde, waren die typischen Geschichten aus der kleinen Stadt, frank und frei und offen bis zur Feststellung darüber, wer demnächst den Offenbarungseid werde leisten müssen. Wenn gelacht wurde, lachte Marlou mit, aber gleichsam abwesend, und ihre Miene, das unberührbare Leuchten aus früherer Zeit, änderte sich kaum. Manchmal träumte sie und ließ auch ihre Augen im Gastraum umherwandern, und bei einem dieser Ausflüge blieben sie plötzlich an mir hängen, und ich erkannte ihr Erkennen, gefolgt von einem Augenblick des Schreckens, bis sie zu ihrem Gesicht zurückfand.

Die Familie war inzwischen gegangen, und das ältere Ehepaar hatte schon zum Zahlen gerufen. Auch ich hatte gerade die Rechnung bestellen wollen. Nun wollte ich noch eine Weile bleiben, ohne zu wissen, was ich davon erwartete. Ich hatte mir zum Kaffee eine Lokalzeitung geholt, die im Halter an der Wand hing, und sie schon zweimal durchgesehen. Als jemand, der viel unterwegs war, war ich geübt darin, aus solchen Blättern noch die kleinste lokale Nachricht auf ihre Tiefen abzuklopfen, und ich versenkte mich noch einmal in die Seiten.

Es gibt keine Erklärung dafür, warum Marlou und ich nicht wieder miteinander geschlafen haben. Auch nicht dafür, warum wir nie auch nur auf die Idee gekommen sind. Es ging nicht darum, etwas Einzigartiges zu bewahren oder dergleichen. Es ergab sich einfach nicht; vielleicht war meine Fahrt nach Mailand die Zäsur, vielleicht Marlous großer Auftritt auf der Vernissage. Wenn wir uns sahen, gab es nicht die Spur einer Mißstimmung.

Wir sahen uns allerdings nicht oft. Nach ihrem Erfolg bekam Marlou Aufträge von Zeitungen und Magazinen, die sie unter die Rubrik „kalter und genauer Blick" eingeordnet hatten und für Fotoreportagen engagierten, bei denen es galt, das schwer Erträgliche zu fotografieren. Sie war jetzt hauptberuflich im Elend unterwegs und kam so zuerst auf eine andere Art nach New York, als sie es sich erträumt hatte. Auf der anderen Seite bekam sie auch Aufträge, sich im Luxus zu tummeln, im langsam ansteigenden ewigen Fest der frühen achtziger Jahre. Schließlich wurde sie selbst Gegenstand von Reportagen und Portraits: so jung, so schön, so gut, so klug, so erfolgreich.

Schon zwei Monate nach unserer Nacht war sie aus dem Apartment am Salierring verschwunden und hatte es mir nachgetan, war in ein Loft im Belgischen Viertel gezogen. Eines der neuen Zeitgeistmagazine, die es heute längst nicht mehr gibt, brachte einen Riesenartikel über sie und zeigte sie in ihren neuen Räumlichkeiten, und ich erinnerte mich an den Abend, als Jupp Schmitz und die anderen den Tisch in mein Loft geschleppt hatten und ich Marlou zum ersten Mal sah und sie am Ende des Abends sagte: „Schöne Suite hier."

Im Spätsommer traf ich sie in einer Kneipe mit dem Namen OUT, der mich ein bißchen an den verblichenen HELDENPLATZ erinnerte. Der Laden war ähnlich kahl, nur viel kleiner, und konnte noch nicht sehr alt sein, denn vor Wochen war hier noch ein griechischer Imbiß gewesen. Tische gab es gar nicht. Man holte sich das Bier an der Theke, stand an der Wand oder setzte sich auf die Fensterbank und sah den Pogotänzern zu. Es war sehr laut und schön hell. Marlou hockte allein mit einem Kölsch auf der Fensterbank und trug wahrhaftig den kirschroten Overall, den ich seit unserer ersten Begegnung nicht mehr an ihr gesehen hatte. Sie starrte vor sich hin und sah mich nicht. Ich holte mir auch ein Bier und ging zu ihr.

„Hallo."
„Hallo."
„Allein?"
„Wie du siehst. Und du?"
„Zwei Tage frei."

Ihre Geschichte ging so: Sie war den ganzen August mit dem Galeristen verreist gewesen, einfach so, ohne Fotos machen zu müssen, Paris, Rom und dann zweieinhalb Wochen in seinem Haus in Umbrien. Und nun wollte er mit ihr zusammen ins Bergische ziehen, wo er ein Haus gekauft hatte, „nach Herrenstrunden, kennst du das?"

„Hatte ich mal einen Fahrgast hin."

„Verstehst du", sagte Marlou und verschüttete mit einer heftigen Bewegung einen Teil von ihrem Kölsch, „der ist vielleicht der beste Fotogalerist in Deutschland, kennt sie alle und kennt alle Trends, bevor sie überhaupt auftauchen, aber sein Traum ist, mit mir nach Herrenstrunden zu ziehen und die Stille zu genießen."

„Und was wirst du machen?"

„Das jedenfalls nicht. Zum Glück bin ich die nächsten Monate unterwegs."

Sie durfte ein ganzes Buch zusammenfotografieren, über die Szene der nordafrikanischen Immigranten in Paris. Wie sie es mir beschrieb, lehnte sich der Verleger mit seiner Idee vage an Brassais Bilder aus der Pariser Unterwelt in den dreißiger Jahren an, die berühmten Fotos aus der Welt der „Apachen". Es stimmte mich traurig, als ich das Buch ein gutes Jahr später in der Hand hielt. Brassai war das jedenfalls nicht, eher Leni Riefenstahl und die Nuba. Die Texte, die zwei Autoren dazu geschrieben hatten, waren lyrischer Kitsch, angereichert durch Versatzstücke aus den neuesten Theorien. Marlou hatte mir das Buch persönlich vorbeigebracht, eilig und fast ohne Worte, als schämte sie sich.

Und dann passierte etwas mit ihr, ohne daß einer von uns genau sagen konnte, was es war. Daß sie im Geschäft war, aber nicht mehr der absolute Star, konnte es nicht sein. Neue Stars wurden gesucht und gefeiert, ohne daß die alten deshalb verschwanden. Wenn man Marlou traf, vermittelte sie das Gefühl, als habe sie nicht ganz das erreicht, was sie gewollt hatte, obwohl es ihr gut ging und ihr Name etwas galt. Es war auch nicht das New-York-Syndrom. Sie hätte nach New York ziehen können, sie hätte sich das leisten können. Aber sie schien das Gefühl zu haben, daß irgend etwas zu spät war. Sie wollte nicht nur ein Star, sie wollte der absolute Maßstab sein. Sie wollte nicht die Warholschen fünfzehn Minuten berühmt sein, sondern für die Ewigkeit. Aber ihre Arbeiten, ihre Portraits und Fotos für Reportagen, zeigten immer mehr Spuren von Routine auf hohem Niveau. Sie war jetzt knapp vierundzwanzig und hatte das Gefühl, auf der anderen Seite des Gipfels angekommen zu sein.

Dann inszenierte sie eine entsetzliche Aktion. Entsetzlich nicht, weil sie geschmacklos war, sondern einfach nur dumm. Niemand von uns hätte Marlou solches Potential an Dummheit zugetraut. Sie kehrte gewissermaßen an ihre Anfänge zurück, zu ihrem ersten großen Auftritt. Der aber war nicht inszeniert, sondern mühelos gewesen, vollkommen. Diesmal machte Marlou sich viel Mühe. Sie ließ gegenüber vom Pennerasyl in der Annostraße einen Tisch aufstellen und sich von zwei gemieteten Kellnern bedienen. Weiße Tischdecke, die Jungens mit langen weißen Schürzen, Champagner, Lachs, Kaviar und so weiter. Natürlich waren die Zeitungen bestellt und kamen gern. Marlou im kurzen schwarzen Kleid mit Riesenausschnitt, die Penner gegenüber. Sie verstand das Ganze als Performance, erklärte sie den Zeitungen, als wären die nicht selbst draufgekommen. „Ich steh' auf Luxus, Tag und Nacht." Man sollte die sozialen Sentimentalitäten endlich sein lassen, die Härte der Verhältnisse deutlich zeigen. Es gab Sieger und Besiegte, Aufsteiger und Untergeher, und das Leben war vorrangig als ästhetische Aufgabe zu betrachten. So und ähnlich ging das weiter. Nichts davon war neu. Wir hatten seit anderthalb Jahren eine neue Regierung, die so zwar nicht redete, aber in der Praxis viel weiter war.

Die Aktion bekam ihr nicht. Es reichte für ein bißchen Wirbel in der lokalen Presse, wie beabsichtigt, aber im Grunde reichte es nicht einmal für die fünfzehn Warhol-Minuten. Niemand tat ihr den Gefallen, das Unternehmen zynisch zu finden. Nicht einmal die Penner, glaube ich. Alle fanden es nur albern, blöd, verzweifelt: die verzweifelte Aktion eines alternden Stars, der gerade vierundzwanzig geworden war.

Neue Gäste waren gekommen, gute Bekannte aus dem Ort, zum Wochenendschoppen nach Geschäftsschluß. Sie dienten als Puffer zwischen Marlous Wiedererkennen und mir, und ich konnte meinen Blick von der Zeitung heben. Die amüsanteste Nachricht erzählte von einem nächtlichen Raub in einem Mediengroßmarkt vor Ort; schon am nächsten Tag hatte man die Täter, die ordentlich abgeräumt hatten, ausfindig gemacht und gefaßt, weil einer von ihnen am Tatort seinen Personalausweis verloren hatte. Auch das war jetzt am Stammtisch Gesprächsstoff. Es wäre für mich die Chance gewesen, hinzuzukommen und zu sagen: „Diese Posse habe ich gerade in der Zeitung gelesen, und im übrigen, Herr Bürgermeister, Ihre Frau, die kenne ich schon länger, als Sie sie kennen."

Marlou mußte jetzt vierzig sein, rechnete ich nach, und konservierte noch immer ihr Bild von der Vernissage, das Leuchten, den Aufstieg ins All. Nur hatte ihr Strahlen momentweise etwas Verschwindendes, Irres, ein kleines Stück Wahn schien darin zu liegen. Ihr Mann war knapp zehn Jahre älter, ein Geschäftsmann, groß und schlank, in einer hellen Bundfaltenhose und einem teuren Pullover, gewiß nicht hier gekauft. Von den Männern am Tisch war er der Zurückhaltendste, sagte kaum etwas, sondern hörte zu, und auf seinem Gesicht konnte ich lesen, wie er die Informationen verarbeitete und in Machtausbau umsetzte. Dann sah ich auch, wie er sich dann und wann kurz Marlou zuwandte, ihr zunickte oder stumm fragte, ob es ihr gut ging. Einmal nahm er ihre linke Hand zwischen seine beiden Hände und hielt sie dort für eine Minute, dann legte er sie behutsam auf ihren Schenkel zurück. Das ist ein Mann, der niemals öffentlich auftrumpfen würde, dachte ich und begriff plötzlich, worin seine Macht im Ort begründet war.

Draußen auf der Hauptstraße gingen die Geräusche zurück, entschwanden in den beginnenden Samstagnachmittag, der goldbraun gefärbt war, dahinter eine Spur von erstem herbstlichen Grau.

Ein ähnlicher Samstagnachmittag war es gewesen, als ich Marlou in Köln das letzte Mal gesehen hatte, Mitte der achtziger Jahre. Sie saß allein an einem Tisch im Café Central, und nach einem kurzen fragenden Blick, den sie positiv beantwortete, setzte ich mich zu ihr. Draußen vor dem Fenster rangierte ein großer BMW und versuchte beim Ausparken keinen der beiden Wagen zu berühren, zwischen denen er eingekeilt war. Es war gegen vier, das Café befand sich in der Warteschleife zwischen der Hochzeit des späten Mittags und dem Summen des Abends, das an Wochenenden stündlich anwuchs, bis das plötzliche Einschalten der Hauptbeleuchtung um drei Uhr nachts ihm ein abruptes Ende machte. Davon waren wir weit entfernt. Marlou zeichnete mechanisch mit der Kuppe des rechten Mittelfingers den schmierigen Kreis nach, den die übergelaufene Kaffeetasse auf der schwarzen Schieferfläche des Tisches hinterlassen hatte, und starrte vor sich hin.

„Es wird Herbst", sagte sie, ohne dabei nach draußen zu sehen, wo der BMW sich endlich aus seiner Umklammerung gelöst hatte.

„Ich habe nichts dagegen", sagte ich, „denn der Sommer war sehr groß."

Aber Rilke schien Marlou nichts zu sagen, jedenfalls nicht diese Zeile. „Für mich nicht", sagte sie, „ich habe den ganzen

Sommer einfach meine Sachen gemacht und interessiere mich selber nicht mehr dafür. Meine Auftraggeber finden es gut und sagen danke, und das war's. Wenn ich irgendwo anrufe und meinen Namen nenne, wissen alle sofort Bescheid und sind höflich bis freundlich, aber sie sind nicht außer Atem, weil sie die Allerbeste am Apparat haben. Dabei wollte ich längst weltberühmt sein und in New York wohnen und eine dunkle Brille tragen wie die Garbo und mir selber aussuchen, mit wem ich spreche."

„Du bist sechsundzwanzig", versuchte ich sie zu trösten.

„Eben", sagte Marlou, „da kommt nichts mehr", und dann begann sie zu weinen, stockend und schluchzend und wie zur Probe, dann laut und sich mit einem kleinen Schrei aufbäumend und danach in sich zusammenfallend. Der karibische Künstler, der mich dann und wann um kleine Summen anpumpte und mir nie etwas zurückzahlte, sah von der Theke fragend zu uns hin, und ich machte eine Handbewegung, die bedeutete, daß er auf seinem Hocker sitzen bleiben und uns in Ruhe lassen solle.

Ich bestellte Marlou ein Glas Champagner und danach noch eins, weil ich wußte, wie sehr sie ihn allen anderen alkoholischen Getränke vorzog. Als ich den dritten bestellen wollte, winkte sie ab und bat um Cognac, und als sie davon zwei getrunken hatte, ab und zu schniefend und dann wieder in stille Tränen ausbrechend, bat sie mich, sie nach Hause zu fahren. Ihr Cabrio hatte ich schon draußen gesehen, als ich ankam, schräg vor dem Gemüseladen auf der anderen Seite geparkt. Sie hatte es vor zwei Jahren gekauft, ein extrem tief liegender Zweisitzer mit roter Karosserie und weißen Ledersitzen und dem Kennzeichen K-MS 1000. Sie hatte mich damals zu einer Fahrt überreden wollen, aber ich hatte abgelehnt, weil ich Cabrios hasse. Jetzt mußte ich mich notgedrungen in die flache Kiste zwängen und sie nach Junkersdorf kutschieren. Dorthin war sie vor einem halben Jahr gezogen, denn „ich halte die Leute im Belgischen Viertel nicht mehr aus". Sie hatte eine Sonnenbrille aufgesetzt, obwohl die Sonne gerade in dem Moment hinter einer größeren Wolkenfront verschwand, als wir losfuhren. Ein ungewöhnlich heftiger Wind kam auf und trieb uns Staub ins Gesicht. Ich fragte Marlou, ob ich das Verdeck schließen solle, aber sie bestand darauf, offen durch die Staubschichten zu fahren.

In Junkersdorf hatte sie ein großes Apartment in einer terrassenförmigen Wohnanlage. Ich fragte sie, ob ich mit hoch kommen sollte, wahrlich nicht, um mit ihr zu schlafen, sondern weil ich einen Augenblick Angst hatte, daß sie sich etwas antun würde. Sie schüttelte den Kopf und war plötzlich ganz ruhig, erschöpft auch; ich war mir sicher, sie würde sich schlafen legen und vielleicht durchschlafen bis morgen früh. Ich versprach ihr, sie in den nächsten Tagen anzurufen, tat es dann aber nicht. Sie ging ins Haus, und ich stand plötzlich dumm in Junkersdorf herum. Es dauerte, bis ich eine Telefonzelle gefunden hatte und mir ein Taxi rufen konnte.

Ein paar Wochen später erfuhr ich, daß Marlou ihr Apartment gekündigt und Köln verlassen hatte. Mehr als daß sie irgendwie „Richtung Norden" gegangen war, wußte keiner. Für die Kölner, die gebürtigen und solche, die es nachhaltig geworden sind, verschwimmt die Geographie schon jenseits der Stadtgrenzen. Im Visier ist undeutlich noch das Bergische oder die Eifel, danach löst sich alles auf in terra incognita, weil niemand sich hier vorstellen kann, wie es sich außerhalb der Stadt leben ließe.

„Vielleicht ist sie ja bald wieder da", sagte jemand; aber Marlou kam nicht wieder.

Jetzt aber stand sie auf, nachdem sie kurz mit ihrem Mann gesprochen und dabei in meine Richtung gezeigt hatte, und kam an meinen Tisch. Ihr Strahlen war ganz ruhig, die Anstrengung, die ich ihr drüben bei den Männern angemerkt hatte, schien verschwunden zu sein. Sie begrüßte mich und zog einen Stuhl unter dem Tisch hervor, um sich zu setzen, aber ihre Geste hatte nichts Unverschämtes, Forderndes. Sie ging einfach davon aus, ohne allen Triumph, willkommen zu sein an meinem Tisch.

„Ich habe dich zuerst nicht erkannt", sagte sie, „aber ich habe beim Hereinkommen auch nicht so genau hingesehen. Was treibt dich hierher?"

Ich erklärte ihr, daß ich auf einer Rückfahrt war und der Hunger mich hier angehalten hatte, nachdem ich durch den Stau von der Autobahn vertrieben worden war. Ich sprach leise, und sie paßte sich meiner Lautstärke an. Von drüben hatte es, als sie sich gesetzt hatte, noch ein paar neugierige Blicke gegeben; der Bürgermeister hatte dann aber wohl bedeutet, daß alles in Ordnung sei und man gefälligst nicht so glotzen sollte.

„Dein Mann ist der Bürgermeister, stimmt's?"

„Stimmt. War er noch nicht, als ich ihn kennenlernte. Damals war er nur Geschäftsmann und lebte noch in Hamburg."

Sie hatte ihn in München kennengelernt, zwei Wochen nach unserem Treffen im Central. Sie war dort drei Tage gewesen, um Fotos für eine Modereportage zu machen, und der junge Unternehmer wohnte im selben Hotel.

„Damals war er noch vor allen Dingen Sohn", erzählte Marlou und lächelte, „aber er war gerade dabei, die Firma vom Vater zu übernehmen."

„Und die Firma macht was?" fragte ich.

„Die Firma vertreibt Genußmittel wie Tabak, Tee, Kaffee, aber sie ist auch mehrfacher Schiffseigner und hält außerdem Anteile an zwei großen Konzernen. Das war jedenfalls der Stand der Dinge vor fünf Jahren. Seitdem kümmern wir uns nicht mehr darum. Peter hat seine Anteile an der Firma verkauft und widmet sich ganz dem Ort hier."

Das war eine Variante des reichen Erben, die ich bis dahin noch nicht kennengelernt hatte. Mir waren einige begegnet, die ihre Anteile verkauft hatten, um sich ganz der ewigen Party zu widmen, und andere, um sich ihren Studien hinzugeben. Aber das Mitglied einer Millionärsfamilie, das seine finanzielle Unabhängigkeit dazu nutzt, politisch eine kleine Kommune in der Lüneburger Heide zu leiten, war jemand Neues für mich, und beinahe hätte ich Marlou gebeten, mich ihm vorzustellen. Nur der Gedanke an die anderen Männer am Tisch hielt mich zurück.

Anfangs hatte es für Marlou ganz anders ausgesehen. Fast zwei Jahre lang, wann immer es die Zeit von Peter erlaubte, tourten sie durch die glanzvollen Orte Europas und der Staaten. Wenn von uns Zurückgelassenen in Köln niemand wußte, wo Marlou geblieben war, so lag das daran, daß wir zwar Magazine der Szene und des Zeitgeistes lasen, aber niemand von uns die *Bunte* durchblätterte.

„Dann wurden wir seßhafter", erzählte sie, „und blieben die meiste Zeit in unserem Haus in Hamburg." Und damit, dachte ich im selben Augenblick, war die Chance, sie ausfindig zu machen, endgültig verschwunden, denn die Reichen in Hamburg, wenn sie sich in ihr Haus zurückziehen, werden wirklich unsichtbar. Sie lassen sich nicht gegenüber dem Obdachlosenasyl Champagner servieren oder entblößen sich öffentlich in der Disco. Marlous Mann vertiefte sich neben seiner Arbeit in der Firma in philosophische, politische, soziologische Studien, und Marlou konnte sich einfach ausruhen.

„Ich war plötzlich so müde", sagte sie, „Ende der Achtziger. Ich war sogar ein paar Monate in einer Klinik, wo ich vor allen Dingen schlafen und mich erholen sollte. Da lag ich manchmal stundenlang und starrte an die Decke und dachte an Köln, damals, an meine erste Ausstellung und an die Kneipen. Ich habe auch an dich gedacht und an das Loft. Das war eine schöne Zeit, Holger, aber ich glaube, ich habe mich damals überanstrengt."

„Die Aktion in der Annostraße war richtig Scheiße", sagte ich.

Sie lachte. „Ich weiß. Da war doch eh schon alles zu spät, da hatte ich sowieso schon das Gefühl, ich kriege nicht mehr das, wovon ich geträumt habe."

Mir fiel auf, daß ihre Hände ständig unruhig miteinander spielten. Sie fing einen meiner Blicke auf.

„Ich habe vor drei Wochen aufgehört zu rauchen. Ich werde auch wieder ruhiger. Du lebst noch in Köln?"

„Ja."

„Ich war noch einmal da, mit Peter zusammen, das ist vielleicht fünf Jahre her. Ich bin die alten Straßen und Plätze abgegangen. Manches war ja noch da, aber es gab auch viel Neues. Aber das war's nicht; ich hatte vor allem das Gefühl, das Tempo hat angezogen, und ich komme nicht mehr mit. Und du?"

„Ich frage mich nicht, ob ich noch mitkomme. Ich messe mich nicht, auch wenn ich natürlich immer gemessen werde, sobald ich ein Buch veröffentliche. Ich versuche jedenfalls, mich nicht zu messen, davon wird man krank. Ist dein Mann in einer Partei?"

„Nein, er ist absolut unabhängig, in jeder Beziehung. Der einzig parteilose Bürgermeister hier in der Gegend."

„Und du, was bist du?"

„Ich bin natürlich Frau Bürgermeister. Nein, du mußt nicht lachen, ich meine das nicht ironisch. Ich repräsentiere, wo es nötig ist, und höre mir beim Einkaufen an, was manche Leute sich meinem Mann nicht zu sagen trauen. Ich mache das alles gern. Es ist schön hier, nur an den Samstagen, wenn alles zumacht, fröstelt es mich manchmal. Aber wir haben natürlich auch immer noch das Haus in Hamburg. Mir geht es gut."

Ihre Stimme und ihr Lächeln waren bei diesem Satz ganz ungebrochen, unzweideutig; es war ein Satz ohne doppelten Boden. Sie war so entschieden wie damals, als sie den jungen Revolutionären bei der Vernissage ihren kleinen Vortrag gehalten hatte. Marlou sah jetzt zu dem Tisch mit den Männern hinüber, aber ich winkte ab. Ich wollte nicht vorgestellt werden, ich wollte es bei dieser Wiederbegegnung belassen. Sie gab mir eine Karte, und als ich auch die abwehren wollte, sagte sie: „Das ist doch Quatsch. Du kannst sie unterwegs immer noch wegwerfen, wenn du sie nicht haben willst. Und dir, wie geht's dir? Ich lese manchmal noch hier und da etwas von dir."

„Auch gut", sagte ich. „Aber so berühmt wie du damals bin ich nie geworden. Nicht *einmal* im Leben. Du dagegen, du warst mal wer."

„Ja", sagte Marlou, „ich war mal wer, und das kann mir keiner mehr nehmen." Dann krampfte sie beide Hände in die Tischdecke und zog sie stumm in einer langsamen Bewegung vom Tisch. Mein Kaffeegeschirr ging zu Bruch, und der Bürgermeister sprang auf und faßte Marlou sanft an den Schultern, während seine Kumpane am Tisch sitzen blieben. Marlou beruhigte sich und schluchzte still vor sich hin, und der Bürgermeister nickte mir kurz zu und sagte: „Das ist nicht weiter schlimm. Sie braucht jetzt bloß ein bißchen Ruhe."

Kipper

Diesmal glaubte ich daran, daß wir endlich Glück haben würden. Es gab keinen vernünftigen Grund dafür; nur den, daß wir zum letzten Mal unterwegs waren. Vielleicht war es ein Rest Glaube, das beinahe kindliche Vertrauen, daß Gott meinen Schützling nicht endgültig enttäuschen würde.

Wir schrieben schon frühen November, aber der Tag begann als goldener Oktober, kalt, trocken und sonnig. Ich war glücklich, als ich auf dem Weg zum Auto das Laub mit meinen Schuhen pflügte und sein Rascheln hörte, der erste glückliche Moment seit Monaten. Es war zehn Uhr, als ich vorm Haus der Pflegefamilie meinen Wagen parkte, und wie gewöhnlich stand Frank schon in der Haustür, hinter ihm die Pflegemutter, die nur kurz winkte und dann im Haus verschwand. Frank trug eine grüne Cordhose und einen braunen Parka, hatte die Tasche mit der Kamera über die linke Schulter gehängt und hielt das verpackte Stativ in der rechten Hand. Sein helles Haar war frisch geschnitten, wie immer mit dem Scheitel rechts. Langsam kam er zum Auto und öffnete zuerst die hintere Tür auf seiner Seite, um Kamera und Stativ auf den Rücksitz zu legen.

„Guten Morgen, Herr Schrader", sagte er, „vielleicht haben wir heute zum Abschluß ja Glück."

„Guten Morgen, Frank", sagte ich. „Es gibt zwei Möglichkeiten", und er nahm den Satz auf und sagte: „Entweder wir haben Glück, oder wir haben keins", und lachte kurz und nickte mehrmals. Dieser Austausch von Sätzen hatte schon nach einem Vierteljahr zu unserem festen Repertoire gehört, wann immer wir an den Kanal fuhren. Wenn ich ihn in der Gärtnerei aufsuchte, hatten wir im Lauf der Zeit einen anderen Dialog entwickelt. „Na, Frank", sagte ich dort, „fleißig dabei?" „Ich säubere die Beete", sagte er dann zum Beispiel, „jemand muß sich um die einfachen Dinge kümmern, sonst verkommt alles."

Er setzte sich neben mich, schnallte sich an und sagte: „So, jetzt können wir losfahren." Ich ließ den Wagen langsam durchs Tempo-Dreißig-Gebiet rollen, bis wir an die Hauptstraße kamen und nach rechts einbogen, stadtauswärts. Ich wartete. Frank brauchte in der Regel fünf Minuten, bis er etwas erzählte, aus seiner Pflegefamilie oder öfter noch von der Arbeit.

„Gestern in der Gärtnerei gab es eine kleine Schlägerei", begann er. „Wolf und Markus sind sich in die Haare geraten. Es war wegen einer Harke, aber ich glaube, in Wahrheit war es wegen einem Mädchen. Sie haben schon öfter von der gesprochen. Sie gehen ja auch abends zusammen weg."

Ich kannte das gesamte Personal der Gärtnerei, zum Teil persönlich, wenigstens aber aus seinen Erzählungen. Frank arbeitete nicht in einer Behindertengärtnerei. Seine Intelligenz war fast normal entwickelt, mit leichten Defiziten. Er brauchte keine besondere Betreuung und war in der Lage, die Routinearbeiten in der Gärtnerei ohne Anleitung auszuführen, einschließlich der Mitarbeit bei der Aussaat.

„Der Chef ist dazwischengegangen, als die beiden sich gekloppt haben. Die Mädchen bringen kein Glück, Herr Schrader", sagte Frank und verfiel in Schweigen.

Das Thema hatten wir lange nicht mehr gehabt. Vor zwei Jahren war man an die Einrichtung herangetreten, in der ich arbeite, und hatte angefragt, ob jemand einem Dreißigjährigen mit nur leichten Störungen, der bis jetzt sein Leben selbst und mit Hilfe seiner Pflegefamilie ganz gut im Griff habe, bei einem akuten Problem helfen könne. Das Problem bestand darin, daß Frank sich verliebt hatte und daß diese Geschichte sehr unglücklich ausgegangen war. Als wir uns das erste Mal sahen, in der Gärtnerei, und dann an den Kanal rausfuhren, hatte Frank das Schminktäschchen seiner ehemaligen Geliebten bei sich, die ein paar Wochen zuvor gestorben war. Er nahm es ab und zu während der Fahrt aus der Jackentasche und streichelte es, dann steckte er es zurück.

Während dieser ersten Fahrt sprach lange Zeit nur ich. Ich erzählte von mir, weil meine Fragen am Anfang unbeantwortet blieben. Ich erzählte von meiner Frau und meinem Stiefsohn und davon, daß ich früher, als Kind, gern Flußschiffer geworden und später gern zum Geheimdienst gegangen wäre. Frank machte ab und zu ein brummendes Geräusch zum Zeichen daß er verstanden hatte oder daß er mir wenigstens zuhörte. Erst als wir an den Kanal kamen, wurde er plötzlich sehr lebendig und zeigte nach drüben zum anderen Ufer. Er hatte schon damals die Kamera und das Stativ dabei. Ich wußte, daß er sehr viel filmte und zu Hause ein gut geführtes Archiv mit seinen Aufnahmen hatte.

„Da drüben habe ich vor ein paar Wochen einen Kipper gesehen, der Kies auf einen Frachter umfüllte", sagte er. „Wenn das noch mal passieren würde, das würde ich gern filmen, Herr Schrader. Heute scheinen wir aber kein Glück zu haben."

Ich lernte schnell, daß Frank sich für Maschinen aller Art interessierte, vorausgesetzt, sie arbeiteten, waren in Bewegung und verursachten Geräusche. Einmal sprach er davon, daß er viel lieber auf dem Bau arbeiten würde als in einer Gärtnerei. „So wie Sie lieber Flußschiffer geworden wären, statt mit mir durch die Gegend zu fahren", sagte er. Der Kipper, den er damals gesehen hatte, hatte es ihm besonders angetan. Er beschrieb mir mehrfach, wie die Ladefläche sich langsam in die Schräglage erhob, er beschrieb, wie die Klappe sich öffnete und der Kies in den Laderaum des Frachters rutschte, scheinbar in Zeitlupe, in Wirklichkeit sehr schnell, „und das Geräusch dabei, Herr Schrader, das müssen Sie gehört haben. Die Szene brauche ich unbedingt für mein Archiv. Es wäre einfach die schönste."

Seitdem hatten wir viele Versuche gemacht, den Kipper noch einmal in Aktion zu erleben. Ich weiß nicht, wie oft wir an den Kanal gefahren sind; ich müßte in meinen Protokollen nachsehen. Ich hatte natürlich vorgeschlagen, woandershin zu fahren, an Baustellen etwa, aber Frank sagte: „Das ist eigentlich nicht mein Thema, Herr Schrader." Er bestand darauf, daß es an diesem Ort am Kanal geschehen mußte, und ich konnte das verstehen.

In gewisser Hinsicht wurde er vielfach entschädigt. Am Kanal war immer Betrieb, und seine Kamera wurde oft gebraucht. Dennoch sah ich, wie er immer wieder sehnsüchtig denselben Ort ins Visier nahm. Manchmal standen dort Wagen nebeneinander, in Ruhestellung, und bei einer solchen Gelegenheit sagte Frank: „Wir sind zu spät gekommen, Herr Schrader", und einmal spürte ich eine gewisse Wut in seiner Stimme und in seinem Blick, vielleicht auch Verachtung, daß ich es nicht fertigbrachte, mit ihm zur richtigen Zeit am richtigen Ort zu sein.

Heute waren wir zum letzten Mal unterwegs. Unsere gemeinsame Zeit war beendet, nicht weil keine Gelder mehr da waren, sondern weil ich der Ansicht war, daß Frank zusammen mit seiner Pflegefamilie und seinem Chef nun wieder für sich selber sorgen konnte. Nach seiner Erzählung über die kleine Schlägerei an seinem Arbeitsplatz schwieg er weiter und saß mit gesenktem Kopf da, während wir schon die Einkaufszentren und Möbellager passierten und uns dann nach rechts wandten. Plötzlich hob er den Kopf wieder, sah mich von der Seite an und lächelte.

„Sie haben das erste Mal in diesem Herbst die Eierbräter angestellt, Herr Schrader", sagte er und fing laut an zu lachen.

Ich hatte in der Tat die Sitzheizung angestellt, als ich losfuhr. Als ich das im Herbst vor zwei Jahren zum ersten Mal getan hatte, hatte ich einen Scherz versucht und gefragt: „Ist der Eierbräter so richtig, oder soll ich ihn höher stellen?" Frank verstand nicht sofort, und ich erklärte. Danach hörte er gar nicht mehr auf zu lachen und wiederholte immer wieder: „Der Eierbräter! Der Eierbräter!" Das war auch auf den Fahrten in den kommenden Wochen das Thema, bis es langsam verschwand. Im darauffolgenden Jahr verlor er in der kalten Jahreszeit kein Wort darüber und kam erst jetzt darauf zurück.

„Ich weiß noch, wie Sie ihn das erste Mal angestellt haben", sagte er und machte plötzlich einen sehr aufgeräumten Eindruck. Die Schatten der Schlägerei um das Mädchen waren verschwunden. Frank war nun in Gesprächslaune und fragte: „Ist Ihr Stiefsohn ausgezogen, Herr Schrader?"

Ich erschrak und fragte: „Habe ich dir davon erzählt?"

„Letztes Mal, ja", sagte Frank.

Nach unserer allerersten Fahrt hatte ich nie mehr von zu Hause gesprochen, schon gar nicht von den Kämpfen mit Julian, und auch damals, bei dem ersten Versuch, Kontakt herzustellen, streifte ich das Thema nur. Bei unserem vergangenen Treffen aber mußte mir in meiner Erleichterung etwas herausgerutscht sein, auch wenn ich mich nicht mehr erinnern konnte.

„Ja", sagte ich, „Julian ist ausgezogen."

Ein halbes Jahr bevor ich Frank übernahm, heiratete ich, spät und zum ersten Mal in meinem Leben. Meine Frau hatte ich auf einer Reise kennengelernt, in San Daniele del Friuli, wo sie in einem der einschlägigen Läden den berühmten Schinken kaufte. Sie stand vor mir in der Reihe und stellte fest, daß sie ihr Geld im Hotel vergessen hatte. Ich sah, wie sie rot anlief, wie peinlich ihr das war, obwohl der junge Mann hinter der Ladentheke fröhlich lachend mit den Schultern zuckte und überhaupt nicht verärgert wirkte. Ich sprach sie auf Deutsch an und schlug vor, das Geld auszulegen. Sie wehrte sich zunächst und wollte die gekaufte Ware zurücklegen lassen und wiederkommen, nahm dann aber an.

Sie wohnte in einer Hotelanlage oberhalb der Stadt, mit Blick über die Hügel und über San Daniele. Es war das erste Mal seit zehn Jahren, daß sie allein unterwegs war, erzählte sie, drei Jahre nach ihrer Scheidung. Sie gab mir das Geld zurück und fragte, ob ich am Abend mit ihr essen gehen wollte, und ich sagte sofort ja.

Den Namen des Lokals habe ich vergessen, aber an den Kellner kann ich mich gut erinnern. Er sprach deutsch, weil er zwei Jahre in Duisburg gearbeitet hatte, und er führte nicht den üblichen Tanz um die deutschen Touristen auf, sondern beriet uns ruhig und sorgfältig. Er war gern nach Italien zurückgekommen. Die Leute in Deutschland waren zwar nett, viel netter, als man es von ihnen erzählte, aber sie aßen einfach zu hastig, und das hatte er am Ende nicht mehr mit ansehen können. Er war glücklich, hier gelandet zu sein, auch wenn er nicht aus San Daniele kam, sondern ein Stück weiter nördlich und achthundert Meter höher aufgewachsen war, in Sauris.

„In Sauris war ich vorgestern auch noch", sagte ich zu Antonia, nachdem der Kellner gegangen war. „Ich mache eine kleine Reise durchs Friaul, immer weiter nach Süden bis nach Triest, dann fahre ich zurück. Mein Urlaub ist dann vorbei."

Zwei Tage später gingen wir gemeinsam durch Udine und sahen uns die schönen kleinen teuren Geschäfte an, und wieder zwei Tage später lagen wir gemeinsam am Strand von Grado in der Sonne. Antonia erzählte nicht viel von sich, außer daß sie froh war, geschieden zu sein und sich nun langsam ein

Geschäft aufbaute. Sie hatte Goldschmiedin gelernt, „aber mein Mann hat mich in meinem Beruf kaum arbeiten lassen."

„Macht es dir Freude?"

„Unendlich. Ich habe nur Angst, geschäftliche Fehler zu machen. Geld ist nicht mein Ding."

„Meins auch nicht. Aber ich kenne jemanden, der sich damit auskennt."

Im Frühjahr danach heirateten wir. Ich war kurz vorher zu Antonia nach Eckernförde gezogen, nachdem bei einer Einrichtung in Kiel eine Stelle frei geworden war, die Klienten bis nach Flensburg betreute. Ich brauchte eine Weile, um mich wieder an den Norden zu gewöhnen, an ein anderes Klima, ein langsameres Tempo, eine andere Art des Sprechens, auch an kleinere Städte. Ich war dort seit fast dreißig Jahren weg, und das drückende Klima und das nervöse Tempo von Frankfurt und Rhein-Main war mir längst Heimat geworden: das merkte ich, als ich es verlassen hatte. Aber bald begann ich unsere abendlichen und sonntäglichen Ausflüge ans Wasser zu lieben, an die Bucht, an den Nord-Ostsee-Kanal oder auch an die Schlei. Antonia lebte hier seit über zwanzig Jahren. Sie war oben an der dänischen Grenze geboren und zur Ausbildung nach Kiel gegangen. Dann hatte sie einen pädagogischen Mitarbeiter der Volkshochschule geheiratet, der bald danach aufstieg und hier an die Bucht verschlagen wurde. Wir begegneten ihm ein paarmal auf unseren abendlichen Gängen durch die Stadt. Ich habe vielleicht insgesamt fünf oder sechs Sätze mit ihm gesprochen. Ich wäre ganz gewiß nie auf den Gedanken gekommen, einen seiner Kurse zu besuchen, wenn er noch welche gehalten hätte: aber er führte nur noch seinen Fachbereich.

Ein halbes Jahr nach der Heirat, gerade hatte ich meine Arbeit mit Frank aufgenommen, zog Julian zu uns, Antonias Sohn, der bis dahin bei seinem Vater gewohnt hatte. Er war gerade sechzehn geworden und wiederholte die neunte Klasse des Gymnasiums. Er zog zu uns, weil sein Vater ihn rausgeschmissen hatte, und sein Vater hatte ihn rausgeschmissen, weil er sich an keinerlei Regeln hielt. Als er schließlich ein paarmal Geld aus der Haushaltskasse genommen hatte, setzte der pädagogische Fachbereichsleiter ihn vor die Tür mit den Worten: „Geh zu deiner Mutter!"

Antonia versuchte, ihm ein Nest zu bauen, und sie bat mich inständig, mich am Bau zu beteiligen. Ich hatte mit Kindern zu tun gehabt, beruflich, aber ich hatte keins großgezogen und auch nicht vor, es zu tun. Julian war kein Kind mehr, und bald nach seinem Einzug fiel mir auf, daß ich in meiner Tätigkeit bisher fast nie Jugendliche betreut hatte, immer nur Kinder oder Erwachsene. Jugendliche hatte ich möglichst schnell weitergereicht, dachte ich jetzt; Jugendliche konnte ich vielleicht eine halbe Stunde lang ertragen, wenn sie im Café am Nebentisch saßen, aber dann war meine Geduld erschöpft.

Julian war nicht deshalb mit sechzehn noch in der neunten Klasse, weil er zurückgeblieben oder dumm war. Er besaß eine wache Aufmerksamkeit für alles in der Welt, vorausgesetzt, es war geeignet, ihm Vorteile zu verschaffen. Er war überaus zuvorkommend, wenn er etwas haben wollte; er konnte sich in jedes Gespräch einschalten und in jedes Thema einfühlen, wenn es ihm notwendig erschien. Am Ende eines solchen Gesprächs kam unweigerlich die Bitte um etwas, meistens um Geld, und nicht selten explodierte er und begann zu brüllen, wenn man es ihm nicht geben wollte. Dann hatte man ihm die Chance seines Lebens versperrt, in kürzester Zeit an der Börse reich zu werden, oder ihm einfach einen Städtetrip nach London verbaut, auf den er eigentlich Anspruch hatte. Zwei- oder dreimal stand er drohend vor mir, weil ich ihm nichts geben wollte, einen halben Kopf größer als ich. Ich blieb dann auch stehen und weiß nicht, wie es mir gelang, meine Angst zu verbergen, jedenfalls kam es nie zu einem Angriff. Was ich nicht verbergen konnte, auch wenn ich mir am Anfang Mühe gab, war die Tatsache, daß ich ihn nicht mochte. Weder vor ihm noch vor Antonia konnte ich das geheimhalten, und unsere unbeschwerten Gänge an der Bucht oder an der Schlei wurden seltener.

„Ja, Julian ist ausgezogen", sagte ich zu Frank, und er beugte sich ein wenig zu mir herüber und lachte und rief: „Endlich, Herr Schrader, nicht wahr? Da sind Sie doch froh?"

„So einfach ist das alles nicht, Frank", sagte ich. Wir hatten Kiel verlassen und fuhren nun in der Nähe des Kanals nach Westen, auf der Südseite. Auf der nördlichen Seite mochte ich nicht mehr fahren, seitdem ich hier einmal entlanggekommen war, allein auf der Straße, und plötzlich nah am Kanal irgendwelche fremdartige Masten bedrohlich in den Himmel hatte ragen sehen, fast wie von einem anderen Planeten. Es waren keine Windräder, vor denen ich keine Angst habe, sondern hohe schlanke Masten, und ich meinte, ein eigenartiges Rauschen in der Luft zu hören. Die Zufahrt dorthin war zudem durch hohe Drahtzäune versperrt, und ich hatte Panik bekommen, als ich dort so allein entlangfuhr, und trat aufs Gas, um der unheimlichen Gegend so schnell wie möglich zu entkommen. Ich hatte Frank gleich zu Beginn unserer gemeinsamen Arbeit davon erzählt, und er strahlte mich an und sagte: „Ja, das ist Radar, Herr Schrader! Damit haben wir die DDR ausspioniert! Damit haben wir damals nach drüben geguckt!" Antonia bestätigte mir das, als ich davon erzählte, und fügte hinzu: „Es heißt auch, daß dort eine Weile Raketen gelagert wurden." „Warum reißt man das nicht alles ab?" fragte ich, „*drüben* existiert schließlich nicht mehr. Es gibt nur noch das ehemalige Drüben." Antonia lächelte und sagte: „Man kann nie wissen."

Also fuhren wir südlich vom Kanal, parallel zur Autobahn, und Frank sagte: „Aber erleichtert sind Sie schon, Herr

Schrader, das merke ich." Ich wollte noch etwas sagen, aber er hob die Hand und sagte: „Ich will sie nicht weiter damit belästigen. Sie sind bestimmt selbst noch lange genug damit beschäftigt." Ab und zu probierte Frank selber so etwas wie therapeutische Gesten aus. Ich mußte mich dann zurückhalten, um nicht zu lachen, und ich wußte im übrigen nicht, über wen ich wirklich gelacht hätte: über ihn oder mich.

Manchmal in den zwei Jahren, die wir zusammen waren, hatte ich das Gefühl, daß Frank mich durchschaute. Natürlich wußte er, daß man mich ihm als Therapeuten zur Seite gestellt hatte, das war nichts Neues für ihn. Er hatte bis hierhin ein ganzes Leben an der Seite von Therapeuten und Therapeutinnen geführt, an der Seite von Menschen, die in ihm einen Kranken, zumindest einen Hilfebedürftigen sahen. Es war auch nicht so, daß er meine Anteilnahme an seiner mißratenen Liebesgeschichte für vorgegaukelt hielt. Er wußte im Gegenteil, daß diese Geschichte mich über die Maßen berührt hatte, weil vor langer Zeit einmal ein Mädchen gestorben war, das ich geliebt hatte, und das hatte ich ihm erzählt. Vielmehr glaubte ich, er hatte irgendwann begriffen, daß ich ihn nicht als Kranken ansah, sondern ihn beneidete.

Ich war schon lange insgeheim zu der Ansicht gelangt, daß meine Kunden – ich nannte sie für mich nur „meine Kunden" – eigentlich recht hatten, daß sie die beste aller möglichen Lebensformen gewählt hatten. Von der Theorie her wußte ich natürlich, daß sie häufig litten, aber ich konnte es nicht sehen, oder jedenfalls nicht deutlich genug. Bei den Kindern stellte es sich noch etwas anders dar, aber wenn ich Frank sah, wünschte ich mir häufig, mit ihm tauschen zu können.

Wieviel Sorgfalt er auf jede Einzelheit seines Lebens verwendete! In der Gärtnerei gab es niemanden, das sagte mir sein Chef und das sagten mir seine Kollegen, der die anfallenden Routinearbeiten so akkurat ausführte. Wenn ich ihn zu Hause abholte, rührte mich jedesmal die ruhige und bereite Erwartung, mit der er im Hauseingang stand, Kamera und Stativ gleichsam geschultert. Frank war groß, größer als ich und sogar größer als mein Stiefsohn, und er war schwer gebaut, wenn auch nicht dick. Aber das Fließende, Weiche, völlig Uneckige seiner Bewegungen, wenn er aus dem Hauseingang auf mich zukam oder unterwegs die Kamera in Position brachte, nahm mich gefangen. Sein Leben schien mir erfüllt, er hatte Aufgaben genug, und er kam ihnen nach: sehr verläßlich, nicht so zerstreut wie ich, der ich morgens oft meinen Schlüssel suchte, bevor ich ging, oder aus anderen Gründen nicht rechtzeitig aus dem Haus kam. Manchmal verzögerte ich auch bewußt die Ankunft bei einem Kunden, um im Autoradio eine Sendung zu Ende zu hören, das morgendliche Vorlesen etwa aus einem Roman. Ich war durchaus pflichtvergessen. Meine größte Fehlhandlung hatte vor knapp zwei Jahren darin bestanden, daß ich eines Morgens träumerisch und besten Gewissens nach Heide gefahren war, obwohl ich eigentlich nach Rendsburg gemußt hätte. Ich hatte einfach zwei Wochentage miteinander verwechselt. Franks Leben dagegen erschien mir schön in seiner Einfachheit und Klarheit und Konzentration. Ich vergaß dann gern, daß er eine Leidensgeschichte hinter sich hatte, derentwegen man mich gerufen hatte, und daß sein Wunsch, einmal noch den Kipper am Kanal in Aktion zu sehen, bisher nicht in Erfüllung gegangen war. In meinen Augen führte er ein glückliches Leben, und er mußte sich nicht mit einem Stiefsohn herumschlagen.

Auch ich mußte das nun nicht mehr, jedenfalls nicht täglich. Julian war in der vergangenen Woche ausgezogen, zu einem Freund, der ein Jahr älter war als er und schon seit einem Dreivierteljahr eine kleine Wohnung hatte. Julian hatte drei Tage gebraucht, um seine wenigen Sachen die fünf Straßen weiter zu verfrachten, und er hatte unsere Hilfe dabei abgelehnt. Er war nicht ganz freiwillig ausgezogen, aber wir hatten ihn auch nicht direkt rausgeschmissen, wie es sein Vater getan hatte. Wir hatten ihm den Auszug nahegelegt, nachdem es ein paar heftige Auseinandersetzungen gegeben hatte, mit seiner Mutter sowohl wie mit mir. Irgendwann mochte keiner von uns beiden noch gern von der Arbeit nach Hause kommen, weil da vermutlich dieser junge Mann war, ab und zu aus seinem Zimmer in die Küche geschlurft kam und uns wortlos angrinste. Irgendwann war auch Antonia soweit gewesen, lieber ohne ihren Sohn zu leben als täglich schlimmere Magenschmerzen zu bekommen.

In den ersten Tagen nach dem Auszug vermißte ich erstaunlicherweise den Ton des Fernsehers aus seinem ehemaligen Zimmer. Wenn Julian zu Hause war, lief der Fernseher; manchmal auch, wenn er weggegangen war, weil er vergessen hatte, ihn auszustellen. Er war kein Zapper, sondern suchte sich eine Sendung aus, die er dann aber kaum sah. Er war meistens mit anderen Dingen beschäftigt, telefonierte oder räumte etwas von einer Ecke in eine andere. Der Ton war anfangs immer zu laut, und entweder Antonia oder ich mußten ihn dann bitten, leiser zu stellen.

Nach ein paar Tagen begriff ich, daß der laute Fernseher eine der Sachen gewesen war, die mich am meisten gestört hatten, und daß es sich um eine Art Phantomschmerz handelte, daß ich den Ton nicht etwa vermißte, sondern immer noch fürchtete, er werde plötzlich wiederkommen. Denn das hätte geheißen, daß auch Julian wieder da war, und ich wollte nicht mehr mit jemandem in einer Wohnung leben, der mich ein paar Wochen zuvor als ein Stück Dreck bezeichnet hatte. Ich wollte auch nicht mehr verstehen, daß so etwas in der Erregung herausrutschen kann, und ich wollte auch kein Verständnis mehr für seine Jugend und die damit verbundenen Nöte aufbringen. Ich wollte überhaupt kein Verständnis mehr für die Jugend aufbringen. Dafür hatte ich nicht mehr genug Zeit in meinem Leben. Im Gegenteil neigte ich immer stärker dazu, den berühmten Satz von W. C. Fields etwas abzuwandeln und zu sagen: „Ein Mann, der Bier trinkt und junge Leute nicht ausstehen kann, kann nicht ganz schlecht sein."

Auch wenn wir auf der anderen Seite des Kanals fuhren, atmete ich immer noch jedesmal auf, wenn ich wußte, daß das unheimliche Gebiet drüben hinter uns lag. Wir hielten langsam auf unsere Stelle zu, nicht weit vor Rendsburg. Einmal im letzten Herbst hatte Frank mich hier auf der Strecke gebeten anzuhalten, seine Kamera genommen und war zu der Ruine einer kleinen Fabrik gegangen, die dort langsam verfiel. Es war das Übliche, die kaputten Fensterscheiben, das Unkraut ums Gebäude, das bröcklige Gemäuer, eine ganz besondere Form der Stille: alles das, was ich nicht mag und wovor ich Angst habe. Manchmal frage ich mich, ob ich überhaupt in meinem Beruf arbeiten dürfte, wenn man wüßte, daß ich eine solche Phobie habe. Das Schild am Betriebsgebäude war schon halb abgerissen, zu lesen war nur noch *nsel. Landhandel.* Frank konnte mich nicht überzeugen mitzukommen. Ich blieb im Auto sitzen, während er filmte und dabei um das Gebäude herumging. Schließlich kam er zurück und wollte mir etwas zeigen. Ich wußte, daß ich nach professionellen Maßstäben jetzt hätte mitgehen müssen, aber ich weigerte mich. Frank wurde wütend; er kam auf die Fahrerseite, riß die Tür auf und zog mich nach draußen. Es gab eine kurze heftige Rangelei, bei der ich Todesangst hatte. Meine Angst galt nicht Frank, sondern dem Gelände zwanzig Meter weiter, und sie gab mir Riesenkräfte. Plötzlich ließ Frank von mir ab, setzte sich ins Auto und sagte, als auch ich wieder einstieg: „Es tut mir leid. Wir wollen jetzt lieber an unsere Stelle fahren, Herr Schrader. Vielleicht haben wir Glück."

Das hatten wir nicht, aber Frank war darüber weniger enttäuscht als die Male zuvor. Über unsere Rangelei sprachen wir nicht mehr. Frank war stark; ich hätte auf jeden Fall keine

Chance gehabt, wenn seine Wut länger angedauert hätte. Trotzdem hatte ich auch danach keine Angst. Aus Gründen, die ich weder theoretisch noch aus meinen praktischen Erfahrungen hätte stützen können, war ich ganz sicher, daß es mit diesem Vorfall ausgestanden war.

Das war die Sicherheit, die mir bei Julian immer gefehlt hatte. Zwei Jahre lang lebte ich mit jemandem zusammen, von dem ich nie ein verläßliches Bild gewann und dessen Handlungen ich nie im voraus einschätzen konnte. Mitunter, wenn ich in der Küche stand und er hereinkam und nah an mir vorbeiging, um sich etwas aus dem Kühlschrank zu holen, rechnete ich damit, daß er im Vorübergehen zuschlagen würde. Wenn Antonia und ich über ein Wochenende weggefahren waren, nach Hamburg oder in ein kleines Dorf in Mecklenburg, das wir einmal zufällig entdeckt hatten, war ich bei unserer Rückkehr manches Mal ganz erstaunt, die Wohnung nicht verwüstet oder geplündert vorzufinden und Julian über alle Berge. Das alles waren Befürchtungen, die ich Antonia nicht mitteilen konnte, weil sie dann gesagt hätte: „Du hältst meinen Sohn für ein Monster. Du gibst dir überhaupt keine Mühe!" und weinend in ihr Zimmer gelaufen wäre.

In diesen ersten Tagen nach seinem Auszug fürchtete ich abends, wenn ich nach Hause kam, nur eins: daß Julian wieder eingezogen war und mir freundlich zulächelte. Auch das hätte ich ihm zugetraut.

In der Einrichtung hatte man bald heraus, daß Frank mein Liebling geworden war. Wir trafen uns alle vierzehn Tage am Dienstagmorgen zu einer Teambesprechung, um den Stand der Dinge durchzugehen, und zum Stand der Dinge gehörte – neben solchem Kram wie Anträge formulieren und Geldquellen erschließen – auch der eigentliche Inhalt unserer Arbeit. Selbstverständlich gab nicht jeder im Team – wir waren vier – alle vierzehn Tage einen vollständigen Überblick über die Arbeit mit jedem seiner Schützlinge. Dazu hätte die Zeit nicht ausgereicht. Zur Sprache kam naturgemäß eher das Mißlungene und das Problem, nicht das Geglückte. Auch bei mir war das so, aber das hinderte mich nicht, immer öfter über meine schönen kleinen Momente mit Frank zu berichten, während ich den Vorfall an der Ruine nie erwähnte. Ich erzählte von Franks Kameraarbeit und von seiner Aufmerksamkeit, wenn er Maschinen bei der Arbeit sah. Frank hieß bei den anderen übrigens nur „Kipper", nach seinem großen Wunsch, die Szene am Kanal noch einmal erleben zu dürfen. Es war nichts Außergewöhnliches, daß wir einige unserer Kunden nach besonders charakteristischen Marotten benannten. Ich erzählte auch von der Höflichkeit, mit der Frank mich jedesmal begrüßte, und davon, wie beliebt er in der Gärtnerei war, ohne daß sich diese Zuneigung bei seinem Chef oder seinen Kollegen mit Herablassung mischte.

„Du bist richtig vernarrt in Kipper", sagte Angela eines Morgens. „Vielleicht solltest du ihn adoptieren und gegen deinen Stiefsohn tauschen."

Die anderen lachten, und ich gab gern zu, daß Frank mir von meinen Schützlingen der liebste war. Wir hatten jeder einen Liebling und sahen keinen Grund, das voreinander zu verheimlichen. Frank war meiner geworden, vor allem wegen seiner Offenheit, seiner Arglosigkeit. Ich hatte keinen Zweifel daran, daß er in der Lage gewesen wäre, physisch wie mental, jemanden umzubringen, aber er war nicht hinterhältig und legte es nicht darauf an, mich zu hintergehen. Im Winter trug er an den besonders kalten Tagen eine dunkelblaue Pudelmütze, und einmal, als ich ihn von zu Hause abholte und er in der Tür stehend auf mich wartete, sah ich, wie er mit Zeigefinger und Mittelfinger der rechten Hand unterhalb des Mützenrands über seine Stirn fuhr, als wolle er sich vergewissern, daß die Mütze korrekt saß. Aus irgendeinem Grund rührte mich diese Geste zu Tränen, die ich mir gerade noch schnell wegwischen konnte, bevor er ans Auto kam.

Julian trug in der kalten Jahreszeit eine Wollmütze, ohne Bommel, rotschwarz und mit einem Label, wie sie viele seiner Freunde auch hatten. Das war in Ordnung, es gehörte zu ihrer Sprache und störte mich nicht. Was ich nicht mochte, war die Art, wie er die Mütze tief in die Stirn zog, fast über die Augen, die dann nur noch als zwei Schlitze darunter hervorsahen. Ich wußte, daß das auch zur Sprache gehörte und seine Freunde diese Mützen nicht anders trugen, aber bei Julian sah ich diesen Stil als Sinnbild seiner Verschlagenheit. Ich wußte, das war völlig übertrieben, aber ich konnte mich davon nicht losmachen.

Wir waren jetzt noch eine gute Viertelstunde von der Stelle am Kanal entfernt. Frank wirkte lethargisch; beinahe schien er zu schlafen. Ich sah zu ihm hinüber, wie er den Kopf an die Seitenscheibe gelehnt hatte, und wurde plötzlich sehr traurig bei dem Gedanken, daß dies unser letzter gemeinsamer Ausflug war. Fast wünschte ich mir, wir hätten sein größtes Problem nicht so schnell gelöst. Aber er sprach schon seit längerer Zeit nicht mehr von Ruth, in die er sich damals verliebt hatte und deren Eltern diese Verbindung natürlich niemals gutgeheißen hatten. Das Mädchen war deutlich jünger als er und schon damals sehr krank, und irgendwann hatten die Eltern den Kontakt ganz untersagt, eben mit der unsinnigen Begründung, daß ihre Tochter zu krank sei. Dabei war sie aufgelebt, nachdem sie Frank kennengelernt hatte, und Frank beharrte darauf, daß sie nicht so schnell gestorben wäre oder vielleicht gar nicht, wenn man sie nicht getrennt hätte. Sie war ein paar Wochen nach der Trennung an Leukämie gestorben, so wie meine erste große Liebe vor vielen Jahren.

Sie hatten sich in der Gaststätte kennengelernt, in der Frank mit seinen Kollegen per Abonnement Mittag essen ging, zweihundert Meter von der Gärtnerei entfernt, und in der Ruth anfangs noch bediente, bevor die Krankheit gesiegt hatte. Einmal hatte er ihr Schminktäschchen auf der Theke stehen sehen, ein silberfarbenes, mit Pailletten besetztes Stoffetui, und das war es, was ihn zu ihr hinzog. Ein paar Monate später durfte er sie nach ihrem Feierabend ab und zu nach Hause bringen, und einmal gingen sie zusammen ins Kino, bis Ruth fast nur noch zu Hause war und zu Tode gepflegt wurde.

Das Schminktäschchen, das er anfangs bei unseren Treffen immer bei sich führte, hatte sie ihm bei ihrem letzten Zusammensein geschenkt. Vor einem halben Jahr etwa war Frank plötzlich ohne das Täschchen mit mir auf Fahrt gegangen, und als ich ihn fragte, sagte er: „Es hilft ja nichts, Herr Schrader. Das tut mir ja alles nicht gut."

„Was tut dir nicht gut?"

„Das alles. Das Täschchen mit mir zu schleppen, und überhaupt an Mädchen denken. Es gibt so viel zu tun, in der Gärtnerei und zu Hause. Lassen Sie uns fahren, vielleicht erwischen wir heute einen Kipper bei der Arbeit."

Das Glück hatten wir wieder nicht gehabt, und heute war die letzte gemeinsame Chance dazu. Frank setzte sich wieder etwas auf und schien wacher. Er wirkte jedoch nicht so aufgekratzt wie sonst, wenn wir uns unserer Stelle näherten, fast als habe er sich schon damit abgefunden, daß wir auch diesmal kein Glück haben würden. Er drehte sich kurz zu mir und fragte: „Hat Ihr Stiefsohn das Aquarium mitgenommen, als er ausgezogen ist?"

Jetzt erinnerte ich mich, daß es vor allem die Sache mit dem Aquarium gewesen war, von der ich Frank beim letzten Mal erzählt hatte.

„Nein", sagte ich, „das Aquarium hat er nicht mitgenommen."

„Das ist auch besser so, Herr Schrader", sagte Frank, „für Sie und vor allem für die Fische."

Vor einigen Jahren hatte Julian von seinen Eltern ein Aquarium geschenkt bekommen. Das mußte wenige Monate vor der Trennung gewesen sein. In der ersten Zeit kümmerte er sich sehr darum, aber dann vernachlässigte er die Pflege und vergaß auch schon mal, die Fische zu füttern, so daß sein Vater ihn mehrfach dazu ermahnen mußte oder manches Mal resigniert seinem Sohn diese Aufgabe abnahm. Als sein Vater ihn rausgeschmissen hatte und Julian zu uns zog, bestand er trotzdem darauf, das Aquarium mitzunehmen. In den ersten Wochen kümmerte er sich wieder darum wie ganz zu Anfang, danach interessierte es ihn nicht mehr. Jetzt war es an Antonia, ihn zu ermahnen oder ihm die Arbeit abzunehmen. Manchmal übernahm auch ich das Füttern, und einmal säuberten wir das Aquarium gemeinsam, in dessen trübem Wasser man die Fische kaum mehr hatte sehen können. Später übernahm ich das auch allein. Allerdings weigerte ich mich standhaft, Julian zu erinnern oder irgend etwas wegen des Aquariums zu sagen, auch wenn Antonia mich darum bat.

„Ich habe deinem Sohn nichts zu sagen", sagte ich, und Antonia begann zu weinen und dann wütend zu werden, und schon waren wir in einem heftigen Streit.

Vor ein paar Wochen hatte es wegen des Aquariums wieder eine Auseinandersetzung zwischen Antonia und ihrem Sohn gegeben, diesmal nicht eine der kleinen Kabbeleien, die meistens unentschieden endeten, sondern heftiger. Wir waren alle drei in der Küche, und Julian begann mit den Füßen aufzustampfen und schrie seine Mutter an, das Aquarium habe man ihm ja nur geschenkt, um ihn über die Trennung hinwegzutrösten; sie hätten schon damals gewußt, daß sie sich trennen würden; sie hätten ihn immer mit irgendwelchen Sachen abgespeist, die er gar nicht haben wollte, weil sie etwas anderes nicht konnten, und das Aquarium sei ihm scheißegal und von Anfang an scheißegal gewesen. Antonia fing wie oft in solchen Situationen an zu weinen, und Julian machte weiter mit seinen Vorwürfen, denn es gefiel ihm, sie weinen zu sehen.

Ich hatte gelernt, auch weil Antonia mich einmal darum gebeten hatte, mich aus solchen Situationen herauszustehlen. Ich ging dann einfach weg. Diesmal gelang es mir nicht, diesmal war meine Wut zu groß. Meine Wut kam mit leiser Stimme und schlich sich in eine Pause von Julians Vorwürfen ein. Er war so verblüfft, daß er mich nicht unterbrach und mir zum ersten Mal richtig zuhörte, seit wir uns kannten.

Julian solle sofort mit diesem selbstmitleidigen Gesülze aufhören, sagte meine Wut. Ob er diesen pseudotherapeutischen Quatsch in der Schule lerne? Ob er den Verlassenen und Verratenen mimen mußte, weil er seinen Arsch nicht hoch bekam, um das Aquarium sauberzumachen und die Fische zu füttern? Ob er überhaupt mal seinen Arsch hoch bekam? Oder ob wir ihn füttern müßten? Ob er einen Schnuller brauchte oder ob der Fernseher ausreiche? Ob er uns eine Liste machen könne, was wir ihm noch alles in den Arsch stopfen sollten?

Dann hörte ich auf, so plötzlich, wie ich begonnen hatte. Meine Wut war nicht verraucht, fand aber keine weiteren Worte mehr. Julian sah mich an, als wolle er mich würgen, blieb jedoch an seinem Platz stehen und sagte: „Du bist doch das letzte Stück Dreck in der Ecke."

Antonia hatte aufgehört zu weinen und sich die Tränen getrocknet. Sie streckte den Arm aus, zeigte zur Küchentür und sagte nichts. Antonia ließ sich von Julian zwar zum Weinen bringen, aber sie hatte keine Angst vor ihm, und manchmal hatte sie Macht über ihn. Ihre Bewegung hieß: geh in dein Zimmer! und Julian gehorchte. Zwei Stunden danach ging sie zu ihm und legte ihm mit ruhiger Stimme nahe, sich so schnell wie möglich eine Wohnung zu suchen oder zu einem Freund zu ziehen, und dann kam sie in unser Wohnzimmer zurück, nickte mir zu und sagte: „So, das war's."

Das alles hatte ich Frank nicht erzählt. Erzählt hatte ich nur, daß er das Aquarium nicht saubermachte und die Fische im Dreck schwimmen ließ, im trübsten Wasser. Ich wußte, daß Frank zu Hause selber ein Aquarium hatte. Darin schwammen nicht tropische Zierfische wie bei uns, sondern zwei Zwergwelse. Ich wußte natürlich auch, ohne es gesehen zu haben, daß er das Aquarium jederzeit erstklassig in Ordnung hielt. Es war klar, daß ihn die Geschichte von Julian empören und gegen ihn aufhetzen würde, und genau deshalb hatte ich beim letzten Mal darüber gesprochen. Deshalb hatte ich danach auch vollständig vergessen, daß ich es getan hatte.

„Nein", sagte ich jetzt, „das Aquarium hat er nicht mitgenommen. Aber meine Frau und ich werden es behalten. Weißt du, es steht jetzt bei uns im Wohnzimmer, und ich freue mich jeden Abend, es zu sehen, wenn ich nach Hause komme."

„Das verstehe ich, Herr Schrader", sagte Frank, „das geht mir auch immer so."

Ich fuhr den Wagen an den Straßenrand. Frank griff sich seine Kamera und sein Stativ, und wir gingen die letzten fünfzig Meter bis zu unserer Stelle zu Fuß. Wir konnten noch sehen, wie die Ladefläche eines Kippers langsam wieder in die Horizontale zurücksank. Frank sah mich an und begann zu lachen und schüttelte den Kopf.

„Jetzt filme ich das Ganze hier aber trotzdem", sagte er, „wer weiß, wann ich das nächste Mal hierhin komme."

„Richtig", sagte ich, „du brauchst doch für dein Archiv wenigstens den Ort."

Ich lehnte am Wagen, während Frank sich an die Arbeit machte, und plötzlich wünschte ich mir, ich würde noch rauchen. Vor fast einem Jahr hatten Antonia und ich aufgehört, und es fehlte mir nicht, aber jetzt, während ich wartete, hätte ich gern eine Zigarette zwischen den Fingern gehabt und beneidete Frank um seine Kamera.

Auf der Rückfahrt schwiegen wir lange, bis Frank mich fragte: „Auf der anderen Seite vom Kanal, wo die Lauschanlagen sind, da trauen Sie sich immer noch nicht zu fahren?"

„Nein", sagte ich, „vor so etwas habe ich immer noch Angst. Da kann man auch nichts mehr machen, dafür bin ich zu alt."

„Aber dann hätten Sie auch nie zum Geheimdienst gekonnt. Das wollten Sie doch früher so gern."

„Naja", sagte ich, „beim Geheimdienst gibt es auch Leute, die sitzen nur im Büro und werten Berichte und Akten aus."

Es dauerte zehn Minuten, bis er das nächste Mal sprach.

„Ich finde es toll, daß Sie es immer wieder versucht haben mit mir. Es ist ja nicht Ihre Schuld, daß wir da nie einen Kipper beim Entladen erwischt haben. Aber warum habe ich so wenig Glück mit meinem Thema, Herr Schrader?"

„Vielleicht mußt du noch ein bißchen weiter daran arbeiten", sagte ich.

Es war etwas dunstig geworden, auch wenn die Sonne anfangs noch durchschien. Als wir in Kiel ankamen, hatte es sich ganz zugezogen und würde bald zu regnen beginnen. Kurz vor Ankunft bei der Gärtnerei packte Frank Kamera und Stativ zusammen, wie immer. Ich parkte den Wagen vor dem Tor.

„Sie müssen nicht mit reinkommen, Herr Schrader", sagte Frank. „Am Kanal hatten wir ja kein Glück, aber ich finde, wir hatten trotzdem eine tolle Zeit."

Ich nickte und war tatsächlich den Tränen nahe, während Frank mich fröhlich ansah.

„Ich muß jetzt rein", sagte er, „wir müssen eine Menge Beete fertigmachen für den Winter. Höchste Zeit. Alles Gute, Herr Schrader."

„Alles Gute, Frank."

Er stieg aus und schulterte seine Filmgeräte.

„Sie wissen ja, wo Sie mich finden", sagte er. „Vielleicht haben Sie ja mal Lust, mein Archiv zu sehen. Dann machen wir uns einen schönen Abend."

„Das ist eine gute Idee, Frank", sagte ich und sah ihm nach, wie er in die Gärtnerei ging, um die Beete fertigzumachen.

Pulverschnee

Gestern haben wir Spino beerdigt.

Spino hieß nicht so, aber wir alle, meine Eltern, die Nachbarn und wir Kinder haben ihn so genannt. Niemand konnte seinen portugiesischen Namen aussprechen, auch wenn er deutlich lesbar über der Tür seiner Werkstatt angebracht war. Damals waren Ausländer noch überaus seltene Erscheinungen in unserer Stadt, und Spino gehörte nicht zu den britischen Soldaten und nicht zu den Italienern, die Gastarbeiter hießen, während die Älteren sie ab und zu, rein aus Gewohnheit, noch Fremdarbeiter nannten. Spino gehörte zu niemandem: zu keiner Frau, keiner Familie, keinem Kind. Er war plötzlich da, kurz nach dem Krieg, allein und sehr jung, aber schon mit einem Beruf, und als er die deutschen Vorschriften und Verordnungen, die alle Stürme und Katastrophen der vorhergehenden Jahre unbeschadet überlebt hatten, erfüllt hatte, eröffnete er seine Änderungsschneiderei, gleich bei uns um die Ecke. Damals gab es so viele Sachen umzuarbeiten, guten Uniformstoff vor allem, von den störenden Zeichen befreit, und es gab viel zu flicken. Offiziell, auch wenn es nicht auf seinem Ladenschild stand, war Spino Flickschneider, und so heißen die Änderungsschneider in der Sprache der Ausbilder und Handwerkskammern bis heute.

Er war fast vollständig kahl. Im Winter trug er eine schwarze Wollmütze, um seinen Kahlkopf vor der Kälte zu schützen, und im Sommer sollte eine leichte helle Ballonmütze aus bestem Tuch die Sonne von der Kopfhaut fernhalten.

Ich kam in die Schule, und eines Nachmittags im Sommer, als ich meine Hausaufgaben gemacht hatte und auf dem Weg zu Freunden an seinem Geschäft vorbeitrödelte, sah ich ihn auf einem Stuhl vor der offenen Tür sitzen und ein Stück Stoff durch seine Finger gleiten lassen, mit gesenktem Kopf. Ich blieb stehen und ging auf ihn zu, bis er den Kopf hob und mich anlächelte, dabei den Stoff immer weiter zwischen seinen Fingern reibend.

„Schönes Tuch", sagte er, „schönes Tuch."

Ich weiß heute nicht mehr, um welches Material es sich handelte und ob Spino mir den Namen überhaupt nannte. Aber in der Sommerhitze – die fünfziger Jahre mit ihren unglaublich brütenden, stillen Kleinstadtsommern! – sah ich an ihm vorbei in das kühle, enge und leicht staubige Dunkel seiner Werkstatt, und er stand auf, zeigte nach innen und fragte: „Willst du sehen?"

Die Werkstatt war winzig, und trotzdem fanden mehrere Tische, zwei Nähmaschinen und zwei Kleiderständer darin Platz. Die Kleiderständer waren fast voll, an jedem Kleid, jeder Hose, jeder Bluse war ein Zettel festgemacht. Auf dem größten Tisch lagen Stoffbahnen, darunter stand ein großer Karton, in dem sich Stoffreste aller Art und Farbe häuften. Ich erfuhr erst später, daß Spino nicht nur änderte und flickte, sondern auf Wunsch für manche Damen in der Stadt, meine Mutter eingeschlossen, auch Kleider oder Blusen nähte. Auf den kleineren Tischen lag allerhand Krempel, angeordnet nach einem Schema, das nur Spino kannte.

An diesem Nachmittag vergaß ich meine Freunde. Die Kühle, die Stille und das Halbdunkel müssen es gewesen sein, die mich verführten. Ich liebte Höhlen und Verstecke jeder Art, ich liebte den Halbschatten und das kaum wahrnehmbare Geräusch, das kurz vor der absoluten Stille kommt.

Von nun an hielt ich mich so oft bei Spino auf, wie es möglich war. Im Gegensatz zu anderen Müttern hatte meine nichts dagegen. Die anderen Damen fanden Spinos Arbeit zwar hervorragend und billig noch dazu (das Wort „preiswert" war damals noch nicht im Gebrauch), den Schneider selbst aber etwas unheimlich. Dazu trug Spinos Wortkargheit bei, die knapp vor dem Verstummen war. Die hatte einen ganz einfachen Grund: Sein Deutsch war überaus begrenzt, und er hat nie wirklich gelernt, diese Sprache zu sprechen. Das machte mir gerade die Nachmittage bei ihm so angenehm. Er redete mich nicht voll; er ließ mich einfach nur dasitzen und träumen oder selber erzählen. Das tat ich, aber ich bin überzeugt, daß er nur die Hälfte oder weniger verstand von dem, was ich sagte. Aber wahrscheinlich schnappte er von niemandem so viele neue deutsche Wörter auf wie von mir, und vor allem das Wort *Pulverschnee* hatte es ihm angetan. Wieder und wieder sprach er es vor sich hin, in seinem portugiesisch nuschelnden Deutsch, und schüttelte dabei lächelnd den Kopf. Er war verliebt in dieses Wort wie ein Kind in eine bestimmte Glasmurmel, und seitdem begrüßten wir uns jedesmal, wenn ich die Werkstatt betrat, mit *Pulverschnee*, auch wenn draußen dreißig Grad war und alle über die drückende Hitze stöhnten.

Seine eigene Geschichte habe ich nie begriffen. Sie hatte etwas mit Unglück zu tun, aber das blieb so unklar wie manche ebenso traurige Geschichte, die mir meine Mutter oder Großmutter über diese oder jene Nachbarin mehr andeutete als erzählte.

Drei Jahre später verließen wir die Stadt. Mein Vater hatte eine neue Stelle bekommen, alles ging sehr schnell, und nach nicht zu langer Zeit waren die Bilder meiner Geburtsstadt tief auf den Grund meines Gedächtnisses gesunken. Nur das Bild von Spinos Werkstatt tauchte später manchmal auf, wenn ich bei meinem Schneider Stoffe für einen Anzug prüfte.

Denn ich bin, bescheiden gesprochen, recht wohlhabend geworden mit merkwürdigen Gedankenspielen und Figuren, mit Quarks und Strings und ähnlichen Kobolden, die in anderen Dimensionen herumtollen und die Weltformel suchen. Diese Spiele verschlugen mich viele Jahre später in der Vorweihnachtszeit nach Göttingen auf einen Kongreß. Auf der Rückfahrt, eine Autobahnabfahrt weiter, strahlte mir der Name meiner Geburtsstadt entgegen. Man hatte das Abfahrtsschild wohl gerade wieder freigeräumt, denn in den letzten beiden Tagen waren solche Massen von Schnee gefallen, wie man sie in unseren Breiten seit Jahren nicht mehr erlebt hatte. Die Fahrt von Göttingen bis dort, normalerweise Sache von einer Viertelstunde, hatte mich fast eine Stunde gekostet, und jetzt ließ ich mich von der Autobahn auf die Landstraße hinunterrutschen und kroch meiner Geburtsstadt entgegen, die ich gewiß seit beinahe vierzig Jahren nicht mehr gesehen hatte.

Sobald ich den Wagen verlassen hatte, war der Schnee kein Problem mehr, sondern nur noch Glück, Erregung, Versprechen, Kindheit. Die Straßen und die Geschäfte waren voll, aber nur wenige der Weihnachtseinkäufer machten den gewohnt gereizten Eindruck. Die meisten freuten sich an dem Schnee, den die Autos noch immer nicht weggetaut hatten, und an den Kältefahnen vor ihrem Gesicht, wenn sie ausatmeten.

Ich beschloß, mir ein Hotel für die Nacht zu suchen. Auf dem Weg entdeckte ich einen Bratwurststand vor einer Metzgerei, derselben, in der ich vor gut vierzig Jahren meine erste Bratwurst gegessen hatte: Luxus. In den vergangenen Tagen in Göttingen speisten wir nouvelle cuisine, wunderbar, ich liebe sie, schon wegen der maßvollen Portionen. Aber diese Bratwurst in der warmen Winterkälte des Schnees stach alles aus, was ich seit Monaten gegessen hatte.

Die Stadt, so klein sie ist, hat zu wenig Hotels, und überall, wo ich nachfragte, beschied man mir, es sei kein Platz in der Herberge. Also machte ich mich auf den Rückweg zum Auto. Ich hatte keine Sekunde daran gedacht, das Haus aufzusuchen, in dem ich geboren war und meine ersten Kindheitsjahre verbracht hatte, aber plötzlich stand ich davor. Jedenfalls glaubte ich das, die Erinnerung war dunkel genug. Ich sah an dem Fachwerk hoch, um Anhaltspunkte zu finden, und ging um die Ecke. Ein trübes Licht brannte über dem winzigen Schaufenster im Erdgeschoß, und über der Tür, unverändert im Schriftzug, blaß und doch immer noch lesbar, fand sich Spinos Name.

Man kann schnell weitergehen, um Enttäuschungen zu vermeiden, oder man muß sich sofort auf einen solchen Zipfel der Vergangenheit stürzen. Nur zögern, überlegen darf man nicht, und das tat ich auch nicht, sondern öffnete die Tür. Der Klang der Ladenglocke war ebenfalls noch immer derselbe wie damals, als er mir den Eintritt ins halbdunkle Reich der Röcke, Blusen, Stoffballen, Knöpfe und Reißverschlüsse angezeigt hatte. Ich sah den kahlen Schädel sehr nah über den Ärmel gebeugt, der unter der Nähmaschine lag, und Spinos Rücken war eine einzige Rundung geworden. Er blickte nicht gleich auf, und nachdem er es getan hatte, blinzelte er und kniff die Augen zusammen. Er sah nur noch sehr schlecht, ein Mann kurz vor den Siebzig, aber immer noch hager und ohne Bauch.

„Bringen oder abholen?" fragte er, und mir wurde sofort klar, daß sein deutscher Wortschatz sich in all den Jahren vor der Nähmaschine kaum erweitert hatte.

„Pulverschnee", sagte ich, und als ich die suchende Irritation auf seinem Gesicht sah, noch einmal: „Pulverschnee." Spino stand langsam auf, begann erst zu lachen und dann zu weinen und nahm mich in den Arm und wies auf den Stuhl, auf dem ich als Kind gesessen und der tatsächlich bis heute überlebt hatte. Spino schüttelte den Kopf, als ich von meiner Karriere erzählte, von Quarks und Strings, dem Kongreß in Göttingen und meiner vergeblichen Suche nach einem Hotelzimmer, und dann führte er mich nach oben, in seine kleine Wohnung über der Werkstatt, in der ich als Kind nie gewesen war, und öffnete eine kleine Kammer mit einem Bett darin. Es ist Platz in der Herberge, wollte Spino sagen, und dann sahen wir aus dem Fenster den neuen Schnee fallen, der die Stadt für diese Nacht einpacken sollte.

Gestern haben wir Spino beerdigt: ein Priester, ein pensionierter Lehrer und ich, bei dreißig Grad im Schatten, während ich an Pulverschnee dachte, und dann fuhr ich wieder nach Hause an meine Universität, um weiter an der Weltformel herumzukratzen.

Krieg und Frieden

1 *Rheiderland / Reiderland*

Vor zehn Tagen hat am Landgericht Bonn der Prozeß gegen Jonas begonnen. Drei seiner Weggefährten von früher haben bisher ausgesagt. In diesen Aussagen war Jonas für mich schwer wiederzuerkennen. Nur der dritte, heute ein sehr angesehener und gefragter Stadtplaner mit eigenem Büro in Berlin, hat ein paar Haltungen, ein paar Eigenschaften erwähnt, bei denen ich Jonas vor mir sah: sein plötzliches Abbrechen mitten im Satz, seine Art, sich zur Seite zu drehen oder den Kopf zu senken, sich in sich selber zu vergraben, nachdem er kurz davor noch ganz offen gewesen war oder sein freches Lächeln gezeigt hatte. „Manchmal hatte ich den Eindruck", sagte der Stadtplaner nach den Berichten der Zeitungen, „daß er bei uns war und doch zugleich ganz woanders." So habe auch ich ihn manchmal erlebt.

    Ich lernte Jonas bei meinem ersten Ausflug auf die andere Seite der Grenze kennen, der nicht beruflich bedingt war. Das ist jetzt fünf Jahre her. Ich war erst einige Wochen vorher hier angekommen und der frischeste im Team. Ritz war schon beinahe ein halbes Jahr vor Ort, Klaus hatte die Arbeit vor drei Monaten angetreten. Klaus und ich duzten uns, aber zu Ritz sagten wir Sie. Selbst wenn er uns das Du angeboten hätte, hätten wir vermutlich abgelehnt: Ritz war nicht irgendein Kollege, er war eine Legende. In unseren Kreisen hieß er auch „die Wildgans", und das war nicht spöttisch gemeint, sondern respektvoll, denn Ritz wußte mehr über Wildgänse als irgend jemand sonst auf der Welt.

Unser Forschungsgebiet ist die Winterökologie nordischer Gänse im Rheiderland, einem Landstrich in Ostfriesland zwischen der Ems und der holländischen Grenze, der sich jenseits der Grenze fortsetzt und dort fast den gleichen Namen trägt: nur das „h" fällt weg.

Von alldem wußte ich fast nichts, bevor ich hier eintraf. Ich war noch nie in dieser Gegend gewesen und kam direkt aus Leipzig von der Universität. Von dort war ich Hals über Kopf aufgebrochen, als ich auf Vermittlung meines Professors diese Stelle im Team bekommen konnte. Jeder wußte, daß das eine Flucht war, auch mein Professor. „Fahren Sie", sagte er, „und bedenken Sie: Gänse sind treu, solange der Partner lebt. Und es ist eine wichtige Arbeit, der Sie dort nachgehen werden." Ritz und Klaus holten mich beide am Bahnhof in Leer ab, und Ritz sagte zur Begrüßung: „So eine weite Anreise wie Sie hat noch keiner von uns gehabt."

Ich brauchte ein paar Wochen, um das Leben in diesem Landstrich zu lernen. Klaus kümmerte sich um mich. Er ist zehn Jahre älter als ich, kommt aus dem Rheinland und ist so gesellig, wie man es den Rheinländern nachsagt. Ritz interessiert sich nicht für Menschen. Für ihn ist wichtig, daß seine Mitarbeiter gut untergebracht sind und hinreichend bezahlt werden; dafür zu sorgen, hat er keine Schwierigkeiten. Ritz ist ein Genie, was die Beschaffung von Mitteln angeht. Unser Projekt wird vom Bund, vom Land und von zwei privaten Stiftungen unterstützt. Ansonsten interessiert Ritz sich ausschließlich für Gänse.

Auf der holländischen Seite sind wir natürlich oft, da die Gänse sich nicht an Staatsgrenzen halten und wir außerdem mit den Kollegen von der Stiftung Groninger Landschaft zusammenarbeiten. Schon bei den ersten Fahrten fiel mir auf, wie sich gleich nach der Grenze die Farben veränderten: nicht die der Landschaft, doch die der Häuser und Straßen. Alles ist dort reicher. Manche der Bauernhäuser sind eher Herrenhäuser; die Mehrzahl der Bauten sieht aus wie gerade frisch gestrichen, es gibt die verschiedensten Giebelformen, und die Farbe Weiß, die auf unserer Seite nur selten zu finden ist, spielt hier eine große Rolle. Am beeindruckendsten war für mich die erste Fahrt in der Abenddämmerung, eine Woche nach meiner Ankunft. Wir fuhren aus dem beginnenden Dunkel ins Reich der tausend Lichter, so kam es mir vor. Fast über jedem Haus brannte das warme Licht einer Laterne, und zusätzlich waren viele Einfahrten durch Lampen flankiert, so daß selbst in dieser ländlichen Gegend der Abend nicht totale Dunkelheit bedeutete. Noch mehr Glanz begegnete uns dann bei der Einfahrt in Groningen, wo wir zu einem Abendessen mit Mitgliedern der niederländischen Stiftung verabredet waren. Es war nun vollends dunkel geworden, aber die ganze Stadt schien eingetaucht in ein Bad aus warmem weichen Licht, das von Laterne zu Laterne weitergereicht wurde. Seitdem nehme ich jede Gelegenheit wahr, auf die andere Seite der Grenze zu fahren.

Ich mag die Dunkelheit nicht, und ich mag die Kälte nicht. Das sind zweifellos schlechte Voraussetzungen für den Beruf eines Biologen und Naturforschers, der sich mit der Überwinterung von Gänsen beschäftigt und seine Beobachtungen unter anderem früh in der Morgendämmerung machen muß. Immerhin ließe sich sagen, daß auch die Gänse die Dunkelheit und die Kälte nicht schätzen; deshalb fliehen sie ja im Winter die arktischen und subarktischen Gebiete und kommen zu uns.

Mein erster privater Besuch in Holland galt der kleinen Stadt Winschoten, dem Zentrum des Reiderlands. Ich hatte mir zwei Tage zuvor einen Gebrauchtwagen gekauft, einen alten Citroën Kastenwagen, der in einem Anzeigenblatt annonciert gewesen war. Ich kämpfte mich mit dem Fahrrad gegen den Wind zu dem Verkäufer, einem vielleicht siebzigjährigen Maler, der mit seiner mehr als dreißig Jahre jüngeren Frau in einer ehemaligen Landarbeiterkate am Sieltief wohnte, dort, wo auf der anderen Seite die Straße zur Bohrinsel abzweigt. Auch seine Frau war Malerin. Beide wohnten in dem Häuschen seit anderthalb Jahrzehnten.

Bevor wir zur Garage gingen, um uns den Wagen anzusehen, machten die beiden eine „Schloßführung", wie es die Malerin nannte, und danach tranken wir Tee in der Küche. Ich brauchte zehn Minuten, um herauszufinden, was das ganz Besondere an dem Haus war. Es war nicht die Ofenheizung und nicht das Fehlen eines Kühlschranks. Schließlich begriff ich, daß es nirgendwo einen Fernseher gab. Das hatte ich seit vielen Jahren nicht mehr erlebt. Im Zimmer der Malerin standen ein paar Portraits auf dem Fußboden in einer Ecke. Ich fragte, ob die Lichtverhältnisse in der Kate Einfluß auf die Arbeit nahmen, aber die beiden klärten mich auf, daß sie ein gemeinsames Atelier in einem ehemaligen Bauernhof hatten, ein paar Kilometer weiter. An den Wänden hingen ebenfalls Portraits und auch Landschaften. „Von Freunden", sagte der Maler, „unsere eigenen Sachen hängen wir hier nicht auf."

Dann machten der Maler und ich eine Probefahrt mit dem Wagen, zur Bohrinsel und zurück. „Einer meiner Arbeitsplätze", sagte ich, als wir auf der Plattform wieder drehten. „Malen Sie denn auch Portraits?" „Ich male seit zwanzig Jahren keine Menschen mehr", sagte er, „nur noch Landschaften."

Als wir den Wagen wieder abstellten, neben dem neuen Passat, den seine Frau von ihren Eltern geschenkt bekommen hatte, sagte er: „Sie müssen aufpassen, daß das Lenkradschloß nicht einrastet, da gibt's Schwierigkeiten, es wieder aufzuschließen. Sonst hat er keine Macken. Und Sie müssen ihn fahren, das liebt er."

„Werde ich machen", sagte ich.

Wir gingen in die Kate zurück und füllten am Küchentisch einen Kaufvertrag aus. Ich legte das Geld hin und bekam die Papiere, dazu die Adresse des Ateliers, falls ich irgendwann Lust hatte, mir die Bilder anzusehen. Am nächsten Tag meldete ich den Wagen um, und am Tag darauf machte ich mich auf den Weg nach Winschoten.

Es war später Nachmittag, als ich dort ankam, ein Dienstag im November. Noch hatten die Geschäfte geöffnet, und das Städtchen war voll. Ich stellte meinen Wagen in einer der Parktaschen gegenüber von Albert Heijns Supermarkt ab und ging los, um das Zentrum zu erkunden. Es war schon dunkel und überraschend mild, die Leute zog es zu den Lichtern und den Farben in den Läden. Auch ich wollte plötzlich etwas kaufen, wollte mich nicht absondern. Aus der Biologie wußte ich schließlich, daß der Außenseiter nur dann eine Chance hat, wenn er der Stärkste ist und über den anderen steht, sonst aber verschmäht und tendenziell ausgestoßen wird, so daß Anpassung ratsam ist. In Bekleidungsgeschäfte oder Schuhläden traute ich mich noch nicht hinein, aber auf der Hauptstraße des Konsums fand ich schließlich einen dieser Läden, die zu günstigen Bedingungen alles Mögliche aufkaufen und anbieten. Hier gab es Klobürsten, aber auch getrocknete eingelegte Tomaten aus Italien; es waren Bestecke im Angebot und Wasserkocher, Seife, Shampoos und Becher mit der Aufschrift *Maxwell's Coffee*. Am Ende kaufte ich eine Rührschüssel und eine Tafel spanische Schokolade.

Eine halbe Stunde später waren die Geschäfte geschlossen, und ich folgte dem warmen Licht einer Kneipe mit dem Namen DE ENGEL. Sie versuchte, ihrem Namen gerecht zu werden, denn überall hingen Bilder und Darstellungen von Engeln. In der schönen Holztheke sah ich drei bunte Fresken mit Engeln, auch an der Decke gab es Fresken, und ein Engeltorso aus Stein stand auf einem Podest. Über der Theke hing eine handgeschriebene kleine Speisekarte mit für mich damals noch so exotischen Snacks wie *kippenboutjes* und *varkenslapje*. Eine Treppe führte rechts nach oben und eine andere nach unten zu weiteren Räumen, aber ich nahm auf der Eingangsebene an einem Tisch am Fenster Platz, um auf die Straße sehen zu können, wo jetzt im Dunkel viele Menschen auf ihrem Weg nach Hause oder zu ihren Autos waren. Manche kamen aber auch herein, und binnen einer Viertelstunde war die Theke voll besetzt. Ich bestellte auf deutsch einen Milchkaffee – ich wußte noch nicht, daß er *koffie verkeerd* heißt – und packte die Notizen von einer Besprechung aus, die wir am Tag zuvor mit Mitarbeitern des Naturschutzes und der Landschaftspflege gehabt hatten. Es war dabei um die Frage gegangen, wie man die Bejagung von Gänsen verhindern könne und wie man Möglichkeiten fand, Prämien und Entschädigungen an die Bauern zu zahlen, deren Land durch die überwinternden Gänse Schäden erlitt. Ritz war danach mit den Mitarbeitern des Naturschutzes in die Landeshauptstadt gefahren, um Vorschläge zu unterbreiten. Wir hatten in den nächsten drei Tagen wenig zu tun, und ich hatte überlegt, nach Leipzig zu fahren, um alte Freunde zu treffen, aber der Gedanke daran, daß ich zufällig oder weniger zufällig Gerda begegnen könnte, hielt mich davon ab.

Dann kam ein Mann in den Fünfzigern herein. Unter dem Arm trug er einen rechteckigen Gegenstand, der in Packpapier eingewickelt war, und trat auf die Theke zu. Der Wirt begrüßte ihn lauthals, und der Mann reichte das rechteckige Paket über die Theke. Er war klein, dunkelhaarig und trug einen dünnen Schnurrbart. Er schob sich neben zwei der Thekensteher, die ihm etwas Platz machten, und trank den Espresso, den er sofort bekommen hatte, ohne ihn bestellt zu haben. Seine Augen gingen unruhig im Gastraum umher und blieben auch kurz an mir hängen. Er erinnerte mich an einen Schweizer Schauspieler aus einigen der anspruchsvollen Filme, in die Gerda mich mitgenommen hatte. In einem davon war er ein erfolgreicher Geschäftsmann, der von seiner Frau weggeschickt wird. In einem anderen hatte er einen Bilderrahmer gespielt, der in kriminelle Machenschaften verwickelt wird. Das waren alles alte Filme, vor meiner Zeit, und Gerda hatte mich in Programmkinos geschleppt, um sie mir zu zeigen.

Jetzt packte der Wirt das Paket aus und hielt dann das holzgerahmte Bild hoch, das eine Schar Engel auf einer Wolke zeigte. Die Thekensteher klatschten Beifall, und wenn ich es richtig verstand, ging es danach darum, wo das Bild seinen Platz finden sollte. Der Wirt stellte das Bild zunächst in einem Raum hinter der Theke ab, nahm Geld aus der Kasse, gab es dem Überbringer des Bildes und ließ sich eine Quittung unterschreiben.

Der kleine Mann, der bis dahin einen fast verschüchterten Eindruck gemacht hatte, begann nun mit dem Wirt und den anderen Gästen zu sprechen und offenbar auch zu scherzen. Seine Stimme war überraschend fest. Etwas irritierte mich an der Unterhaltung, bis ich herausfand, daß das Gespräch von allen in einer Mischung aus Deutsch und Niederländisch geführt wurde, wobei mir schien, daß der Übergang manchmal mitten im Satz stattfand. Inzwischen war es sehr voll und laut geworden, und ich packte meine Sachen zusammen. Meine Versuche, durch Winken auf mich aufmerksam zu machen, blieben ohne Erfolg, und schließlich ging ich an die Theke, um zu bezahlen.

„Drei Gulden zwanzig", sagte der Wirt auf deutsch zu mir, und ich zählte das noch ungewohnte holländische Kleingeld aus meinem Portemonnaie zusammen. Der kleine Mann, der das Bild gebracht hatte, stand direkt neben mir und sagte, als ich die Summe zusammenklaubte: „Das ist zuviel. Die Zehner sind die ganz Kleinen. Kann ich Ihnen helfen?"

Winschoten ist ein kleines Städtchen, auch wenn es zu gewissen Zeiten sehr quirlig erscheint. Als ich aus der Kneipe kam, war die Straße fast leer. Ich machte mich auf den Weg zurück zu meinem Auto, und nach ein paar Minuten begriff ich, daß ich nicht mehr wußte, wo in dem kleinen Städtchen Albert Heijns Supermarkt stand. Ich bog in eine enge Gasse ein, die links abzweigte, und kam auf die Geschäftsstraße, in der ich die Rührschüssel und die Tafel spanische Schokolade gekauft hatte. Meine Hoffnung, dort irgendwo am Ende den Supermarkt zu sehen, wurde enttäuscht, und ich ging lieber in die Straße zurück, aus der ich gekommen war, um neu anzusetzen. Noch stand ich und sah unschlüssig nach links, als der kleine Mann die Straße entlang kam und mich fragte, was er mich vor zehn Minuten schon einmal gefragt hatte: „Kann ich Ihnen helfen?"

„Ich finde mein Auto nicht mehr", sagte ich. „Es steht vor dem Supermarkt von Albert Heijn."

Er lachte kurz und sagte dann, das sei ohnehin sein Weg, denn er wohne in einem der häßlichen Obergeschosse neben Albert Heijn. Wir setzten uns in Bewegung, und mein Begleiter fragte mich, woher ich käme und was mich nach Winschoten führte. Ich erzählte von unseren Forschungen, von Ritz und von Klaus und auch von Leipzig. „Da oben wohne ich", sagte er, als wir den Platz erreicht hatten und zeigte auf ein Fenster über einer Ladenzeile.

„Sie sind Deutscher?" fragte ich.

„Ja, aber ich wohne schon lange hier."

„Sie rahmen Bilder?"

Er nickte. „Habe meine eigene kleine Werkstatt, seit ein paar Jahren."

„Darf ich Ihnen mal eins bringen?"

„Sicher. Ist ja mein Beruf." Er gab mir eine Karte.

Ich zeigte auf die andere Seite des Platzes. „Vielen Dank. Da steht mein Auto." Ich ging zum Wagen hinüber, und als ich den Wagen aufschloß, rief er: „Das ist Ihr Auto?"

„Ja. Warum, ist etwas damit?"

Er schüttelte den Kopf, etwas irritiert, wie mir schien, und war gleich danach in dem Haus verschwunden, in dem er wohnte. Zu Hause in meiner kleinen Wohnung in Bunde sah ich mir seine Karte an und las, daß er Jonas Blei hieß und *lijstenmaker* war, was ich mir als Rahmenmacher übersetzte. Seine Werkstatt lag in der Bosstraat, und eine Telefonnummer war auch angegeben.

Ritz kam am Montag sehr zufrieden zurück. Er und seine Begleiter hatten in Hannover einen Durchbruch erzielt, was die Entschädigungsleistungen für Landwirte anging, aber seine gute Laune beruhte vor allem darauf, daß er außerdem weiteres Geld für unsere Forschungen lockergemacht hatte: Geld, das in diesem Fall für Öffentlichkeitsarbeit ausgegeben werden sollte, um das Verständnis für unsere Arbeit und für unsere Schützlinge zu fördern und uns ins rechte Licht zu rücken. Er dachte an eine fundierte, aber populärwissenschaftliche Studie, und offenbar hielt er mich für besonders geeignet, sie vorzubereiten oder gar zu schreiben: vielleicht trug ich deutlich stärker als Klaus noch den Geruch der Universität an mir. Er überhäufte mich mit Material, richtete mir in Ditzum beim Naturschutzbund ein kleines Büro ein, stattete mich mit ein paar Vorgaben aus, was Umfang und Stoßrichtung der Broschüre anging, und ließ mich im großen und ganzen in Ruhe.

Es war nicht das, was ich gewollt hatte, als ich hierhergekommen war. Trotz Dunkelheit und Kälte hätte ich doch lieber mit den anderen – mit Ritz selber, mit Klaus, mit den Leuten vom Naturschutz – in der Frühe auf Beobachtungsposten gehockt, Schwäne beringt und Freßwanderungen verfolgt.

Vielleicht hätte ich auch gern Überzeugungsarbeit bei den Bauern geleistet. Jetzt fühlte ich mich wie zurückversetzt in die Uni, und das wollte ich nicht. Aber es ist ausgeschlossen, sich den Anweisungen von Ritz zu widersetzen. Nicht, daß er übermäßig autoritär wäre – man kommt nur gar nicht auf den Gedanken, ihm zu widersprechen.

Klaus zog abends manchmal mit mir los, ein Bier trinken oder zu irgendwelchen Konzerten in Leer. Er merkte, daß ich mich etwas allein gelassen fühlte und versuchte, mich aufzumuntern. Ich erzählte ihm von Leipzig und von der Geschichte mit Gerda, wie sie mich ohne Übergang hatte im Regen stehen lassen und mit einem Dramaturgen abgerauscht war. Es würden andere kommen, und wir könnten uns ruhig ein bißchen umsehen, meinte Klaus, aber ich sagte, ich wollte keine andere haben und wollte mich nicht umsehen.

„Sie verdient nicht, daß du ihr so nachhängst", sagte er, „sie verdient ganz was anderes. Und du auch."

„Gänse brauchen nach dem Tod ihres Partners auch lange, bis sie jemand anderen wählen", sagte ich. Die Treue der Gänse sollte eines der Herzstücke meiner Broschüre werden.

„Deine Gerda ist nicht tot, sondern putzmunter", sagte Klaus, „und wir sind im übrigen keine Gänse. Aber was soll's, es ist deine Sache. Einen trinken wir noch."

In Leipzig und auf Reisen war Gerda mit mir manchmal in Museen gegangen, in der gleichen Art, wie sie mich für ihre Sicht des Kinos begeistern wollte, was selten gelang. Bei den Bildern kamen wir uns leichter näher als beim Kino. Zu meinem letzten Geburtstag, bevor ich verlassen wurde, schenkte sie mir die Reproduktion eines Bildes von Constable, *Blick auf den Stour*. Ich hatte das Bild einmal in einem der Kataloge gesehen, die bei ihr herumlagen, und es hatte mir sofort gefallen. Es interessierte mich nicht, daß es eines der ersten reifen Bilder Constables war, wie Gerda mir erklärte, und daß es noch den Charakter einer Skizze hatte. Das Bild verschaffte mir einfach nur ein ungeheures Glücksgefühl, das ich vor Gerda zu verbergen suchte, weil ich Angst hatte, sie würde es wie alles andere zerreden. Immerhin ließ ich sie wissen, daß es mir sehr gefiel, und so bekam ich es zum Geburtstag, drei Wochen, bevor sie mit ihrem Dramaturgen nach Berlin verschwand.

Man sieht einen kleinen Fluß, den Stour, der im östlichen England fließt und Suffolk von Essex trennt. Er windet sich durch eine nicht besonders aufregende Parklandschaft; das linke Ufer ist mit Bäumen bestanden, deren Kronen sich im Wasser als dunkle Schatten spiegeln. Sonst sind die Farben des Flusses eher hell und freundlich. Von dem Bild geht jedenfalls nichts Bedrohliches aus, eher Frieden, der auch die Menschen einschließt. Auch wenn keine Menschen zu sehen sind, denkt man sofort an eine bewohnte Landschaft, in der weiter vom Fluß entfernt Leute ihrer ehrlichen Arbeit nachgehen, oder aber, da es sich um frühe Abenddämmerung handelt, den Feierabend begehen. Der Himmel nimmt fast zwei Drittel des Bildes ein, und am nahen Horizont zeichnet sich ein schmaler Streifen Abendrot ab. Oben rechts hat Constable mit dem Pinsel deutlich lesbar das Datum 27. Sep. 1810 eingetragen.

Das Bild hat ein quadratisches Format, und es wäre leicht gewesen, einen passenden Fertigrahmen dafür zu finden. Nachdem Gerda mich verlassen hatte, habe ich die Reproduktion jedoch in einer großen Mappe ganz unten auf dem Grund einer Kiste verstaut. Jetzt fand ich, daß es sehr gut in die neue Landschaft passen würde, in der ich lebte, und in meine kleine Wohnung. Ich hatte eine Oberwohnung in einem weißen Haus in Bunde gefunden, nahe der Reformierten Kirche, dem Rathaus und der Postagentur.

Drei Wochen nach meiner ersten Begegnung mit Jonas fuhr ich wieder nach Winschoten, das Bild im Gepäck. Nachdem ich das Haus gesehen hatte, in dem er wohnte, hatte ich mir auch die Werkstatt in einem eher schäbigen Neubau vorgestellt. Die Bosstraat lag aber dem Café DE ENGEL praktisch gegenüber. Jonas' Werkstatt war in einem ansehnlichen, aber nicht protzigen Haus aus rotem Ziegel mit hell abgetönten Fensterbögen untergebracht, gleich anfangs der Straße auf der linken Seite. Als ich sie betrat, saß er an einem kleinen Tisch in der Tiefe des Raums und schnitt unter dem Licht einer Arbeitslampe ein Passepartout zu. Obwohl eine alte Ladenklingel mit einem schönen dreistufigen Klang den Besucher anzeigte, sah er nicht gleich auf, sondern arbeitete weiter und sang dabei leise zwei Zeilen eines altes Liedes vor sich hin: *Now the winter time is coming / the windows are filled with frost...* Das war ein Lied vor meiner Geburt, aus Jonas' Jugend, aber ich kannte es trotzdem. Wir sind ja damit aufgewachsen oder haben es später gelernt, daß in Wahrheit alle große Musik in der Zeit entstanden ist, als Jonas jung war, und mit Bob Dylan sind wir sowieso alle irgendwann gefüttert worden.

Dann sah Jonas auf und blinzelte mich aus dem Halbdunkel an, in dem er saß. Er stand auf und kam zur Ladentheke, mit einem Lächeln, das zwischen Freundlichkeit und Frechheit pendelte und das ich schon vor drei Wochen bei unserem kurzen Gang zum Auto bemerkt hatte.

„Ah", sagte er, „unser junger Naturforscher von der anderen Seite der Grenze. Was kann ich für Sie tun?"

Ich öffnete die Mappe und legte das Bild von Constable auf die Theke. „Das hätte ich gern gerahmt."

Jonas ging hinter der Theke hin und her und besah sich das Bild genau. Er trug eine graue Cordhose und eine blaue Arbeitsjacke. Bei unserer ersten Begegnung hatte ich ihn nicht nur für klein, sondern auch für zierlich gehalten. Jetzt stellte ich fest, daß er durchaus kräftig und gedrungen war. Ich sah die leuchtende Härte in seinen dunkelblauen Augen, während ich im ENGEL vor allem die Unruhe gesehen hatte. Später sollte ich bemerken, daß die Härte auch zum freundlichen Strahlen werden konnte, wenn ihm etwas gefiel oder er sich wohl fühlte.

„Natürlich wollen Sie Holz, kein Metall", sagte er jetzt mit einer Entschiedenheit, die es mir ein für alle Male verbot, Metall zu verlangen, selbst, wenn ich es gewollt hätte. Jonas machte mir weiter klar, daß ich entweder einen Grünton oder einen mittleren Braunton brauchte, um die Farbe entweder des Ufers oder der Bäume aufzunehmen. Er legte verschiedene Rahmenmuster mit Flachprofil an das Bild an und zeigte schließlich mit einer nachdrücklichen Geste auf einen warmen Braunton. Ich war froh, daß er mir die Entscheidung abnahm, und nickte zustimmend. Das Passepartout, das er auswählte, wiederholte den Braunton in einer deutlich helleren Nuance, „und nun", sagte Jonas, „müssen Sie nur noch sagen, wann Sie es brauchen."

Ich zuckte mit den Schultern. „Hat Zeit", sagte ich, „ich weiß nicht, wie Sie mit Aufträgen eingedeckt sind."

„In zehn Tagen?" Plötzlich wechselte seine Haltung vom Entschiedenen wieder zu der Scheu, die ich an ihm wahrgenommen zu haben glaubte. Er blätterte in einem großen Kalender. „Das wäre der einundzwanzigste Dezember."

Ich stimmte zu, und er fragte mich nach meinem Namen und meiner Adresse. „Ich heiße Philipp Klausner", sagte ich, „und ich wohne in Bunde am Kirchring 3."

Ich gab ihm noch meine Telefonnummer, und er brachte mich bis vor die Tür. Er zeigte auf den Wagen. „Den haben Sie von den Gieselers gekauft, stimmt's? Die beiden wohnen am Tief, und er malt Landschaften."

„Stimmt", sagte ich.

„Die lassen hier manchmal rahmen", sagte er. „Wenn Sie sie noch mal sehen, grüßen Sie. Von Jonas."

„Das werde ich tun."

Selbstverständlich war ich nicht nur mit meinen Vorarbeiten für die Broschüre beschäftigt. Ich nahm an den Zählungen teil und an den Beobachtungen der Freßbewegungen der Bläßgänse. Das war in jenem Winter unser Forschungsschwerpunkt: Wo begannen sie mit ihrer Fresserei, und in welcher Richtung arbeiteten sie sich vor? Wie lange blieben sie in den einzelnen Äsungsgebieten, bevor sie weiterwanderten? Wo waren Störfaktoren, die sie vom Kurs abbrachten? Würden sie den Zyklus in diesem Winter einmal oder mehrmals wiederholen?

Naturgemäß saßen wir frühmorgens auf Posten, wenn die Tiere von ihren Schlafplätzen am Dollart in die Äsungsgebiete kamen. Ritz hatte eine Praktikantin von einem Gymnasium eingestellt, die später einmal Biologie studieren wollte und nun für vier Wochen bei uns war. Klaus feixte und stieß mich in die Seite, wenn das schöne blonde Mädchen neben uns lag und angestrengt durchs Fernglas sah. „Die wäre doch wie geschaffen für dich, da kannst du deine blöde Gerda vergessen." Ich nahm ihn beiseite und machte ihm klar, daß ich keine Anzüglichkeiten wollte, daß er das Mädchen in Ruhe lassen und die Nase aus meinen Sachen heraushalten sollte. Klaus winkte gutmütig ab. „Ich hab's doch nicht ernst gemeint", sagte er.

Alle zwei Tage verorteten wir die Gänse neu. Wir hatten das gesamte Rheiderland in Parzellen von zweihundert mal zweihundert Metern eingeteilt und trugen jeden zweiten Tag den Gänsebestand auf den einzelnen Parzellen genau ein, um die Wanderungsbewegungen erfassen zu können. Klaus machte darüber einen Witz, den ich wesentlich geistreicher fand, als seine blöden Bemerkungen zu dem Mädchen: „Das ist die perfekteste Rasterfahndung, die es jemals gegeben hat", sagte er.

Gegen Mittag verließ ich die anderen und zog mich in mein Büro in Ditzum zurück. Manchmal fuhr ich auch einfach nur ein paar Stunden übers Land, und in der Woche, nachdem ich das Bild von Constable in Winschoten abgegeben hatte, machte ich einen Abstecher zur Kate des Malerehepaars. Ich parkte den Wagen vor der kleinen Gastwirtschaft auf der anderen Straßenseite und ging zur Kate hinunter. Die Haustür, die direkt in die Küche führte, stand offen. Ich rief ein paarmal, und aus einem der hinteren Räume kam der alte Maler nach vorn, lächelte mich an und gab mir die Hand.

„Ist was mit dem Wagen?"

„Der Wagen ist prima", sagte ich. „Ich kam nur gerade vorbei und dachte, ich schau mal rein. Ich soll Sie auch beide grüßen."

„Meine Frau ist im Atelier", sagte der Maler. „Wer grüßt?"

„Jonas", sagte ich. „Der Bilderrahmer aus Winschoten. Ich habe ihn zufällig kennengelernt und ihm ein Bild gebracht. Er hat den Wagen erkannt."

Der Maler ging zum Herd und setzte Wasser auf. „Ich mache Tee", sagte er. „Der Jonas. Den habe ich seit einem Vierteljahr nicht mehr gesehen."

„Er sagt, Sie lassen manchmal bei ihm rahmen."

„Stimmt, ja. Es gab aber lange nichts mehr zu rahmen."

„Wie sind Sie auf ihn gekommen? Schließlich gibt's ja auch hier Rahmengeschäfte."

Der Maler goß den Tee auf. „Ach, Jonas und ich kennen uns schon lange", sagte er unbestimmt. „Ich komme aus Hamburg, und er auch. Wir sind zwar fast zwanzig Jahre auseinander im Alter, aber wir sind uns trotzdem manchmal über den Weg gelaufen. Dann, als ich hierher kam, habe ich zufällig erfahren, daß er dort drüben arbeitet. Da war er noch nicht selbständig. Er hat den Laden vor ein paar Jahren von seinem Chef übernommen, der hat sich zur Ruhe gesetzt. Mache ich auch bald. Meine Bilder will sowieso keiner mehr."

Wir setzten uns an den Tisch, auf dem schon die Teetassen standen, als rechne er zu jeder Zeit mit plötzlichem Besuch.

„Ich kenne mich nicht so aus", sagte ich, „aber wenn Sie mir mal welche zeigen und mir eins gefällt, kaufe ich es Ihnen ab."
Der Maler lachte. „Geld ist nicht das Problem. Vor zwanzig dreißig Jahren waren Gieselers sehr begehrt, und ich habe genug verdient und bin im übrigen genügsam, wie Sie sehen. Das Problem ist, daß heute kaum noch einer mit meinen Augen sehen will."
„Sie haben nichts hier?"
„Gar nichts. Wenn Sie Zeit haben, rufen Sie mal an, und wir fahren zusammen ins Atelier. Was machen die Gänse?"
„Es läuft alles bestens", sagte ich, „wir haben sie voll im Visier. Wir machen so eine Art Rasterfahndung. Die entkommen uns nicht."

Am einundzwanzigsten Dezember, einem Samstag, fuhr ich wieder nach Winschoten, nachmittags gegen vier. Inzwischen hatte einer der kältesten Winter der letzten Jahre begonnen, unter dem nicht nur die Gänse litten. Wenn wir morgens auf Posten saßen, froren wir alle trotz dicker Kleidung, und die Praktikantin mit ihrer blaugefrorenen Nase tat mir leid. Ich selber war froh, mich gegen Mittag ins Warme zurückziehen zu können und Ritz dankbar für den Spezialauftrag, den er mir gegeben hatte.
„Kalt, oder?" sagte auch Jonas, als ich sein Geschäft betrat und mich wieder an den drei absteigenden Tönen der Ladenglocke freute. Er legte eine Gehrungssäge beiseite und hielt ein Stück Rahmen ins Licht, um es zu prüfen. Im hinteren Raum herrschte wieder das Halbdunkel, das ich schon vorher sehr angenehm gefunden hatte. „Was machen die Gänse?" fragte er dann wie der Maler, und ich antwortete: „Die entkommen uns nicht. Wir machen so eine Art Rasterfahndung."
Jonas legte das Stück Rahmen beiseite und stand auf, um mein Bild zu suchen.
„Und was soll das heißen?"

Ich erklärte ihm, wie wir in unserer Arbeit vorgingen.

„Ja, ja", sagte Jonas, „Perfektion ist der erste Schritt zum Erfolg." Er schien einen Moment lang leicht verstimmt zu sein, hatte dann aber das Bild gefunden und zeigte es mir. Als ich es sah, kehrte das Glücksgefühl zurück, das ich beim ersten Anblick empfunden hatte, und dazu kam in diesem Moment noch etwas anderes: das heftige Empfinden der Rettung. Ich erkannte plötzlich, daß ich Leipzig und allen Verwicklungen dort entkommen war; daß ich begonnen hatte, mich in dem kargen, flachen Land zu Hause zu fühlen, in dem ich seit ein paar Monaten lebte; daß ich einer guten Arbeit nachging, die mich beschützte. Ich stehe nicht im Ruf, sentimental zu sein, aber ich spürte jetzt ein paar Tränen kommen, und auch Jonas bemerkte das.

„Na", sagte er, aber nicht spöttisch, „Sie sind ja ganz gerührt. Sind Sie mal dort gewesen?" Er zeigte auf das Bild.

Ich schüttelte den Kopf. „Nein", sagte ich, „das Bild hat mir nur gerade gezeigt, wieviel Glück ich in meinem Leben gehabt habe."

Er sah überrascht zu mir hoch und zuckte kurz, dann fragte er: „Soll ich es einpacken? Brauchen Sie eine Quittung?"

„Quittung brauche ich nicht", sagte ich. „Was muß ich bezahlen?"

„Fünfzig Gulden."

„Ist das nicht ein bißchen wenig?"

„Es ist kein Sonderpreis. Das Bild haben Sie bezahlt. Es ist klein. Ich brauchte wenig Holz, wenig Glas, wenig Papier fürs Passepartout. Arbeitszeit ist auch drin. Es ist der korrekte Preis, glücklicher Mann." Er grinste.

Es war kurz vor fünf und draußen, am kürzesten Tag des Jahres, längst dunkel. In der Dunkelheit schimmerten ein paar verkrustete Schneereste.

„Ich mache jetzt zu", sagte Jonas. „Ich gehe nach drüben." Er zeigte zur Straße, ungefähr in Richtung vom ENGEL. „Vielleicht wollen Sie noch was mit mir trinken? Ich würde gern mit jemandem sprechen, der Glück gehabt hat in seinem Leben."

Die Frau hinter der Theke und einige Männer davor winkten Jonas kurz zu, als wir hereinkamen. Jonas zeigte auf den Tisch am Fenster, an dem ich vor ein paar Wochen gesessen hatte. „Da ist noch frei", sagte er.

„Wollen Sie nicht an die Theke?"

„Mit denen kann ich mich jeden Tag unterhalten", sagte er. „Wann Sie das nächste Mal kommen, weiß ich nicht."

Jonas bestellte ein Bier; auch ich hatte Lust darauf, blieb aber standhaft, wegen des Fahrens, und nahm einen Milchkaffee.

„*Koffie verkeerd*", spottete Jonas. „Die haben schon komische Namen für manche Sachen, die Holländer."

„Mögen Sie sie nicht?"

„Ich bin gern hier. Man kann mit ihnen reden und lachen, aber sie lassen einen in Ruhe. Immer hübsch an der Oberfläche bleiben. "

Es wurde schnell voll, wie vor ein paar Wochen auch, und Jonas sagte: „Jetzt haben wir viel Lärm um uns; uns hört keiner mehr. Jetzt können Sie mir erzählen, warum Sie ein glücklicher Mensch sind."

„Das habe ich nicht gesagt. Ich habe gesagt, daß ich Glück gehabt habe in meinem Leben."

Ich erzählte von meinem Studium in Leipzig, und wie ich vorher durch die Wende knapp dem Dienst in der Nationalen Volksarmee entkommen war. Ich erzählte auch von Professor Gruber, zu dessen besonderen Schützlingen ich gehört hatte, und davon, wie ich Gerda kennengelernt hatte. Ich erzählte, wie sie mich plötzlich hatte sitzen lassen und mit einem Dramaturgen nach Berlin gegangen war, und wie Professor Gruber sofort meine Lage erkannt und mich praktisch hier an die Küste geschickt hatte.

„Das Bild, das Sie gerahmt haben, hat mir Gerda geschenkt", sagte ich, „aber ich nehme es jetzt nicht mehr als Erinnerung an die Vergangenheit, sondern als die Zukunft. Es ist sehr friedlich, finden Sie nicht?"

Jonas nickte. „Zum ewigen Frieden", sagte er.

„Was?"

„Das ist eine Schrift von Kant."

„Kennen Sie sich mit so etwas aus?"

„Ich habe mal ein bißchen Philosophie studiert. Ich durfte studieren, obwohl mein Vater nur Tischler war. Zum Glück habe ich aber auch sein handwerkliches Talent geerbt."

„Haben Sie nicht zu Ende studiert?"

„Nein, es kam damals einiges dazwischen."

„Damals, wann war das?"

„Für wie alt halten sie mich?"

Ich zuckte mit den Schultern, obwohl ich eine ziemlich genaue Einschätzung hatte.

„Ich bin im Oktober fünfzig geworden", sagte Jonas, „dann können Sie sich ausrechnen, wann ich studiert habe."

„Verraten Sie mir wenigstens, wo?"

„In Berlin", sagte Jonas, „aber nicht in Ihrem da, im Osten, sondern auf dem Friedhof nebenan, in Westberlin."

Er wechselte plötzlich die Stimmlage und deklamierte: *„This is AFN Berlin in the midnight hour, and you listen to quiet music from a quiet city."* Er lachte. „Das habe ich tatsächlich mal gehört."

„Warum sind Sie nicht in Hamburg geblieben?" fragte ich.

Jonas hatte gerade sein zweites Glas Bier aufnehmen wollen; jetzt stieß er schreckensstarr dagegen, und ich konnte es noch knapp auffangen.

„Woher wissen Sie, daß ich aus Hamburg komme?" fragte er.

„Das hat mir der Maler erzählt", sagte ich, „der Gieseler. Ich habe ihn vor ein paar Tagen getroffen, und wir haben uns auch über Sie unterhalten."

„Ach so. Ja, Christoph." Er schien sich von seinem Schreck, wodurch immer er ausgelöst worden war, erholt zu haben. „Na, damals ging man eben nach Berlin oder nach Frankfurt, und ich bin nach Berlin gegangen. Siebenundsechzig, da war ich einundzwanzig Jahre alt. War vorher noch bei der Bundeswehr. Sehen Sie Christoph und Beate öfter?"

Ich sagte ihm, daß ich spontan dort vorbeigefahren und daß der Maler im übrigen allein gewesen sei, seine Frau im Atelier. Ich fragte ihn, ob er die beiden ab und zu sah.

„Sie kommen manchmal rüber."

„Und Sie, Sie fahren auch manchmal dahin?"

„Nein, nie. Ich bin seit vielen Jahren nicht mehr in Deutschland gewesen." Ich fragte warum, und er zuckte mit den Achseln. „Das ist doch nicht interessant."

Eine Stunde, und ich war nicht einen Schritt vorwärtsgekommen. Ich erfuhr nicht, warum Jonas sein Studium nicht fertiggemacht hatte, und ich erfuhr nicht, warum er als Bilderrahmer in Holland gelandet war. Ich muß auch gar nichts erfahren, sagte ich mir ein paarmal, ich bin hierhergekommen, um ein Bild abzuholen, nicht als Detektiv. Statt dessen erzählte mir Jonas Geschichten von den Leuten, die an der Theke standen und die er alle gut kannte, und erklärte, wie wichtig es sei, ein Handwerk zu beherrschen und seine Arbeit gut zu machen, und dann sprach er fast wörtlich aus, was ich vorhin in seiner Werkstatt gedacht hatte: „Das beschützt einen Menschen, verstehen Sie."

„Ja", sagte ich. „Meine Arbeit beschützt mich auch, das merke ich jetzt." Jonas nickte und erkundigte sich wieder nach den Gänsen.

Die Gänse machten uns etwas Sorgen, weil der Winter bis Ende Januar so hart blieb, wie er Mitte Dezember eingesetzt hatte. Bei Temperaturen unter sechs Grad wächst kein Gras nach, und Gänse ernähren sich vor allem im Winter nun einmal hauptsächlich von Gras. Deshalb kommen sie ja im Winter hierher, wo das Gras unerschöpflich zu sein scheint. Sie hatten ihre Freßtour ganz im Norden begonnen, nicht weit von ihren Schlafplätzen am Dollart, und fraßen sich nun weiter südlich in Richtung Bundesstraße. Wir konnten bei der Kälte und dem in diesem Jahr knapperen Angebot morgens kleine Vortrupps beobachten, die nach unentdeckten Äsungsgebieten suchten und bei Erfolg die anderen nachholten. Ich fühlte mich manchmal ein wenig an die Erzählungen meiner Großeltern aus der Zeit nach dem Krieg erinnert, als der Vater meines Großvaters hamstern und tauschen ging. Später im Winter wichen die Gänse sogar auf die rechte Seite der Ems aus, weil links nichts mehr zu holen war.

Mit Beginn der Weihnachtsferien verabschiedete sich die Praktikantin von uns, und Ritz lud uns alle zum Essen ins HOTEL ZUM WEINBERGE in Weener ein, wo immer ein Zimmer für ihn reserviert war und wo er wohnte, solange er nicht unterwegs war. Über Weihnachten bis ins neue Jahr fuhr Klaus nach Hause ins Rheinland, zu seinen alten Eltern. Ich hatte erwartet, daß auch Ritz wenigstens die Weihnachtstage bei seiner Familie in Münster verbringen würde, aber Ritz hatte sich im Laufe des Jahres von seiner Familie getrennt – nur hatte das keiner von uns gemerkt. Wir beide setzten also die Arbeit auch zwischen den Jahren fort, in bitterer Kälte.

„Sehen Sie", sagte er, „sie machen nur noch die nötigsten Bewegungen."

Tatsächlich waren die Gänse von ihrem üblichen Fressen in der Vorwärtsbewegung abgekommen und fraßen jetzt im Liegen, um bei den frostigen Temperaturen Energie zu sparen. Sie lagen und fraßen, so weit ihr Schnabel reichte, und dann bewegten sie sich auf den nächsten Liegeplatz zu.

Wenn wir später am Vormittag einen Kaffee trinken gingen, fragte Ritz mich öfter, ob ich noch irgend etwas brauchte für meine Arbeit und ob mein Büro in Ordnung und gut geheizt sei. Er fragte mich auch nach Professor Gruber. Was ich abends machte oder in meiner freien Zeit, fragte er mich nicht. Professor Ritz konnte sich nichts anderes vorstellen, als daß man sich in solcher Zeit entweder weiter in der Sache fortbildete oder aber Kräfte sammelte, um erneut Gänse beobachten zu können.

Heiligabend war ich bei dem Malerehepaar eingeladen, das ganz traditionell eine Gans gebraten hatte, gefüllt mit Backpflaumen und Maronen. Am Ende des Abends waren wir beim Du, obwohl ich noch etwas üben mußte, einen Mann zu duzen, der gut vierzig Jahre älter war als ich. Ich erzählte von meiner zweiten Begegnung mit Jonas und wie wir im Engel etwas getrunken hatten. Ich fragte, ob sie ihn ab und zu sahen.

„Wir fahren manchmal rüber", sagte Beate, „auch wenn wir nichts zu rahmen haben, und besuchen ihn. Er ist ein bißchen allein."

„Aber da in der Kneipe kannte ihn fast jeder", sagte ich.

„Sicher, das sind alles gute Bekannte, aber keine Freunde."

„Und was hat ihn überhaupt nach Winschoten verschlagen?"

„Ach Gott", sagte Christoph Gieseler, „das ist eine lange und etwas verworrene Geschichte, da steigen wir auch nicht so durch. Ich habe übrigens ein Geschenk." Er stand auf, ging in den Raum hinter der Küche und kam mit einem kleinen Aquarell wieder. Beim ersten Hinsehen schien es mir eine beliebige Dorfstudie zu sein, dann begriff ich, daß es die Kirche mit Friedhof in Bunde zeigte, gemalt etwa aus dem Blickwinkel, den man einnahm, wenn man aus meinem Haus die Straße gut fünfzig Meter nach links hinunterging und dann die Durchsicht zwischen dem Seitenflügel des Rathauses und dem Büro einer Immobilienfirma auf Kirche und Kirchhof hatte.

„Ganz frisch", sagte er, „konnte es leider noch nicht rahmen lassen. Ist ja auch besser so, such dir deinen Rahmen selber aus."

Ich war verlegen, denn an ein Geschenk hatte ich natürlich nicht gedacht, nur als Dank für die Einladung die spanische Schokolade mitgebracht, die ich vor Wochen in Winschoten gekauft hatte. Die beiden bemerkten meine Verlegenheit, und Beate sagte: „Das ist schon in Ordnung, es geht hier nicht um Tauschgeschäfte."

Spätabends fuhr ich nach Hause, leicht angetrunken und mit angestrengtem Blick in die Dunkelheit starrend, weit und breit der einzige auf der Straße nach Bunde. Bevor ich schlafen ging, sah ich mir noch einmal das Aquarell an und bemerkte erst jetzt, daß es Kirche und Friedhof im Sommer zeigte, in einem weichen, fast toskanischem Licht, wie ich es mir hier in der Gegend gar nicht vorstellen konnte: als wollte der Maler Gieseler mich über die kalten und dunklen Zeiten hinwegtrösten und mir bedeuten, daß es auch wieder hellere geben würde.

Es war nach dem Ende der Kälte, als ich das gerahmte Bild abholte, in den ersten Februartagen. Wir hatten einen sehr einfachen, flachen Rahmen aus hellem Holz ausgewählt, um das luftige Bild nicht zu erdrücken. Jonas strahlte mich an, als ich den Laden betrat, und fragte als erstes: „Na, haben die Gänse überlebt?"

„Sieht so aus", sagte ich.

Er zeigte mir das fertig gerahmte Bild und sprach mich zum ersten Mal mit du an. „Jetzt hast du vom Gieseler seine zwei Landschaften", sagte er, „die, in der er wohnt, und die, wo er immer hinfährt."

Ich verstand nicht.

„Naja, das Rheiderland und den Constable. Er fährt jedes Jahr mindestens einmal dorthin, ins Constable Country. Ich dachte, er hätte dir das vielleicht erzählt. Ihr habt doch Weihnachten eine Gans zusammen gegessen."

„Nein", sagte ich, „darüber haben wir nicht gesprochen. Sie kennen... ihr kennt euch gut?"

„Ich habe ihn kennengelernt, als ich noch zur Schule ging und er noch in Hamburg wohnte. Er hatte da eine Ausstellung in einer der ersten Galerien am Ort. Er war mal wer, glaub mir das."

Ich nickte. „Glaube ich gern. Ich kenne mich nicht so aus in der Kunst. Gerda hat versucht, mich zu erziehen, aber sie hat sich dann nicht mehr genug Zeit genommen, weil der Dramaturg aufkreuzte. Den brauchte sie nicht zu erziehen."

Jonas überhörte meine aufkommende Bitterkeit und ging auf die Sätze nicht weiter ein, sondern sagte: „Er ist immer noch wer, aber die meisten bekommen es nicht mehr mit."

Ich ahnte, daß Christoph und vielleicht auch Beate für ihn mehr waren als nur Künstler von jenseits der Grenze, die ab und zu mal etwas zum Rahmen brachten. Seine Bewunderung für Gieselers Arbeit war offensichtlich, aber in der Art, wie er von ihm sprach, klang noch etwas anderes mit.

„Er hat mir auch geholfen, als ich das Geschäft hier übernommen habe", erzählte Jonas weiter. „Das hätte ich ja allein nie und nimmer bezahlen können. Und er will nichts zurückhaben. Wenn die beiden kommen, führe ich sie manchmal zum Essen aus, wenn ich es mir gerade leisten kann. Einmal waren wir sogar in Groningen. Ich würde auch die Rahmungen umsonst machen, aber sie wollen das nicht annehmen."

Also das war es, Dankbarkeit – aber keine unterwürfige, sondern eher eine etwas erstaunte Dankbarkeit, erstaunt darüber, daß es Leute gab, die einfach so helfen, ohne etwas dafür haben zu wollen.

„Gehen wir noch was trinken?" fragte Jonas. „Es ist jetzt sowieso Feierabend."

Ich schüttelte den Kopf und erklärte, daß ich morgen einen überaus anstrengenden Tag vor mir hatte, und dann sah ich den plötzlichen Schmerz in seinen Augen, sah das Verlassensein und wie er sich zur Seite drehte, ein undeutliches „macht nichts" murmelnd. Übermorgen, sagte ich, übermorgen würde ich gern kommen und mit ihm einen trinken gehen, vielleicht sogar nach Groningen fahren und etwas essen, er kannte sich doch sicher aus? Ich sah, wie der Schmerz langsam schwand, und dann nickte er. Aber übermorgen sei Freitag, da habe er länger auf, bis sieben, sagte er, aber es reiche ja, wenn wir um acht in Groningen seien.

„Abgemacht?"

„Abgemacht." Ich nahm das Bild und war schon halb aus der Tür, als mir noch etwas einfiel. „Was ist das mit seiner Hand?"

Jonas verstand nicht sofort.

„Mit Christophs Hand." Ich hatte Weihnachten zum ersten Mal wahrgenommen, daß die rechte Hand des Malers Gieseler eigenartig verkrümmt war und er oft einen Handschuh mit abgeschnittenen Fingern daran trug.

„Ach das. Das ist die Dupuytrensche Kontraktur."

„Was?"

„Naja, er kann eben die Finger nicht mehr richtig strecken und bewegen. Hat vor ein paar Jahren angefangen und ist schlimmer geworden."

„Und wie malt er dann?"

„Er sagt immer, er soll nicht mehr malen, deshalb hat er krumme Finger gekriegt. Aber das ist Koketterie. Er malt – irgendwie."

„Und der Handschuh?"

„Wärme", sagte Jonas, „Wärme hilft etwas."

2 Innen / Außen

Langsam im Frühjahr, im März und April, verließen uns die Gänse. Die Nonnengänse blieben bis Mai, ehe sie sich auf den Weg zurück in die arktischen Gebiete machten. Ritz reiste ihnen für mehrere Wochen nach und nahm Klaus mit. Sie wollten die Auswirkungen des besonders harten Winters auf das Brutverhalten prüfen. Ich sollte hierbleiben und weiter in meinem Ditzumer Büro an der populärwissenschaftlichen Studie arbeiten. Bis zur Rückkehr von Ritz hatte ich das vorhandene Material auf einen bestimmten Stand zu bringen, weil er mit neuem aus der Arktis zurückkommen würde, damit mir die Arbeit nicht ausging, wie er sagte.

Zum ersten Mal erlebte ich mein neues Land, wie es zögernd erblühte und sich Schritt für Schritt an wärmere Temperaturen herantastete. In diesen Breiten findet der Sommer oft im Mai und Juni statt, mit langen warmen Wochen, während es danach wieder unbeständig wird und man Temperaturstürze von zehn Grad in wenigen Stunden erleben kann. Aber im Mai lag ich in den freien Stunden, die ich mir einräumte, oft im Gras und sah in den wolkenlos blauen Himmel, ganz ohne traurige Sehnsüchte und ohne Seelenschmerz. Ich war geheilt und interessierte mich wieder mehr für Flußläufe, Grashalme und Schwäne, für Dörfer, alte Ziegeleien und Bauernhöfe anstatt für mein Innenleben. Ich interessierte mich auch für Jonas, für Christoph und Beate.

Mit Jonas war ich an jenem Freitagabend im Februar wie versprochen nach Groningen gefahren. Wir hatten gegessen, und er hatte mich durch die Stadt geführt. In einer Kneipe trafen wir sogar einen flüchtigen Bekannten von ihm mit seiner Frau: einen deutschen Geschichtsprofessor, der seit vielen Jahren an der Groninger Universität lehrte. Er war etwa so alt wie Jonas, und aus einer Bemerkung hörte ich heraus, daß sie sich damals während des Studiums in Berlin kennengelernt, dann aber aus den Augen verloren hatten. Der Professor interessierte sich auch für meine Arbeit. Da ich mit Gänsen zu tun hatte, fragte er mich nach dem Begriff der Prägung, der ihn brennend zu interessieren schien. Ausbleibende Prägung führt zu schweren Verhaltensstörungen; was in einer bestimmten Zeit nicht gelernt wird, läßt sich nicht mehr nachlernen. Der Professor nickte zufrieden, als ich diese längst bekannten Erkenntnisse erörterte. Jonas schien das Gespräch nicht zu interessieren; er machte sogar einen leicht gereizten Eindruck und wich auf eine Unterhaltung mit der Frau des Professors aus.

Während der Rückfahrt spät in der Nacht sagte er: „Der hat es geschafft. Ich sage das nicht böse. Er macht sehr gute Sachen, glaube ich. Der hat wenigstens sein Studium zu Ende gebracht und nicht den ganzen Quatsch, den ich gebracht habe."

„Was für Quatsch?"

„Du weißt doch, wie das damals war."

„Weiß ich nicht", sagte ich. „Zu der Zeit, die du damals nennst, war ich noch gar nicht geboren, und außerdem bin ich auf der anderen Seite der Grenze aufgewachsen."

„Eines Tages erzähle ich es dir", sagte Jonas. „Jetzt bin ich zu müde und habe zuviel getrunken. Fahr mich einfach nach Hause."

Ich war nüchtern geblieben und lieferte ihn vor Albert Heijn ab, sah ihm noch nach, wie er leicht schwankend zur Tür ging, und fuhr dann nach Hause.

Wir sahen uns erst zehn Wochen später wieder, als Ritz und Klaus gerade abgereist waren. „Jonas hat nach dir gefragt", erzählte mir der Maler, als ich bei den beiden im Gärtchen saß und Tee trank an einem der ersten wirklich warmen Tage. „Ob du gar nicht mehr kommen willst. Wir waren gestern drüben bei ihm. Ob dir im Februar der Abend in Groningen nicht gefallen hat oder ob du böse auf ihn bist."

Ich lachte.

„Das meint er ganz ernst, glaube ich. Ich habe den Eindruck, er möchte sich öfter mit dir unterhalten. Bist du denn böse auf ihn?"

„Überhaupt nicht", sagte ich. „Wir hatten viel zu tun in den letzten Wochen, das ist alles. Ich fahre gleich morgen hin."

Bis heute weiß ich nicht, warum er es ausgerechnet mir erzählte. Vielleicht, weil ich der erste war, der direkt danach fragte.

Der Tag, an dem ich ihn besuchte, war für Ende April ungewöhnlich warm gewesen, und auch jetzt am frühen Abend war die Luft noch mild. Jonas schlug mir vor hinauszufahren, irgendwohin. Ich kutschierte nach seinen widersprüchlichen Anweisungen in der Gegend herum, an Viehweiden und prachtvollen Bauernhäusern vorbei, einmal ins Landesinnere, dann wieder Richtung deutsche Grenze. Scherzhaft schlug er sogar vor, einfach nach Amsterdam zu fahren, schüttelte dann aber sofort den Kopf, als ich den Vorschlag ernst nehmen wollte. Schließlich war er mit Oude Schans zufrieden, einem kleinen Örtchen, das im Lauf der Jahre sehr herausgeputzt worden war und in dem sich nun allerhand Künstler und Kunsthandwerker angesiedelt hatten. Ich kannte den Ort schon von meinen früheren Ausflügen über die Grenze. Wir parkten den Wagen im Zentrum des Ortes, und dann führte Jonas mich langsam an den östlichen Ortsrand, vorbei an einer Galerie, die ihn nach seinen Erzählungen dann und wann mit Aufträgen versorgte, bis wir, in der beginnenden Dämmerung, auf dem freien Feld angelangt waren.

Jonas ging leicht gebückt neben mir her, in Gedanken versunken, und ich hatte das Gefühl, er wollte zu erzählen beginnen und traute sich nicht. Diesmal stellte ich nicht eine meiner kleinen detektivischen Fragen, sondern fragte direkt: „Was hat dich hierher verschlagen, Jonas? Seit wann bist du hier? Wo warst du vorher? Warum kommst du nie nach Deutschland?"

Er blieb stehen und grinste tatsächlich so, wie der Schweizer Schauspieler es in ein paar Szenen tat, als er den Bilderrahmer spielte, an den Jonas mich erinnerte. „Jetzt", sagte er, „jetzt willst du es aber ganz genau wissen. Da müssen wir lange spazieren gehen."

Jonas war spät dran. Als er auf die Welt kam, im zweiten Oktober nach dem Krieg, war sein Vater fünfzig geworden. Ein Halbbruder war einige Monate vor Ende des Krieges im Hürtgenwald ums Leben gekommen, in einem Dorf namens Vossenack. Sein Foto stand auf dem kleinen Schreibtisch in der Werkstatt des Vaters. In den letzten Schuljahren las Jonas Berichte über die furchtbaren Kämpfe im Westen, aber er konnte seinen Halbbruder nicht bedauern, sondern hatte nur Mitleid mit den armen amerikanischen Soldaten, die in diesem fremden Wald ihr Leben riskieren mußten.

„Sie mußten ja wirklich", sagte er, während wir übers freie Feld gingen, „damit diese ganzen Schwerverbrecher endlich verschwanden. Ich habe lange gebraucht, um ein bißchen Mitleid auch mit den Kerlen zu haben, die für sie kämpfen mußten. Sie hätten es ja nicht tun müssen, habe ich lange gedacht."

Sein Vater hatte die Werkstatt über den Krieg gerettet. Sie wuchs, weil im kaputten Hamburg wie überall sonst viel gebaut wurde, mehr als ein Jahrzehnt lang. Manchmal nahm er Jonas in die Firma oder auf Baustellen mit, „und von daher", erzählte Jonas, „habe ich noch heute manchmal eine große Sehnsucht nach den fünfziger Jahren. Alles wurde praktisch neu gemacht, nicht nur die Häuser, sondern auch die Straßen. Teer war einer der intensivsten und häufigsten Gerüche meiner Kindheit. Und die Bauarbeiter tranken in den Pausen noch richtig Bier, wie man es sich vorstellt. Heute sind sie bei Cola oder Limonade angekommen."

Seine Mutter war halb so alt wie sein Vater. Sie hatte ihre ganze Jugend unter den Nazis verbracht und fühlte sich deshalb betrogen. „Vielleicht zu Recht", meinte Jonas, „und da sie sich betrogen fühlte, wollte sie nie mehr an etwas glauben und sich nie mehr betrügen lassen." Sie achtete darauf, daß ihr Sohn in sauberen Sachen zur Schule ging und dort etwas lernte – was Jonas nicht schwer fiel. Er verstand sich auf beides, seinen Kopf zu benutzen ebenso wie seine Hände, ein physikalisches Gesetz zu begreifen ebenso wie ein Bild zu verstehen. In der Schule mochte er anfangs Geschichten, später die Geschichte. Da ging er schon aufs Gymnasium, und seine Mutter war weggelaufen.

„Sie verließ meinen Vater an ihrem fünfunddreißigsten Geburtstag", erzählte Jonas, „das war gut vorbereitet. Er war jetzt über sechzig und hatte sich zehn Jahre lang hauptsächlich ums Geschäft gekümmert. Sie brannte mit einem Geschäftsmann durch, der sich wahrscheinlich auch hauptsächlich ums Geschäft kümmerte, aber zehnmal soviel Geld hatte wie mein Vater. Manchmal bekamen wir noch Briefe von ihr. Um 1960 hörte auch das auf."

„Ein Geschäftsmann ist wahrscheinlich immer noch besser als ein Dramaturg", sagte ich, aber ich glaube nicht, daß Jonas meinen Satz überhaupt hörte. Er war jetzt ganz und gar in seiner Geschichte verschwunden, und ich hatte bei unserem Gang das Gefühl, daß er sie sich eher selber erzählte als mir, vielleicht zum ersten Mal in seinem Leben. Das Verschwinden seiner Mutter reihte er unter die Ungerechtigkeiten ein, die er nicht vertragen konnte. Auch nicht vertragen konnte er: wenn Mitschüler gehänselt wurden von Schlaueren, und wenn sie geschlagen wurden von Stärkeren. Bei Jonas versuchten sie es auch, aber der kluge Jonas war kräftig und konnte zurückschlagen, und nach zwei Versuchen ließ man von ihm ab. Auch nicht vertragen konnte er: wenn man jemanden auslachte, weil er etwas nicht wußte, oder wenn jemand viel mehr Geld hatte als die anderen.

Sein Vater übrigens hatte ausreichend davon, denn das Geschäft ging gut. Was Jonas etwas irritierte, war die Tatsache, daß er nicht lange zu leiden schien. Er brach nicht zusammen, sondern lebte einfach weiter in seinem schönen kleinen Volksdorfer Haus, das er Anfang der fünfziger Jahre gekauft hatte, für eine komplette Familie mit Mann, Frau und Kind. Die Frau war nun nicht mehr da, aber irgendwann sei das zu erwarten gewesen, erzählte er seinem Sohn: ein Mann mit einer Frau, die soviel jünger ist, das geht selten gut.

In den Schulferien trieb Jonas sich oft in der Firma seines Vaters herum, der ihn eines Tages fragte, ob er auch Tischler werden oder lieber studieren wollte. Jonas sagte, am liebsten würde er morgens philosophieren und nachmittags tischlern, und er hatte damals noch gar nicht Karl Marx gelesen. Abends würde er dann malen. Er hatte gerade die Kunst entdeckt und Ausstellungen besucht, zuletzt eine Vernissage von Christoph Gieseler, der mit fünfunddreißig Jahren auf dem Weg zum Gipfel war. Gieseler malte damals ganze Serien von Bildern Hamburger Villen, in Blankenese etwa, an der Alster oder in Othmarschen. Die meist weißen Prachtbauten waren äußerst minuziös, in einem dem Fotorealismus ähnlichen Stil wiedergegeben, erzählte Jonas, aber in jedem der Bilder gab es ein irritierendes Element, das die Harmonie nachhaltig störte. Im Garten einer der Villen etwa kampierte eine Zigeunerfamilie, aufs Dach einer anderen flog eine Rakete zu, die sich kurz vor dem Einschlag befand, das Eingangsportal einer dritten Villa wurde durch klassizistische Säulen gesäumt, die jedoch nach einem Drittel abgebrochen waren und nur noch als Ruinen herumstanden, während alles andere sowohl an dem prunkvollen Haus wie am großen Parkgrundstück, auf dem es stand, tadellos in Ordnung war.

„Es waren Riesenformate", sagte Jonas, „in der Galerie, in der die Ausstellung stattfand, hingen nur fünfzehn davon, und jedes einzelne nahm fast die ganze Höhe der Wand ein. Ganz anders als die kleinen Landschaftsidyllen, die er heute malt, wenn es denn Idyllen sind. Ich hatte damals gelesen, daß ein Villeneigentümer in Nienstedten vor kurzem auf den Maler Gieseler losgestürzt war und ihm Prügel angedroht hatte, als dieser sich auf der anderen Straßenseite an die Arbeit machen wollte."

Auf der Vernissage sprach Jonas den Maler an, der ihn auf den nächsten Tag in sein Atelier einlud, das nur ein paar Straßen entfernt in Volksdorf lag. Als Jonas dort ankam, stand Gieseler in der Tür. Er schlug sich kurz mit der Hand vor die Stirn, als er Jonas sah, und sagte: „Mein Gott, das hatte ich ganz vergessen. Ich muß zu meinem Bilderrahmer. Komm einfach mit, wenn du willst."

„Das war vermutlich der Moment, in dem ich zu meinem jetzigen Beruf kam", sagte Jonas jetzt, als wir immer noch weiter aus dem Ort Oude Schans hinausgingen, während es inzwischen dunkel geworden war. „Wir stiegen in seinen Wagen, einen herrlichen, schon etwas verbeulten DS aus den Fünfzigern – aber das sagt dir natürlich gar nichts – und fuhren quer durch Hamburg in eine ganz andere Gegend, irgendwo auf dem Hinterhof von St. Pauli, könnte man sagen, nah bei den Landungsbrücken. Da lag die Werkstatt des Rahmers, und man konnte aus dem Fenster auf eines der Docks von Blohm & Voss sehen. Den Rahmer hatte ich mir etwa so alt wie den Maler vorgestellt, denn der erzählte von ihm auf der ganzen langen Fahrt nach Süden durch einen Hamburger Frühjahrstag wie von einem engen Freund. Er war aber mindestens so alt wie mein Vater, der damals auf die Siebzig zuging. Ein kleiner, immer noch schlanker Mann, der einen graublauen Kittel trug und, als wir hereinkamen, sofort das Bild hervorholte, das Gieseler bei ihm hatte rahmen lassen."

Jonas war vom ersten Moment, da er die Werkstatt betrat, hingerissen, erzählte er weiter. Immer hatte er die Werkstatt seines Vaters gemocht, vor allem, als der sich aus dem großen

Baugeschäft mehr und mehr zurückgezogen hatte und nur noch kleinere Aufträge übernahm. Das war für ihn ein Stück Schutz vor draußen gewesen, erzählte Jonas, und Schutz suchte er immer, bei aller Neugier und aller Offenheit. Er war ein Liebhaber von versteckten Winkeln und verschatteten Innenhöfen, von Bänken unter mächtigen Baumkronen und von kleinen, leerstehenden Schuppen am Fluß, in denen er manchmal halbe Nachmittage verdämmerte.

Nun das hier: die verschiedenen Rahmenmuster, die ordentlich nebeneinander an der Wand hingen, die fertiggestellten Arbeiten, die auf dem Boden auf ihre Abholer warteten, die noch ungerahmten Bilder, die er teils sehen konnte und die auf sehr verschiedene Weise Zeugnis von der Welt ablegten; das kleine Messer und das Winkelmaß, die auf dem großen Tisch lagen, hinter dem der Bilderrahmer stand, das trübe Licht, das durch die kleinen Fenster und durch das Oberlicht in den Raum eindrang, die etwas vernachlässigte Gegend, in der das Haus lag und der leicht schäbige Zustand des Hauses selbst, den er wohl bemerkt hatte – das alles erschien ihm sofort, wie er sich jetzt ausdrückte, als Bild einer richtig eingerichteten Welt. Denn wie die Welt richtig auszusehen hätte, darüber machte er sich natürlich damals wie viele in seinem Alter heftige Gedanken. Er war sechzehn Jahre alt, wurde bald siebzehn und wußte nicht, was aus ihm werden sollte.

Sonst eher zurückhaltend, fragte er den Bilderrahmer frei heraus, ob er bei ihm lernen könne, eine Ausbildung machen. Er gehe zwar zur Schule, zum Gymnasium, aber er müsse das nicht zu Ende machen. Er habe schon Vorkenntnisse, denn sein Vater sei Tischler und er habe viel bei ihm gelernt.

„So bin ich manchmal gewesen in meinem Leben", sagte Jonas, „auch später: Ich habe lange über etwas gebrütet und mich nicht gerührt, und dann mußte plötzlich alles ganz schnell passieren. Ich fühlte mich unbequem in meinen alten Verhältnissen und wollte endlich einen neuen Platz finden."

Von dem alten Ahlers, so hieß der Rahmer, erfuhr er dann, daß sein Beruf kein Lehrberuf sei. Selbstverständlich ließ der alte Mann, der ebenso wie sein Vater sein Großvater hätte sein können, sich nicht darauf ein, daß Jonas die Schule abbrach und mit fliegenden Fahnen zu ihm überlief. Aber da ihm die Begeisterung des Jungen gefiel, bot er ihm an, in den Ferien und seinetwegen auch an den Nachmittagen bei ihm zu arbeiten: gegen ein bißchen Geld natürlich, denn unbezahlte Arbeit, die gab es nicht bei Ahlers.

Also fuhr Jonas zwei Jahre lang, vom Frühsommer 1963 bis zu seinem Abitur, an vielen Nachmittagen und an vielen Ferientagen vom Haus seines Vaters in Volksdorf zu der Werkstatt mit Aussicht auf die Docks von Blohm & Voss und lernte nach und nach das Handwerk des Bilderrahmers. Selbst seine erste längere Liebesgeschichte hielt ihn nicht davon ab. Die Schule schaffte er spielend; ein Zeugniszusatz bescheinigte ihm „eine schnelle Auffassungsgabe, wenn auch in den verschiedenen Fächern unterschiedlich stark ausgeprägt, und die Anlage zum systematischen Lernen". Er hätte alles werden können, wie er es in der Antwort auf die Frage seines Vaters ausgemalt hatte.

Tatsächlich mußte die Frage zunächst nicht beantwortet werden, denn unmittelbar nach seinem Abitur rückte Jonas für achtzehn Monate zur Bundeswehr ein. Da er Abiturient war, wollte man ihn nach der Grundausbildung zum Offiziersanwärterlehrgang schicken, aber Jonas lehnte das ab und zog es vor, für den Rest seiner Dienstzeit als einfacher Gefreiter und Infanterist in regelmäßigen Abständen im Dreck zu liegen. „Das war keine ideologische Entscheidung", sagte er jetzt, nachdem wir gedreht hatten und uns nun auf den Rückweg ins Dorf machten, „so wenig, wie ich Probleme damit hatte, eine Waffe in die Hand zu nehmen. Ich hatte einfach keine Lust auf den ganzen Lehrgangsstreß, nur um dann als Fahnenjunker oder später Fähnrich eine Stube für mich allein zu haben und nicht mehr mit sieben anderen auf einer Bude liegen zu müssen. Anders, Giesebrecht, Möller, Nagel, Nakötter, Nonnenmacher, Schacht und ich – das war unsere Stube, ich kann es noch auswendig. Wir sind alle zur selben Zeit eingezogen worden und blieben auch die ganzen anderthalb Jahre zusammen."

Bei diesen Sätzen glaubte ich zu hören, wie Jonas' Stimme vibrierte vor einer Art Sehnsucht, und ich fragte mich, ob ich mich ähnlich bewegt an meine Zeit bei der Nationalen Volksarmee erinnert hätte, wenn es dazu noch gekommen wäre. Jonas war in dieser Belegschaft der einzige Abiturient, erzählte er weiter, die anderen waren Bäcker, Dreher, Transportfahrer, und der Gefreite Anders war sogar Tischlergeselle, und daß er mit ihm fachsimpeln konnte, half Jonas dabei, nicht der Außenseiter zu sein. Im Gegenteil, sagte er jetzt, nie in seinem ganzen Leben sei er so wenig Außenseiter gewesen wie in diesen anderthalb Jahren. Vorher sei das Besondere an ihm gewesen, daß sein Vater sehr alt und seine Mutter weggelaufen war und er so viele Nachmittage bei einem anderen alten Mann in der Werkstatt verbracht habe, und am Anfang seines Studiums sei er sehr schnell aus anderen Gründen wieder etwas an den Rand geraten. „Damals beim Bund", sagte er, als wir den Ortsrand erreichten, „war ich wirklich Teil einer geschlossenen Gruppe. Ich war innen, und das Ganze wurde noch verstärkt dadurch, daß wir ja in einer Kaserne waren, auch wenn wir natürlich den normalen Ausgang hatten, abends und an den Wochenenden."

Er hatte sich schließlich doch entschieden zu studieren, denn Ahlers hatte inzwischen seine Werkstatt geschlossen und war drei Monate danach gestorben. In einer anderen Werkstatt wollte Jonas nicht arbeiten. Er entschied sich für die Philosophie und die Geschichte und schrieb sich an der Freien Universität Berlin ein. Als er dorthin kam, fand er sich anfangs wieder ganz allein.

„Ich wohnte zuerst ganz klassisch zur Untermiete bei einem Rentnerehepaar in Steglitz", erzählte er. „Ich hatte aber keine Angst vor dem Alleinsein; ich würde die, die ich brauchte, schon in den Seminaren kennenlernen."

Als am zweiten Juni der persische Schah mit seiner Frau in Westberlin in die Oper ging und ein Polizist den Studenten Benno Ohnesorg erschoß, saß Jonas zu Hause in seinem Zimmer und arbeitete an einem Referat fürs philosophische Grundstudium, das er in einer Woche halten sollte. Er war ein begeisterter, wenn auch noch etwas orientierungsloser Student, der einen Großteil seiner Tage in den Bibliotheken oder, von Büchern umzingelt, auf Dahlemer Rasenflächen zubrachte und abends viel ins Kino ging, allein. Am Abend des zweiten Juni blieb Jonas jedoch zu Hause, um zu arbeiten, und erfuhr erst am kommenden Morgen, als er mit der U-Bahn die drei Stationen bis zur Uni fuhr, was geschehen war.

Für sein Referat bestand in den folgenden Wochen kein Bedarf mehr. Die Seminare, die Jonas besuchte, wurden Diskussionsforen, und Aktionsgruppen wurden gebildet. „Wir hatten einen schönen warmen Sommer in jenem Jahr", erzählte Jonas, während wir jetzt auf das Restaurant in Oude Schans zusteuerten, in das Jonas mich einladen wollte, „und wir waren viel draußen. Aber ich erinnere mich auch an eine große Veranstaltung ein paar Tage nach dem Tod des Studenten. Das war im Audimax und ging bis spät in den Abend. Auch eine meiner Professorinnen hat gesprochen, eine sehr kluge Frau, die ich leider bald aus den Augen verloren habe. Irgendwie hatte ich das Gefühl, daß mir mein noch gar nicht begonnenes Studium zwischen den Fingern zerrann, aber gleichzeitig lebte ich auch in dem Bewußtsein, unmittelbar an überaus wichtigen Ereignissen teilzunehmen, und ich ging keineswegs, bevor nicht die Veranstaltung zu Ende war. Es mag absurd klingen nach allem, was danach kam", sagte Jonas, als wir jetzt in dem kleinen Restaurant an einem Tisch mit Blick auf die

Straße Platz genommen hatten, „aber nach diesen Tagen und Wochen, auch noch nach den beiden folgenden Semestern, sehne ich mich manchmal wie verrückt, etwa so wie nach dem Teergeruch in den fünfziger Jahren."

In diesen beiden folgenden Semestern, von denen er sprach, machte er noch ein paar Versuche, sich in die Philosophie und in die Geschichtswissenschaften einzuarbeiten. Er hörte eine Vorlesung über Kant und beschäftigte sich in einem Seminar mit der Schrift über den ewigen Frieden, während immer häufiger die Berliner Polizei in ihrer dunkelblauen Uniform, den Tschako auf dem Kopf und oft auch den Gummiknüppel in der Hand, auf dem Gelände der Universität auftauchte, meist nach Anforderung einzelner Professoren, und Seminargebäude abschirmte. Einmal geriet er selbst in eine Keilerei, vor der er sich durch eine Flucht in das Gebäude der Evangelischen Studentengemeinde retten konnte, wo der Studentenpfarrer, ein baumlanger Kerl, in der Tür stand und der Polizei per Hausrecht den Zutritt verwehrte. Obwohl nicht gläubig, ging Jonas in Zukunft öfter dorthin und freundete sich mit einem Studenten an, der etwa so lang war wie der Studentenpfarrer. „Der hieß Oskar de Vries und kam aus dem Ort, in dem du jetzt wohnst", sagte er, „und du hast ihn vor zwei Monaten in Groningen sogar kennengelernt."

„Der Geschichtsprofessor", sagte ich.

„Genau der. An den Sommertagen lagen wir in Dahlem auf der Wiese und ließen uns von der Sonne bescheinen. Das war der Frieden, und solchen Frieden habe ich danach vielleicht nie mehr erlebt."

Jonas fand den Krieg, in den er hineingeraten war, interessant, hatte aber, wenn er in der Stadt mit der U-Bahn fuhr und dem unverfälschten Berliner Gemüt gegenübersaß, manchmal Angst. Seine Wirtsleute ließen ihn nicht spüren, daß er einer verdächtigen Klasse angehörte, sondern behandelten ihn wie einen jungen Mann aus anständigem Hause. Jonas zog im Winter dennoch um, noch tiefer in den Berliner Süden, in eine Studentendorf Schlachtensee genannte Ansammlung von fünf kleinen Studentenheimen nebst einer geländeeigenen Kneipe, wo er unter seinesgleichen war. „Das Studentendorf Schlachtensee", sagte Jonas, „war eine amerikanische Stiftung aus den Zeiten, als die Amerikaner noch gute Menschen waren. Manchmal kam ich von dort wochenlang nicht über die Universität hinaus, und ging auch kaum mehr ins Kino. Ich hatte keine Lust mehr, in die Stadt zu fahren, weil Studenten, wenn sie erkannt wurden, oft angepöbelt oder bedroht wurden. Später hat man diese Jahre als eine bunte, fröhliche Zeit des Aufbruchs dargestellt; ich kann dir verraten, daß viele von uns, wenigstens in Berlin, ganz schön Angst hatten."

Nach den Schüssen auf Dutschke erreichte die Angst für Jonas ihren Höhepunkt, explodierte dann aber auch, und er trat aus der Schlachtenseer Innenwelt hinaus. Er war dabei, vorm Springerhaus, erzählte er, während unser Essen kam, er wäre im Mai beinahe nach Paris gefahren, und später im Jahr, als das erste Mal Steine in Berlin flogen, war er auch dabei, in der sogenannten Schlacht am Tegeler Weg. „Ich weiß gar nicht mehr, worum es da ging", gestand Jonas jetzt, „aber Steine zu schleudern, war ein großartiges Gefühl. Dabei kann ich kaum Blut sehen."

Im folgenden Jahr begann er, in einem Kinderladen zu arbeiten, weil er sich in eine Genossin namens Ingrid verliebt hatte, die er erstmals zwei Jahre vorher in der Evangelischen Studentengemeinde gesehen hatte. „Dabei hatte ich nie mit Kindern zu tun gehabt, und ich konnte die ganzen Rotznasen auch nicht ausstehen, zumal man gegen nichts, was sie taten, etwas sagen durfte. Der Kinderladen lag in Neukölln, und ich mußte mich theoretisch mit der Sozialisation proletarischer Kinder auseinandersetzen: es gab eine Schrift, die das im Titel führte."

Jonas legte kurz Messer und Gabel beiseite, schüttelte den Kopf und begann dann zu lachen. „Ich glaube, das kannst du alles gar nicht verstehen", sagte er.

„Ein bißchen habe ich darüber gehört", sagte ich, „aber verstanden habe ich nicht so viel. Ich bin Naturwissenschaftler, die Sozialisation proletarischer Kinder ist nicht so mein Gebiet. Ein paar Filme habe ich über die Zeit gesehen und ein paar Bücher mit vielen Fotos, die hat Gerda mir gezeigt. Nach der Wende kam ja auch raus, daß von diesen Terroristen später einige bei uns gelebt haben und die Stasi und die Partei davon wußten. Hattest du mit denen zu tun?"

Jonas sah mich schweigend an, und ich glaubte, er würde entweder laut loslachen oder auf mich losgehen. Statt dessen begann er zu lächeln, ohne Spott, legte seine rechte Hand auf meinen Unterarm und sagte: „Was glaubst du, warum ich hier sitze und nie über die Grenze komme, Philipp? Das hier ist meine DDR."

Auf der Rückfahrt spät am Abend, nachdem ich Jonas zu Hause abgesetzt hatte, wunderte ich mich über meine Naivität. Natürlich hätte ich nicht Jonas' Geschichte kennen, aber sie wenigstens ahnen können, wenn ich über manche seiner Bemerkungen und über manchen Satz, den ich von dem Malerpaar gehört hatte, etwas länger nachgedacht hätte. Und wenn ich nicht nur etwas mehr über Geschichte wüßte, sondern auch mehr an sie glaubte. Aber es ist, wie ich es Jonas sagte, ich bin Biologe und glaube kaum an die Möglichkeiten, die Grundtatsachen des Lebens zu ändern, und daran haben auch die Schuljahre in Saalfeld mit ihren langatmigen Belehrungen nichts ändern können. Natürlich weiß ich, daß gesellschaftliche Verhältnisse Einfluß haben auf das, was wir denken und fühlen, und das stimmt im übrigen mit den Ergebnissen der Verhaltensforschung überein. Aber ich glaube nicht, daß sie etwas mit unserer Fähigkeit oder Unfähigkeit, glücklich zu sein, oder mit unserem Hang zu Melancholie oder Leichtlebigkeit zu tun haben.

Jonas glaubt das auch nicht mehr, aber damals hat er daran geglaubt oder zumindest so getan. Jonas Blei, der in Wahrheit Jonathan Zimmermann heißt, wie er mir an jenem Abend weiter erzählte, arbeitete im Kinderladen bis 1970 und versuchte, sein Studium fortzusetzen. „Wir hatten im Philosophischen Seminar manchmal wunderbare verträumte Stunden in kleinen Gruppen", erzählte er, „da lasen wir Philosophen, von denen mir Ingrid sagte, daß sie längst auf den Friedhof gehörten, auf dem das bürgerliche Denken insgesamt begraben lag. Einer der Seminarräume war auch bei strahlendem Sonnenschein immer etwas dämmrig, weil das Sonnenlicht durch eine große Baumkrone gefiltert wurde. Ein bißchen fühlte ich mich wie damals bei Ahlers in der Werkstatt. Da saßen wir und legten Texte aus, und ich wünschte, ich wäre dabei geblieben. Aber draußen, außerhalb des Seminars, war ich eingekreist von Leuten, die mir erzählten, daß der Gedanke praktisch werden mußte, sonst sei er nichts wert."

Er wohnte jetzt mit seiner Freundin, einer anderen Frau und zwei anderen Männern in einer Wohngemeinschaft in der Konstanzer Straße. Eines Abends im Sommer kam Ingrid mit einem jungen Mann nach Hause und sagte, der müsse jetzt einige Tage oder Wochen hier bleiben und darüber müsse Stillschweigen bewahrt werden. Es war nichts Ungewöhnliches, daß Leute zu Besuch waren und ein paar Tage blieben, aber es war neu, daß es keiner wissen sollte. Der junge Mann, er hieß Georg, hatte pechschwarzes Haar, und sein Gesicht war durch einen ebenso schwarzen, sehr gepflegten Vollbart eingerahmt. Jonas war eifersüchtig, weil er vermutete, daß Ingrid sich in den Kerl verliebt hatte. Es passierte aber nichts zwischen den beiden, und Jonas beruhigte sich. Nach knapp zwei Wochen war der Rivale wieder verschwunden, und ein paar Tage danach las Jonas in der Zeitung, daß Georg im

Zusammenhang mit einem kleinen Bankraub gesucht wurde, bei dem ein Angestellter durch einen Schuß ernsthaft verletzt worden war. Er fragte Ingrid, warum sie einem Bankräuber Unterschlupf geboten hatte, und sie antwortete, es sei bei dem Überfall nicht um Geld fürs schöne Leben gegangen, sondern um Geld für den bewaffneten Kampf. Georg sei jetzt in Westdeutschland.

„Heute redet man in solchen Fällen natürlich vom Wendepunkt, an dem ich hätte aufpassen müssen, oder vom *point of no return*", hatte Jonas gesagt. „Aber in Wirklichkeit war es ganz anders. Es war nicht der große Knall, der entscheidende Schritt, es floß alles zäh vor sich hin. 1970 war es nicht mehr so fröhlich wie noch ein paar Jahre vorher, als ich nach Berlin kam. Irgendwie war der Alltag zurückgekommen, und entweder man kehrte in die Seminare zurück, oder man machte etwas ganz anderes. In den Seminaren gefiel es mir gut, und ich hatte keinen Grund, Ingrid irgendwie zu folgen, denn zwischen uns beiden war eigentlich schon nichts mehr. Aber als sie sagte, sie werde nach Westdeutschland gehen und sich Georgs Gruppe dort anschließen, ging ich schließlich mit. Ich wollte vielleicht dem Grau entkommen, das nach Berlin zurückgekehrt war. Vor allem aber wollte ich nicht feige sein und mir nicht vorwerfen lassen, über das Elend der Welt hinwegzusehen, während ich in dämmrigen Seminarräumen die Texte toter Philosophen auslegte."

Sie verließen Westberlin Anfang August und schlossen sich der Gruppe im Rheinland an. Eigentlich brauchten sie alles: Autos, Waffen, Wohnungen. Die Autos knackte Elmar, er hatte den schnellsten, den sichersten Griff. Er brauchte kaum eine Minute dazu.

Jonas und Ingrid kümmerten sich um die Anmietung von Wohnungen. „Schau mal, hier bin ich groß geworden", sagte Ingrid, als sie zwischen Köln und Bonn unterwegs waren,

„nichts als Kohl und Rübenfelder und Spargel. Da oben das Dorf auf dem Hügel, das ist es."

„Und deine Eltern", fragte Jonas, „wohnen die da noch?"

„Sicher."

„Die können wir nicht mal besuchen?"

„Besser nicht. Über kurz oder lang werden wir gesucht, und dann war das keine so gute Idee."

„Daran habe ich noch gar nicht gedacht."

Noch suchte sie niemand. Sie hatten einen BMW, fuhren sehr gemächlich durch die Dörfer an diesem heißen Tag und freuten sich, unterwegs zu sein. Seit sie im Westen waren und gemeinsam am bewaffneten Kampf teilnahmen, waren sie auch wieder ein richtiges Paar. *Bonnie and Clyde were pretty looking people.*

Die Waffen und das Material für Pässe und Fahrzeugpapiere besorgte Franz, und Georg und Anne hatten das Kommando. Noch hatten sie nicht entschieden, welches Objekt sie angreifen sollten, aber auf jeden Fall mußten sie zunächst neues Geld besorgen. Ingrid und Jonas suchten eine Bank in Siegburg aus.

„Hast du keine Angst?" fragte Jonas.

„Das machen Georg, Elmar und Franz, ich gehe nur mit. Die haben Erfahrung. Georg sagt, wenn du erst mal drin stehst in so einer Bank und hältst die Leute in Schach, bist du ganz ruhig. Du hast den Überraschungseffekt auf deiner Seite und weißt instinktiv, was du machen mußt. Er sagt, wenn es nicht klappt, ist es fast immer die eigene Blödheit."

Sie gingen an einem Dienstagnachmittag hinein. Jonas wartete draußen im Wagen an der nächsten Ecke. Es dauerte weniger als eine Viertelstunde, bis sie wieder herauskamen, Ingrid als letzte. Sie waren alle gleich maskiert, aber Ingrid erkannte er am Gang. Er sah sie auf den Wagen zulaufen, noch mit gezogenen Waffen. Niemand verfolgte sie. Er startete, dann sah er, wie Ingrid ins Straucheln kam. Ein schwerer Körper hatte sich aus einem Hauseingang auf sie gestürzt und sie zu Boden gerissen. Er sprang aus dem Wagen, und Georg brüllte ihn an. Der Alarm lief bereits, und sie mußten weg.

Jonas sah, wie der schwere Körper Ingrid hochgerissen hatte und sie nun als Schutzschild benutzte. Niemand machte Anstalten, auf ihn zu schießen, bis Jonas seine Waffe zog und einen einzigen Schuß abgab: der ruhigste Moment seines Lebens. Das Zittern folgte erst, als er die Waffe sinken ließ. Der Mann fiel nach hinten und riß Ingrid mit sich, als die ersten Einsatzwagen kamen. Bei der Auswahl der Bank hatten sie nicht bedacht, daß die nächste Polizeiwache nur zwei Straßen weiter lag.

Sie verließen Siegburg in der Nacht mit zwei Autos und quartierten sich am nächsten Morgen in einer Wohnung in Aachen ein, in der Anne auf sie wartete. Aus den Zeitungen erfuhren sie, daß der Mann, der sich auf Ingrid geworfen hatte, ein ganz privater Held der inneren Sicherheit war, ohne irgendeinen staatlichen Auftrag. Er war Beamter des mittleren Dienstes in der Stadtverwaltung Siegburg und lag nun im Krankenhaus. Er war außer Lebensgefahr, würde aber im schlimmsten Fall halbseitig gelähmt bleiben. Die vierundzwanzigjährige Studentin Ingrid Grüter aus Berlin befand sich in Untersuchungshaft. Mehr war aus den Zeitungen nicht zu erfahren.

Jonas entfernte sich, nach seinen eigenen Worten, drei Jahre später von der Truppe, nach dem Anschlag auf eine Ministerkonferenz in Brüssel. Sie hatten Geiseln nehmen wollen, um Gefangene freizubekommen, darunter diejenigen, die im Jahr zuvor festgenommen worden waren. Sie hatten das Gelände aber nicht ausreichend erkundet und die Sicherheitsmaßnahmen falsch eingeschätzt. „Irgendein Fehler, ein gewisses Quantum Dilettantismus war wirklich bei jeder Aktion dabei", sagte Jonas. „Vielleicht hatten wir insgeheim den Wunsch, irgendwann erwischt zu werden. 1972, wir selbst saßen in einer Wohnung in Hamburg und brüteten über neuen Plänen, las ich in einer Illustrierten, wie Gudrun Ensslin festgenommen wurde. In der Gruppe habe ich nichts gesagt, aber als ich es las, dachte ich: die war müde. Wenn du heute manchmal diese Erinnerungsliteratur liest von Leuten, die auch irgendwie dabeiwaren, dann muß das alles ganz romantisch gewesen sein, dieses Leben. Wie im Kino. War es nicht, Philipp. Einfach deshalb, weil die Kamera fehlte und weil wir auch nie jemandem erzählen durften, was für tolle Typen wir waren und was für tolle Sachen wir machten. Wir waren großartige Kinohelden, aber leider wurden die Filme nie gezeigt. Nur, wenn in den Zeitungen etwas über uns stand oder etwas im Fernsehen kam, konnten wir uns einen Augenblick wie Stars fühlen. Jämmerliche Stars, manchmal, wie in Brüssel zum Beispiel."

Bei der Brüsseler Aktion traten sie den Rückzug an, ohne Geiseln genommen zu haben, und schossen dabei unkontrolliert. Abends erfuhren sie aus dem Radio, daß ein Sicherheitsbeamter mit zwei Bauchschüssen auf der Intensivstation lag und ein anderer in die Hüfte getroffen worden war. In ihrem Versteck in Namur stritten sie sich darüber, wer geschossen und wer wen getroffen hatte. Jonas hatte auf jeden Fall geschossen, aber es war nicht klar, ob die Bauchschüsse von ihm kamen. Franz und Elmar bestritten, jemanden getroffen zu haben. Anne und Georg beendeten die Diskussion. „Es ist nicht entscheidend, wer wen getroffen hat und was daraus wird", sagte Georg, und Anne rief: „Wer anfängt, im Kopf des Feindes zu denken, hat schon verloren. Der ist schon auf der anderen Seite. Wer von euch auf die andere Seite will, soll es gleich sagen. Ob Dylan den Typen getroffen hat oder nicht, kann uns ganz egal sein."

„Ich hieß in der Gruppe Dylan", sagte Jonas, „wegen meines Nachnamens", und als ich ihn verständnislos ansah, lachte er und sagte: „Kannst du gar nicht wissen. Ich vergesse immer, wie alt du bist und woher du kommst. Also, Bob Dylan heißt mit bürgerlichem Namen Robert Zimmermann. Bob Dylan kennst du aber?"

„Klar", sagte ich, „den hast du vor dich hingesungen, als ich das erste Mal deinen Laden betreten habe."

Sie hatten das Ziel nicht erreicht, würden aber einen neuen Anlauf an einem anderen Punkt machen, sagte Georg. Sie würden den Unterschlupf in mehreren Etappen verlassen und sich in Aachen in der Wohnung wiedertreffen, die sie vor der Aktion gemietet hatten. Anne teilte die Gruppen ein und entschied, daß Jonas allein fahren sollte. Sie mochte ihn nicht, und zum ersten Mal war Jonas ihr dankbar dafür.

Er fuhr als erster, morgens um vier, wie abgemacht. Die anderen schliefen. Es war kühl, die Nächte schon herbstlich. Jonas freute sich, weg zu sein von Georgs Hektik und den schneidenden toten Sätzen von Anne. Weg von den ratlosen Diskussionen, was als nächstes zu tun sei, bei denen die Verzweiflung oft nur mühsam kaschiert worden war. Wie definiert man das korrekte Angriffsziel, und wer wird getroffen? Wie treffen wir den Imperialismus und dienen dem Volke? In Wahrheit ging es vor allem darum, sich bemerkbar zu machen und nicht müde zu werden. Nicht in Apathie zu verfallen in diesen halbleeren Wohnungen mit den randvollen Aschenbechern. „Wir lassen den Schrecken sprechen und unsere Körper", sagte Anne in einer ihrer Tiraden, „und unser Sprechen darf nicht aufhören." Aber leider, ergänzte Jonas still für sich, versteht uns keiner.

In Lüttich hielt er an einem der Kanäle und tat etwas, was er früher ein paarmal im Kino gesehen hatte. Dort passierte es meistens auf einer Brücke über der Seine oder der Themse. Als er die Waffe fallengelassen hatte, der Aufprall war trotz der Morgenstille kaum hörbar, fühlte er sich gerettet, wieder angekommen in der Welt.

„Das war natürlich ein Irrtum", sagte Jonas, als ich eine Woche später bei ihm war. Zum ersten Mal sah ich seine Wohnung, über dem Fotogeschäft neben Albert Heijn, ein Apartment mit anderthalb Zimmern und Kochnische und Bad. „Auch nicht besser als das, was wir damals meistens angemietet hatten, um uns zu verstecken", sagte Jonas. Er machte eine Flasche Wein auf und sagte noch einmal: „Das mit der Rückkehr in die Welt, das war natürlich ein Irrtum."

An jenem frühen Morgen, nachdem er seine Waffe in den Kanal geworfen hatte, fuhr Jonas bei Maastricht über die Grenze nach Holland. Zuerst hatte er überlegt, sich nach Süden zu wenden und nach Frankreich zu verschwinden, entschied sich dann aber dagegen. „Allein der Gedanke, mehrere Möglichkeiten zu haben, gab mir dieses königliche Gefühl, unbegrenzte Möglichkeiten zu haben", sagte er. „Unbegrenzt im Wortsinn, denn vor den Grenzen, außer der deutschen, hatte ich keine Angst. Ich hatte ausgezeichnete Papiere auf den Namen Jonas Blei, und auf den wenigen Fahndungsfotos, auf denen ich auftauchte, war ich nicht wiederzuerkennen. Die sahen ja alle aus wie Paßfotos aus einem sehr schlechten Kaufhausautomaten oder wie diese Sammelbilder vor einer Fußballweltmeisterschaft, und im übrigen zeigte mich das Foto noch mit halbem Afrolook auf dem Kopf, während ich das Haar schon längst so kurzgeschnitten und ausrasiert trug wie heute. Schnurrbart hatte ich damals vorübergehend nicht."

Jonas kam am langsam aufscheinenden Septembermorgen in Arnheim an, wo er zunächst einen Kaffee trank, durch die erwachende Stadt bummelte und sich gegen Mittag ein Hotelzimmer nahm. Wie ein ganz normaler Mensch, dachte er. Er wollte hier zwei Tage bleiben und sich in Ruhe überlegen, was er tun sollte. Einen Augenblick überlegte er, ob er seinen Vater anrufen sollte. Er sah aber ein, daß dies nicht so klug war, da das Telefon seines Vaters vielleicht überwacht wurde. Er hatte ihm anfangs noch Briefe geschrieben, seit zwei Jahren war ihm aber auch das zu riskant erschienen. Dann fiel ihm der Maler Gieseler ein, mit dem er bei seinen Besuchen in Hamburg in den ersten Studienjahren oft stundenlang an der Elbe gegangen war und von Berlin erzählt hatte. Als er dort anrief, meldete sich eine Frauenstimme und sagte ihm auf seine irritierte Nachfrage, daß Christoph Gieseler nicht mehr in Hamburg wohnte, sondern vor einem halben Jahr nach Ostfriesland gezogen war, an die holländische Grenze. Sie konnte ihm aber gern eine Telefonnummer geben.

Jonas wählte die Nummer, die sie ihm gegeben hatte, und der Maler war augenblicklich am Apparat. Jonas wollte mit ein paar Worten in Erinnerung bringen, wer er war, aber Gieseler reagierte auf seinen Namen sofort. „Wo bist du?" fragte er, und Jonas erzählte kurz von Arnheim und von seiner Entfernung von der Truppe. Dann fragte er seinen Freund, ob er den Kontakt zu seinem Vater herstellen könne, und Gieseler sagte: „Dein Vater ist vor einem Jahr gestorben, Jonas. Er liegt in Ohlsdorf."

Sie trafen sich zwei Tage später in Groningen, und Gieseler erzählte ihm vom plötzlichen Tod seines Vaters, der eine Treppe hinabgestürzt und nicht an dem Sturz selber, sondern am Schreck gestorben war. Er hatte ein Testament hinterlassen, in dem Jonas zum Alleinerben eingesetzt war und das nun von einem Nachlaßverwalter betreut wurde, weil Jonas nicht auffindbar war.

„Merkwürdigerweise hatte ich bei dem Treffen keinen Augenblick Angst, daß Gieseler nach Deutschland zurückfahren und den Behörden verraten würde, wo man mich finden konnte", sagte Jonas. „Wir sprachen überhaupt nicht über die zurückliegenden Jahre, sondern unterhielten uns so, als hätten wir uns gerade mal ein paar Wochen nicht gesehen. Nur über die Aktion in Brüssel sprachen wir kurz, und Gieseler erzählte mir – ich hatte noch keine Zeitungen gelesen –, daß der Mann mit den Bauchschüssen überleben würde."

Gieseler, so kurz er erst in der Gegend war, hatte schon Kontakte über die Grenze geknüpft. Er bereitete sogar eine Ausstellung in Groningen vor, denn er war nach wie vor ein sehr gefragter Maler. Er kannte auch hiesige Künstler und schlug vor, sie mit Jonas zusammenzubringen. Vielleicht konnte Jonas Rahmungen für sie machen, wenn er das Geschäft noch beherrschte, vielleicht wußten sie einen Job für ihn. Vielleicht kannten sie sogar einen Rahmer, bei dem er arbeiten konnte. Natürlich konnte auch er, Gieseler, ihm hier und da mit Geld helfen.

In diesem Moment begriff Jonas zweierlei. Der Rückweg nach Deutschland war ihm versperrt, für lange, vielleicht für immer. Er würde in einem fremden Land leben und für seinen Lebensunterhalt sorgen müssen. Bis zu diesem Augenblick hatte er sich für frei und für reich gehalten. Er hatte sich angesehen als jemanden, der gehen konnte, wohin er wollte: nun wußte er, daß er nicht einmal die Möglichkeit hatte, ohne Gefahr das Grab und das ehemalige Haus seines Vaters zu besuchen. Er hatte auch seine Geldmittel für unbegrenzt gehalten, aber was ihm aus den verschiedenen Aktionen der Gruppe geblieben war, reichte höchstens noch für drei Wochen. Jonas war nun einfach nur ein abgebrochener Philosophiestudent von siebenundzwanzig Jahren, der vielleicht vom ewigen Frieden träumte, aber ein paarmal zu oft geschossen hatte in seinem Leben, wenn auch nicht mit Todesfolge.

„Außer vor dem Staat, gegen den ich mich im Krieg geglaubt hatte, mußte ich mich auch vor meinen eigenen Genossen schützen. Ich hatte nicht viel Angst, daß sie mich verfolgen würden, aber es war zumindest angebracht, wachsam zu sein. Ich war mir nicht sicher, wie weit Annes Haß auf Verräter reichen würde, und nach der Logik unserer Innenwelt war ich ohne Zweifel ein Verräter."

Jonas blieb acht Jahre in Groningen. Er arbeitete stundenweise bei einem Bilderrahmer und wurde außerdem durch ein Netzwerk unterstützt, das der Maler Gieseler aufgebaut hatte. 1974 im Sommer verfolgte er mit den Studenten, bei denen er damals gerade wohnte, am Fernsehapparat den Beinahe-Triumph der holländischen Nationalmannschaft bei der bundesdeutschen Weltmeisterschaft, und ein Jahr später las er in der Zeitung über die Festnahme von Georg und Anne in Heidelberg, in einem Textilgeschäft auf der Unteren Straße. Ganz leicht war das gegangen, die zwei waren so überrascht, daß keiner von ihnen zur Waffe griff. Die hat man nicht einmal überwältigen müssen, dachte Jonas, die hat man einfach nur an die Hand genommen, und bevor sie überhaupt begriffen, was geschehen war, waren sie schon auf dem Weg in die Haft, und der bewaffnete Kampf war zu Ende für die beiden. Wir lassen unsere Körper sprechen – er erinnerte sich an Annes Satz. Aber im entscheidenden Moment waren die beiden Körper wie gelähmt gewesen.

In den folgenden Tagen konnte Jonas in den deutschen Zeitungen auch einiges über sich selbst lesen: daß er verschwunden war, vielleicht ausgestiegen, vielleicht aber immer noch aktiv; daß er vor dem Gang in die Illegalität nicht sonderlich hervorgetreten war; daß er aber vielleicht in der Gruppe der Schießwütigste von allen gewesen sei. Sogar sein Gruppenname Dylan wurde erwähnt, und sein Vater sei gestorben, nachdem er von seinem Sohn schon jahrelang nichts mehr gehört hatte, schrieb eine Zeitung vorwurfsvoll. Ein paarmal sah er sein Fahndungsfoto in diesen Blättern, wo es von noch schlechterer Qualität war als auf den Plakaten.

Zwei Jahre später traf er mittags auf der Straße Oskar wieder, den baumlangen Studenten aus längst vergangenen Berliner Zeiten. Er erkannte ihn nicht, aber Oskar kam direkt auf ihn zu, und Jonas wollte im ersten Moment die Flucht ergreifen, weil er ihn für einen deutschen Fahnder hielt. Als Oskar ihn beim Namen rief, erkannte er die Stimme, und die beschwichtigend erhobenen Arme des Langen sagten ihm, daß er nichts fürchten mußte. Oskar war ein paar Monate zuvor in Groningen angekommen und besetzte eine Assistentenstelle bei den Historikern, und Jonas erinnerte sich jetzt, daß er in Berlin neben der Geschichte auch die Niederlandistik studiert hatte. Oskar zog ihn in ein Café und bestellte für beide. Er hatte von Jonas' Geschichte in den letzten Jahren gehört, und obwohl er selber nie hätte schießen können – darüber hatten sie einmal gesprochen, im Sommer 1969, auf dem Rasen von Dahlem liegend –, hörte Jonas aus seinen Worten keinerlei Urteil.

„Vor ein paar Tagen hätte ich dir noch geraten, dich zu stellen", sagte Oskar, „aber im derzeitigen Moment ist das wohl nicht angebracht." Zwei Tage vorher war der große Boß entführt worden, ein weiterer Versuch, Gefangene freizubekommen. Da inzwischen alle Aktionen einer reinen Kriegslogik folgten, hatte man bei der Entführung die vier Begleiter des großen Bosses kurzerhand erschossen. Als er die Nachricht hörte, stellte sich Jonas vor, was Anne zu dieser Aktion gesagt hätte, etwa: „Wer für die Schweine arbeitet, wird auch geschlachtet wie ein Schwein", und er konnte ihre Stimme dabei hören. Jetzt beeilte er sich, klarzumachen, daß er die Entführung und ihre Begleitumstände nicht billigte, aber Oskar winkte ab und sagte: „Daran zweifle ich doch nicht. Jedenfalls kannst du dich jetzt nicht stellen."

Mit Hilfe des Malers Gieseler und des Universitätsassistenten de Vries, der fünf Jahre später zum Professor wurde, kam Jonas über die Jahre. Im Mai 1981 glaubte er, am Samstagmittag auf dem Blumenmarkt ein bekanntes Gesicht zu sehen, das von Elmar. Ein ganz kurzer Blickwechsel, so daß er sich später nie ganz sicher sein konnte, dann war das Gesicht in der Menge verschwunden. Der Schreck saß tief. Gleichgültig, ob Elmar selbst untergetaucht war, ob er neue Aktionen vorbereitete oder gar als Spitzel arbeitete; gleichgültig auch, ob es sich überhaupt um Elmar gehandelt hatte: Jonas wollte in nichts mehr verwickelt werden.

„In diesem Moment wurde mir klar, daß ich noch immer nicht die Membran durchstoßen hatte", sagte er. „Bis dahin hatte ich mich mehr und mehr als einen Davongekommenen betrachtet, der sein Davonkommen auch verdiente, weil er niemanden getötet hatte. Jetzt wußte ich, ich war noch immer drinnen, immer noch gefangen."

Die Angst und ein Hinweis von Gieseler trieben Jonas nach Winschoten. Gieseler hatte dort einen Bilderrahmer gefunden, der besser und preisgünstiger arbeitete als die Kollegen auf der deutschen Seite der Grenze, einen Herrn Mitte Fünfzig, der, wie er sagte, ein zweiter Ahlers sei und Jonas in seine letzten Schuljahre zurückversetzen werde. Jonas fuhr mit Gieseler zusammen dorthin, und der Maler behielt Recht. Jonas war sofort bezaubert von dem kleinen Laden, wie er bezaubert gewesen war von der dämmrigen Werkstatt damals gegenüber Blohm & Voss. Noch als Mittfünfziger mit grauweißem Haar und ebensolchem Schnurrbart war Mijnheer Hulshoff ein freundlicher Hüne, der Jonas um zwei Köpfe überragte, wozu seine extrem hohe und dünne Stimme in überraschendem Kontrast stand. Gieseler verbürgte sich für Jonas' Können wie für seinen Anstand, was immer das heißen mochte, und Hulshoff stellte den Deutschen ein. Mit knapp fünfunddreißig Jahren und nah der deutschen Grenze schien Jonas endgültig gerettet zu sein, zumal er ein Jahr später ohne große Schwierigkeiten die niederländische Staatsbürgerschaft annehmen konnte. Der Deutsche Jonas Blei mit dem gefälschten Ausweis hatte sich in den Niederländer Jonas Blei mit einem vom holländischen Staat ordentlich ausgestellten niederländischen Paß verwandelt.

„Das ist nun bald sechzehn Jahre her", sagte Jonas. „Vor fünf Jahren hat Hulshoff sich zur Ruhe gesetzt, und weil Christoph und Oskar mir geholfen haben, konnte ich die Werkstatt übernehmen. Sie wirft nicht viel ab, aber ich kann mir diese schäbige Wohnung hier leisten und muß nicht verhungern. Einmal war ich sogar im Ausland, im Urlaub am französischen Atlantik, aber seitdem habe ich mich nicht mehr hinausgetraut, schöner Paß hin oder her. Das Leben hier ist friedlich, so friedlich, daß eigentlich nie etwas passiert. Aber ich werde immer noch gesucht."

3 Über die Grenze

Im Juni fuhr Klaus für drei Monate ins Rheinland zurück, bei fortlaufenden Bezügen, und ich blieb in Bunde und schrieb meine Broschüre zu Ende. Im Gegensatz zum kalten und nassen Sommer im Jahr davor war dieser hier weitgehend warm und trocken. Nachmittags zum Tee saß ich oft bei den Gieselers in ihrem kleinen Gärtchen am Tief und knabberte an dem *shortbread*, das Beate nach aus England mitgebrachtem Originalrezept selbst machte und nach dem man süchtig werden konnte. Ich fragte sie, ob außer ihnen und Professor de Vries und nun auch mir noch irgend jemand etwas über die wahre Identität und die Vorgeschichte von Jonas wußte.

„Glaube ich nicht", sagte Christoph. „Wir haben ganz gewiß niemandem etwas erzählt, auch Freunden nicht, wie du an dir selbst gemerkt hast. De Vries ist die Diskretion selbst, und Jonas hat bisher keinen Geständniszwang spüren lassen. Ich habe einmal eine Situation in dieser Kneipe in Winschoten erlebt, wo die damaligen Jahre zur Sprache kamen. Es gab kräftig pro und contra, eine laute Diskussion, dabei fröhlich, sehr holländisch. Jonas hat kein Wort dazu gesagt, auch hinterher nicht, als wir draußen waren. Er hat nur einmal mit dem Kopf geschüttelt. Daß er dir etwas erzählt hat, ist vielleicht ein Freundschaftsangebot. Es ist auch möglich, daß nach bald fünfundzwanzig Jahren der Druck zu groß ist oder daß er einen Vertrauten aus der nachwachsenden Generation braucht. De Vries ist so alt wie er, und ich sterbe sowieso bald. Aber nächste Woche machen wir erst einmal unsere jährliche Reise zu Constable."

Ich fuhr jetzt öfter nach Winschoten, auch an Wochenenden, um Jonas zu besuchen. Wir machten Ausflüge an verschiedene Seen, etwa das Zuidlaarder oder Paterswolder Meer, und kamen einmal sogar bis zur Seenplatte um Sneek. Als ich Jonas dort am Wasser stehen und sich mit dem Handrücken über die Stirn fahren sah, eine sehr langsame, irgendwie resignierte Bewegung, wurde mir plötzlich klar, daß er kaum jünger war als mein Vater. Die glatte Wasserfläche tanzte im Augustlicht, und Jonas erschien mir wie ein alter Mann, der jenseits des Sees das Gelobte Land erblickt, das er nicht mehr erreichen würde. Ich konnte mich nicht zurückhalten, zu ihm zu gehen und ihm zu sagen, was ich eben gesehen und gedacht hatte, und er lachte gequält.

„Naja", sagte er, „in gewisser Weise bin ich ein Rentner des bewaffneten Kampfes, der ziemlich viel Glück gehabt hat. Wenn man bedenkt, wer noch alles in Gefängnissen sitzt oder wer zu Tode gekommen ist, dann bin ich auf eine recht komfortable Weise eingesperrt."

Ich fragte ihn das erste Mal, ob er so etwas wie Schuld empfand angesichts seiner Taten von damals. Jonas schwieg lange, als habe er selber über diese Frage noch nie nachgedacht, und antwortete schließlich: „Schuld, ja. Aber nicht so sehr wegen meiner Taten. Ich habe niemanden getötet. Ich bereue natürlich, daß ich den dicken Mann damals in Siegburg angeschossen habe. Ich bereue auch die Teilnahme an der Aktion in Brüssel, auch wenn die Bauchschüsse aus der Waffe von Georg gekommen sind; das hat er ja inzwischen gestanden. Aber selbstverständlich verabscheue ich Menschenraub, aus welchen Gründen auch immer, und fühle mich nicht gut dabei, daß ich an dem Versuch dazu teilgenommen habe. Aber, und die Worte mögen dir merkwürdig klingen wegen ihres religiösen Untertons, größere Reue empfinde ich darüber, daß ich mich gegen mich selbst versündigt habe. Ich war entweder dazu bestimmt, ein Handwerk auszuüben oder aber Texte auszulegen. Oder auch beides, wie Spinoza, der Linsen geschliffen und philosophiert hat. Ich war nie dazu bestimmt, dem Volke zu dienen und Banken zu überfallen und Geiselnahmen zu versuchen. Wenn ich wirklich an einer Schuld schwer trage, dann an der, daß mir mein Leben nicht gelungen ist, obwohl die Möglichkeit dafür vorhanden war."

Nicht lange danach waren wir von Samstag auf Sonntag in Groningen bei Professor de Vries und seiner Frau zu Gast. Das Haus war ganz und gar mit alten Möbeln ausgestattet: keine Imitate, sondern echt, wie mir Jonas mit dem geübten Blick des Tischlersohns versicherte. In dem riesigen Wohnzimmer ebenso wie in den meisten Zimmern im ersten Stock gingen die Bücherregale bis unter die Decke. Abends saßen wir in dem kleinen Garten hinterm Haus und aßen ein sommerliches Menü, das die beiden in stundenlanger Arbeit zubereitet haben mußten. Danach rauchte Frau de Vries viele Zigaretten, und ihr Mann rauchte eine Zigarre und fragte Jonas, ob er derzeit Geld brauchte. Jonas verneinte, derzeit kam er zurecht. Dann fragte de Vries, ob er nicht doch noch einmal daran gedacht habe, sich zu stellen. Dafür könne man sicher gewisse Bedingungen aushandeln, und dabei könne er, de Vries, als Vermittler sicher hilfreich sein.

Jonas hatte in der Tat daran gedacht, sich aber noch nicht entschieden. Er sah ein, daß er Unfrieden gestiftet und deshalb Frieden eigentlich nicht verdient hatte. So wollte es das Recht. Auf der anderen Seite fand er, er sei gestraft worden dadurch, daß er seinen Vater nie wiedergesehen und schließlich auch sein Erbe verloren habe, und dadurch, daß er nicht frei und im Vollbesitz seiner Möglichkeiten sei, wie er damals geglaubt habe, als er in der Morgendämmerung bei Lüttich seine Waffe in den Kanal warf. Er sei gestraft dadurch, daß ihm sein Leben nicht gelungen sei.

Professor de Vries setzte nicht nach, und seine Frau stimmte Jonas zu. Man sah mich an und fragte mich nach meiner Meinung. Ich sagte, ich sei ebenfalls der Meinung, daß er genug gestraft sei, und im übrigen sei ich Biologe. Das Problem von Schuld und Sühne spiele bei Gänsen nach dem derzeitigen Wissensstand keine Rolle.

Die Eheleute de Vries lachten, aber Jonas blieb ernst, und in der beginnenden Dunkelheit sagte er: „Ich würde so gern wenigstens einmal nach Hamburg und das Grab meines Vaters sehen."

Das geschah erst gut zwei Jahre später.

Inzwischen war Klaus aus dem Forschungsteam ausgeschieden und ins Rheinland zurückgegangen, und Ritz hatte für ein Jahr einen Ruf nach England bekommen. Die Untersuchungen im Rheiderland sollten aber fortgesetzt werden. Ich war völlig überrascht, als er mir die kommissarische Leitung dieses Forschungsstützpunktes anbot. Ich war gerade dreißig geworden, und als ich vor drei Jahren in den Nordwesten gekommen war, war dies eher eine Fluchtbewegung gewesen, an die ich keine weiteren Karrierehoffnungen geknüpft hatte. Ritz hielt jedoch spätestens seit Beendigung der Broschüre vor zwei Jahren große Stücke auf mich. Er stellte mir zwei eben fertiggewordene Biologen von der Universität Münster zur Seite, Männchen und Weibchen, Matthias und Marion, die offenbar auch im Privatleben ein Paar bildeten, und umriß die Forschungsschwerpunkte für das nächste halbe Jahr. Dann flog er auf die britische Insel.

An einem Novembersonntag in diesem Jahr kam Jonas zum ersten Mal nach beinahe einem Vierteljahrhundert wieder nach Deutschland. Ich hatte bei ihm übernachtet, und wir fuhren früh um sechs über die Grenze. Gegen sieben lagen wir auf der Lauer und sahen die ersten Gänsescharen von ihren Schlafplätzen kommen und sich auf ihre Futtergebiete verteilten. Es war sehr kalt und klar, und die Sonne kam früh durch. Wir waren beide mit Ferngläsern ausgerüstet, und ich erklärte Jonas die verschiedenen Gänsearten. Danach fuhr ich mit ihm die übliche Strecke ab, zeigte ihm andere Futterplätze und zwei Schwanenpaare, die wir seit mehreren Jahren im Visier hatten, und schließlich fuhren wir zu den Gieselers zum Frühstück, wie es abgemacht war.

Die Gänsetour hatte Jonas gefallen, ja bezaubert, aber er hatte nicht das Gefühl, wieder in Deutschland zu sein. Sicher, die Häuser und die Farben sahen hier anders aus als auf der anderen Seite der Grenze, aber es blieb unverkennbar Rheiderland. Wenn er eine deutsche Großstadt sehen könnte, sagte er, würde sich sein Gefühl vielleicht ändern. Wenn er vielleicht einfach einmal nach Hamburg fahren könnte, das er seit dem schönen Sommer 1969 nicht mehr gesehen hatte, und wenn er vielleicht in Ohlsdorf das Grab seines Vaters sehen könnte. Es war das erste Mal seit jenem Abend im Garten von Professor de Vries, daß Jonas wieder diesen Wunsch äußerte.

Wir waren alle der Ansicht, daß das Risiko ziemlich gering sei. Jonathan Zimmermann besaß einen echten holländischen Paß auf den Namen Jonas Blei, wenn auch mit einem gefälschten deutschen Paß erschlichen. Nach ihm wurde zwar noch immer gesucht, aber die Fahndung hatte etwas von Gewohnheit an sich, von erschlaffter Routine, als habe man bisher noch keine Zeit gehabt, ein paar Karteileichen auszusortieren. Jonas hatte längst aufgehört, Krieg zu führen, sagte Beate, und das Selbstverteidigungsinteresse des Staates gegen ihn war nicht mehr wirklich gegeben. Interessiert war an ihm einzig noch die öffentliche Gerechtigkeit, um der formalen Wiederherstellung des Friedens willen. Die Gerechtigkeit sei aber bekanntlich blind und könne daher leicht einen Jonathan

Zimmermann unter falschem Namen übersehen, selbst wenn er in Hamburg das Grab seines Vaters besichtige.

Wir kamen überein, daß wir in den ersten Tagen des neuen Jahrhunderts alle drei mit Jonas nach Hamburg fahren würden, in dem Passat der Gieselers, und daß wir vorher an Heiligabend in der Kate am Tief zu viert eine Weihnachtsgans verzehren würden.

Jonas schloß sein Geschäft bis zum achten Januar, und am dritten Januar fuhren wir los. Ich konnte Matthias und Marion für zwei Tage allein lassen, mußte aber früher zurück als die anderen, die bis zum Wochenende bleiben wollten. Wir erreichten Hamburg gegen Mittag im Schmuddellicht des Januars, bei feuchter Kälte. Unterkunft fanden wir bei Freunden von Christoph in Eimsbüttel, Jonas und ich in einem Haus, die Gieselers im Haus daneben.

Auf den Weg nach Volksdorf, um sein ehemaliges Vaterhaus zu sehen, wollte Jonas sich allein machen. Den Ohlsdorfer Friedhof wollte er mit Christoph zusammen aufsuchen, weil Christoph wußte, wo das Grab war. Beide Aktionen waren für den nächsten Tag geplant. Am Nachmittag des ersten Tages streiften wir durch Eimsbüttel, später durch die von Weihnachten noch erschöpfte Innenstadt. Jonas war sehr aufmerksam, sah sich alles sehr genau an. Er machte den Eindruck eines Mannes, der sehr lange keine wirklich große Stadt mehr gesehen hatte. Vieles, was er sah, schien ihm fremd zu sein, so wie einem nach vielen Jahren entlassenen Strafgefangenen auf seinem Rückweg in die Welt. Zugleich wirkte er oft angespannt und musterte die Leute um sich argwöhnisch. Abends gestand er uns, daß er zum ersten Mal seit langem Angst gehabt hatte, man könnte ihn erkennen. Wir machten ihm klar, daß das selbst in seiner Heimatstadt nach mehr als dreißig Jahren sehr unwahrscheinlich sei.

„Das Straßenpflaster unter meinen Füßen", sagte Jonas,

„fühlt sich hier anders an als in Holland. Für mich jedenfalls."

Am nächsten Abend, als er mit Christoph zusammen vom Friedhof Ohlsdorf zurückkam, machte er einen viel gelasseneren, beinahe heiteren Eindruck. Das schöne Haus seines Vaters gehörte jetzt anderen Leuten, und es war nicht mehr schön, weil sie es durch unpassende Anbauten und eine unmögliche Farbgebung verunstaltet hatten. Weit entfernt davon, ihn traurig zu stimmen, stellte das für Jonas eine Entlastung dar, denn es fiel ihm nun nicht mehr schwer, von seinem versäumten Zuhause Abschied zu nehmen.

Das Grab seines Vaters existierte nicht mehr. Sein Vater war nun bald achtundzwanzig Jahre tot, und er hatte vor seinem Tod eine Pflegschaft für das Grab über fünfundzwanzig Jahre abgeschlossen. Danach war die Grabstelle aufgelassen worden. Daran hatte auch Christoph Gieseler nicht gedacht. Sie waren eine Stunde lang über den Ohlsdorfer Friedhof gelaufen, weil Christoph annahm, seine Erinnerung spiele ihm einen Streich, obwohl er das Grab in früheren Jahren mehrfach besucht hatte. Dann war er zur Friedhofsverwaltung gegangen und hatte nach dem Grab von August Zimmermann gefragt, Tischlermeister, während Jonas zwei Gänge weiter auf ihn wartete. Nach der Aufklärung des Falles gingen sie noch einmal zu der ehemaligen Grabstelle zurück, an der jetzt ein anderer begraben lag. Jonas war zuerst sehr traurig, erzählte Gieseler, dann aber, als sie den Friedhof verließen, zunehmend heiter. „Ich habe meinen Vater nur im Leben gekannt", sagte er, als sie den Friedhof in nordwestlicher Richtung verließen und auf den U-Bahnhof Klein Borstel zugingen, „schon alt, aber aktiv und niemals krank. Er hat sein Leben in seiner Arbeit weitergeführt, obwohl er zuerst seinen ersten Sohn verlassen und ihn danach seine zweite Frau verlassen hat. Ich habe ihn dann auch verlassen, kann man sagen, und es ist nur folgerichtig, daß er mich ebenfalls verlassen hat und ich nun auch den Toten nicht mehr aufsuchen kann."

Abends gingen wir alle zusammen in einer Eimsbütteler Kneipe zwei Straßen weiter essen und trinken, und am nächsten Morgen brachten Christoph und Jonas mich mit dem Auto zum Hauptbahnhof, damit ich die Rückreise antreten konnte zu meinen Gänsen. Der Zug fuhr kurz vor zehn. Der Tag war milchgrau und naßkalt wie der zuvor. Die beiden verabschiedeten mich oben an der Treppe, die zu meinem Bahnsteig hinabführte. Jonas trug Jeans, eine braune Cordjacke und eine Skimütze, und als er mir die Hand reichte, sagte er: „Ich besuche dich bald wieder bei dir zu Hause."

Zwei Tage später las ich in der Zeitung von seiner Festnahme. Der lange gesuchte Terrorist Jonathan Zimmermann, Mittäter bei mehreren Banküberfällen und bei der mißglückten Geiselnahme in Brüssel, bei der zwei Sicherheitsbeamte schwer verletzt worden waren, sei durch einen Zufall der Polizei in Hamburg ins Netz gegangen. Er sei bisher in Holland untergetaucht gewesen und habe vor mehr als zwanzig Jahren, unter dem falschen Namen Jonas Blei, die holländische Staatsbürgerschaft angenommen.

Die näheren Umstände erzählten mir die Gieselers. Sie waren am Tag meiner Abreise nachmittags noch einmal mit Jonas in die Konsummeilen von Hamburg gegangen. Jonas machte diesmal einen wesentlich gelösteren Eindruck, so die Gieselers, als mache es ihm Freude, die Fülle der Waren zu betrachten und einzelne davon prüfend in die Hand zu nehmen, Waren verschiedenster Art: Kleidung, feine Schreibutensilien, elegante Uhren, Kunstdrucke, auch Bücher. Beim weiteren Zug durch die Mönckebergstraße wurden sie Zeuge, wie zwei Obdachlose, die sich vor einem Kaufhaus niedergelassen hatten, von drei Männern, die offenkundig zum Kaufhaus gehörten, zunächst beschimpft und dann an den Armen hochgezerrt und geschubst wurden. Mehrere Passanten verfolgten die Szene, unentschieden, wem sie ihre Sympathien entgegenbringen sollten. Jonas ging dazwischen, so schnell, berichteten die Gieselers, daß sie keine Chance mehr hatten, ihn zurückzuhalten. Er riß den brutalsten der Männer an der Schulter und verpaßte ihm einen Faustschlag, der ihn ins Wanken brachte, danach einen zweiten, der ihn zu Boden schickte. Nie hätte sie gedacht, sagte Beate, daß der kleine, wenn auch kräftige Jonas, so hart und gezielt schlagen konnte. Er wurde jedoch direkt danach von den beiden anderen Männern überwältigt, die ihn ins Innere des Kaufhauses zerrten, während die Obdachlosen sich längst verzogen hatten.

Die Gieselers folgten und versuchten, eine gütliche Einigung herbeizuführen, aber der Niedergeschlagene bestand darauf, daß man die Polizei holte, zumal Jonas sich nicht beruhigt hatte und die Angestellten als „Nazis mit Kreditkarte" beschimpfte. Die Polizei nahm Jonas' Personalien auf und behandelte ihn als niederländischen Staatsbürger höflich. Der Angestellte des Kaufhauses bestand jedoch auf einer Anzeige wegen Körperverletzung und Beleidigung. Jonas hinterließ seine augenblickliche Hamburger Adresse, und man ging auseinander.

Wie genau es dann gekommen ist, wußten die Gieselers natürlich nicht, jedenfalls gerieten die Personalien von Jonas bei der routinemäßigen Behandlung des Falles in irgendein Raster, irgendeinen Computer, und der Computer äußerte die Vermutung, daß der ehemalige Deutsche und jetzige Niederländer Jonas Blei in Wahrheit sehr gut der gesuchte Jonathan Zimmermann sein könne, gesucht wegen Beteiligung an mehreren Banküberfällen, einer versuchten Geiselnahme und Mitgliedschaft in einer kriminellen Vereinigung in den siebziger Jahren. Am kommenden Morgen stand die Polizei vor der Tür von Christophs Freunden und bat Jonas, im Ton noch immer sehr höflich, mitzukommen, um einige Fragen zu beantworten.

Jonas kehrte von dort nicht zurück, und den Rest wußte ich aus den Zeitungen. Da die Brüsseler Schüsse ihm nicht direkt angelastet werden konnten, verzichteten zwar die belgischen Behörden auf Anklage, die deutschen ließen aber die Anklage wegen versuchten Mordes bestehen, da Jonas als Mittäter angesehen wurde. Die Mitgliedschaft in einer kriminellen Vereinigung war verjährt und konnte nicht mehr verfolgt werden. Anklage wegen Mordversuchs und schwerer Körperverletzung ließ jedoch der halbseitig Gelähmte aus Siegburg erheben, den Jonas schon beinahe vergessen hatte. Der Mann war nun sechsundsechzig Jahre alt, saß seit einunddreißig Jahren im Rollstuhl und war vor mehreren Jahren pensioniert worden, nachdem er der Stadtverwaltung von Siegburg jahrzehntelang treu gedient hatte.

Der Prozeß wegen versuchten Mordes mit schwerer Körperverletzung als Folge brauchte ein halbes Jahr Vorbereitung. Jonas saß in Bonn ein, und während des halben Jahres wechselten wir uns mit Besuchen bei ihm ab. Jonas war ruhig und keineswegs depressiv. Manchmal, wenn er mir die Eigenheiten des Gefängnislebens erklärte, sah ich wieder das freundlichfreche Lächeln, das mir schon bei der ersten Begegnung aufgefallen war.

„Es macht keinen so großen Unterschied, wie ich dachte, auf welche Art und Weise man eingesperrt ist", sagte er. „Fast glaube ich jetzt, daß drinnen und draußen sich gar nicht voneinander unterscheiden."

Bei einem Besuch traf ich Klaus wieder, der nun an der Bonner Universität war und gerade vor drei Wochen seinen Vater beerdigt hatte. Ich erzählte ihm die Geschichte von Jonas und auch von dem Grab seines Vaters, das verschwunden war. Ich erzählte davon, wie ich Jonas kennengelernt hatte, von meinen Besuchen in Winschoten und von unseren Ausflügen an die Seen.

„Ich habe dich immer für einen etwas seltsamen Vogel gehalten", sagte Klaus, „und die Geschichte paßt richtig zu dir.

Aber versteh mich nicht falsch, du bist schon in Ordnung. Machst jetzt richtig Karriere, was?"

In der Tat war meine kommissarische Leitung unserer Forschungsstelle in eine offizielle umgewandelt worden. Ritz ging von England direkt nach St. Petersburg; unser Forschungsstützpunkt sollte aber noch wenigstens drei Jahre erhalten bleiben und wurde aus der Ferne weiter von ihm betreut. Als ich das erste Mal mein neues Gehalt sah, spürte ich einen leichten Schwindel.

Wir mußten die Frage lösen, was mit Jonas' Werkstatt und was mit seiner Wohnung geschehen sollte. Es stellte sich heraus, daß all die Jahre fast die Hälfte der Miete für die Werkstatt von Professor de Vries bezahlt worden war, während Jonas seine Wohnungsmiete allein aufgebracht hatte. Wir einigten uns darauf, die Wohnung sofort aufzulösen. Für das spärliche Mobiliar ließ sich leicht ein Lagerraum finden. Was die Werkstatt betraf, schlug de Vries vor, sie vorerst wenigstens bis zur Urteilsverkündung zu halten. Ich hatte ihn bisher als einen eher kühlen, beherrschten Mann erlebt und war überrascht von der Wärme in seiner Stimme, als er sagte: „Die Werkstatt war schließlich ein Ort, an dem Jonas zu Hause war. Vielleicht der einzige in seinem Leben. Den sollte man ihm nicht voreilig wegnehmen."

Der Prozeß begann im Juli. Christoph Gieseler und Oskar de Vries mußten ebenfalls aussagen, konnten selbst aber nicht mehr belangt werden. Die Strafvereitelung, die man ihnen allenfalls hätte vorwerfen können, war längst verjährt. Beide schilderten ihre Hilfeleistungen für Jonas als selbstverständliche Freundschaftsakte für jemanden, der mit seiner Vergangenheit gebrochen hatte. De Vries erwähnte im übrigen, daß er erst vor einiger Zeit Jonas gefragt habe, ob er sich nicht stellen wolle, und daß Jonas daraufhin gesagt habe, er wolle es sich überlegen. Beide glaubten, daß Jonas nie einen Menschen habe töten wollen und daß er darüber hinaus ohnehin einen ganz anderen Weg hatte einschlagen wollen. De Vries äußerte sich überzeugt, Jonas hätte unter glücklicheren Umständen auf einem ähnlichen Stuhl sitzen können wie er selber. Christoph Gieseler wies darauf hin, daß er Jonas – selbstverständlich sprachen beide nicht von Jonas, sondern benutzten den korrekten Namen Jonathan Zimmermann – schon kennengelernt habe, als dieser noch Schüler war.

„Er war überaus sanftmütig", sagte er. „Zu sanftmütig."

„Was meinen Sie damit?"

„Unter Blumen eingesenkte Kanonen."

Verstehe ich nicht", sagte der Staatsanwalt.

„Das hat Schumann über die Musik von Chopin geschrieben. So kam mir Jonathan immer vor, und der Vorfall in Hamburg scheint mir das zu bestätigen."

Ohne es zu wissen, hatte Christoph damit das Leitmotiv für die meisten folgenden Zeugen angeschlagen. Sanftmut, Zurückhaltung, Schüchternheit waren die Worte, mit denen Jonas charakterisiert wurde, ebenso wie: überscharf ausgeprägtes Gerechtigkeitsempfinden und plötzliche Zornesausbrüche. Diese Zeugen stammten aus der Zeit der Grauzone, als Jonas von den kleinen Rangeleien auf dem Campus und der ungeliebten Arbeit im Kinderladen langsam in erste militante Aktionen verwickelt wurde – Aktionen, über die die jetzt aussagenden Genossen von damals nicht hinausgegangen waren. Das war der Grund, warum sie jetzt im Zeugenstand waren und nicht auf der Anklagebank saßen.

Ein Text von damals tauchte auf, der schon im Prozeß gegen Georg und Anne eine Rolle gespielt hatte, mit dem Titel *Den bewaffneten Kampf aufnehmen!*, den Jonas geschrieben haben sollte. Er wurde im Prozeß in Auszügen zitiert. Ich habe eigentlich nichts verstanden. Die Sprache war mir fremd und fürchterlich. Entscheidend war jedoch, daß Jonas ihn verfaßt haben sollte und er das auch zugab.

„Texte waren eigentlich meine Stärke", sagte er, „ich hätte dabei bleiben sollen."

Das war ein Satz, den er sinngemäß in seinem Schlußwort wieder aufgreifen sollte. Wenige Tage vor Ende des Prozesses wurde der ehemalige Beamte der Stadtverwaltung Siegburg in den Gerichtssaal gerollt, den Jonas damals angeschossen hatte, um Ingrid zu befreien. Auch an diesem Tag war ich unter den Zuschauern. Als Jonas zu dem Vorfall befragt wurde, sagte er zunächst, an Einzelheiten könne er sich nicht mehr erinnern, und ich sah, wie sein Anwalt zufrieden vor sich hin nickte. Dann sagte Jonas weiter – und ich sah, wie sein Anwalt dabei zusammenzuckte – eines wisse er: das sei der einzige Moment in seiner Laufbahn gewesen, in dem er gezielt auf jemanden geschossen habe. Aber er habe es nicht persönlich gemeint, er habe nur seine Freundin freibekommen wollen.

Jonas' Schlußwort war so kurz, daß viele Zeitungen es in den nächsten Tagen vollständig abdruckten, und ich selber kannte es eigentlich schon. Beinahe hätte ich mitsprechen können. Er sagte: „Mir tut es leid, daß ich anderen Menschen Schaden zugefügt habe, und ich bitte um Verzeihung dafür. Ich bin gegen das Töten und ebenso gegen Menschenraub, aus welchen Motiven auch immer. Ebenso große Reue empfinde ich jedoch darüber, daß ich mich gegen mich selbst versündigt habe. Ich war entweder dazu bestimmt, ein Handwerk auszuüben oder Texte auszulegen. Ich war nie dazu bestimmt, dem Volke zu dienen und Banken zu überfallen oder Geiselnahmen zu versuchen. Mein Leben ist mir nicht gelungen, und die Schuld daran trage ich selbst."

Das Feuilleton einer großen deutschen Zeitung widmete seinen Aufmacher diesem Schlußwort und versuchte sich an seiner Auslegung, sprach von der Ironie, mit der Jonas die Formel „dem Volke dienen" benutzte, von der religiösen Terminologie, von Schuld und Sühne und schließlich von einer „verlorenen Generation". Christoph zeigte mir den

Artikel und verriet mir, daß der Verfasser kaum fünf Jahre älter als ich war, aber, so Christoph, „er hat schon den vollen Überblick über die Geschichte." Der Mann sah in Jonas' Worten „die knappste und beste Reflexion eines dunklen Kapitels jüngerer deutscher Geschichte" und entdeckte in manchen Zeugenaussagen „ein spät erwachtes Verantwortungsgefühl, das eines Tages auf Versöhnung hoffen läßt."

Andere Zeitungen waren pikiert über das ihrer Ansicht nach zu milde Strafmaß für jemanden, der immerhin versuchten Mord in mehreren Fällen begangen und in einem davon einen Staatsdiener für den Rest seines Lebens in den Rollstuhl gebracht hatte. Jonas wurde im September zu fünfeinhalb Jahren Haft verurteilt, wobei die halbjährige Untersuchungshaft angerechnet wurde. Das Gericht würdigte die Tatsache, daß Jonas sich selbst schon lange glaubhaft aus seinen früheren Zusammenhängen gelöst und sich seitdem eine unbescholtene Existenz aufgebaut habe. Der Richter hätte sich zwar gewünscht, Jonas hätte wie andere Bekehrte seine Genossen von früher schriftlich oder mündlich zur Umkehr aufgerufen, stellte aber gleichzeitig fest, „daß Jonathan Zimmermann das Missionarische reichlich fremd ist, trotz seines ausgeprägten und übersteigerten Gerechtigkeitsempfindens, und daß man flammende Aufrufe trotz seiner Liebe zu Texten von ihm nicht erwarten durfte." Er führte weiter aus, daß man dem Verurteilten eine Rückkehr in sein Leben der letzten knapp drei Jahrzehnte ermöglichen wolle, ein Leben als der Handwerker, zu dem er sich nach seinen eigenen Worten bestimmt sehe.

Vielleicht im Vorgriff auf manche Pressekommentare der nächsten Tage sagte der Richter, der Fall Jonathan Zimmermann eigne sich nicht für politische Abrechnungen irgendwelcher Art. Es sei in diesem Prozeß wie sonst auch darum gegangen, den Rechtsfrieden wiederherzustellen, der durch die Taten des Angeklagten empfindlich gestört worden sei. Es sei nicht darum gegangen, die sechziger und siebziger Jahre aufzuarbeiten, politische Frontlinien nachzuziehen, ein Exempel zu statuieren oder auf irgendeine Art Rache zu üben, da der Rachegedanke dem Recht ohnehin fremd sei.

Erstaunlicherweise las man in den nächsten Tagen, Jakob Overstolz, der städtische Beamte aus Siegburg, sei mit dem Urteil einverstanden und empfinde es nicht als zu milde. „Es geht mir nicht besser, wenn der Zimmermann fünf Jahre länger im Gefängnis sitzt", sagte er einem Journalisten, „und vielleicht besuche ich ihn sogar im Gefängnis. Er wird ja hier in der Nähe einsitzen."

Jonas wurde von Bonn nach Köln-Ossendorf verlegt.

4 Nachschrift Spätsommer 2004

Gestern haben wir zu fünft im Garten hinter dem Groninger Haus gesessen: Das Ehepaar de Vries, das Ehepaar Gieseler und ich. Wir wurden mit einem sommerlichen Menü bewirtet wie damals, als Jonas erstmals den Wunsch aussprach, das Grab seines Vaters zu sehen. Das Essen hatte einen antizipatorischen Anlaß: in einem Jahr wird Jonas entlassen werden. In den ersten Monaten waren wir sehr besorgt. Zwar hatte Jonas diese Bemerkung mir gegenüber gemacht, daß er zwischen drinnen und draußen eigentlich keinen Unterschied sehen könne. Aber wir waren uns nicht sicher, ob er den langjährigen Haftalltag würde durchstehen können. Als er eingeliefert wurde, war er immerhin vierundfünfzig. Bis zu seiner Festnahme war er zwar über Jahrzehnte in seiner Bewegungsfreiheit eingeschränkt gewesen, aber er lebte doch ein normales bürgerliches Leben, in gebührender Distanz von den anderen. Hier war er wirklich eingesperrt, und von den anderen eingekesselt dazu. Immerhin erinnerte ich mich der fast schwärmerischen Art und Weise, in der er über seine Militärzeit gesprochen hatte.

Unsere Befürchtungen waren nicht begründet. Wir besuchten ihn abwechselnd im Turnus, und ich erlebte Jonas bei meinen Besuchen nicht ein einziges Mal so niedergeschlagen, so plötzlich abwesend wie das eine oder andere Mal, als ich ihn in Winschoten aufgesucht hatte. Er war nicht fröhlich, aber gelassen, fast heiter, und wurde von den Mithäftlingen nach einer gewissen Zeit beinahe wie ein väterlicher Ratgeber, ja fast wie ein Seelsorger angesehen. Nur am Anfang seiner Haftzeit geriet er mit einem anderen Häftling aneinander, der ihn unter Druck setzen und in eine seiner Intrigen verwickeln wollte. Sofort aber bekam er den Schutz einer wesentlich mächtigeren Häftlingsgruppe und war danach vor den zermürbenden Kleinkriegen der anderen geschützt. Er hatte unausgesprochen einen gleichsam unantastbaren Status, wie ihn Schwache oder Irre in manchen Gesellschaften oder Stammeskulturen früher hatten.

Er arbeitete in der Buchbinderei der Anstalt und lernte so noch ein weiteres Handwerk. Wenn ich im Besucherraum auf ihn wartete und er auf mich zukam, sah ich einen kleinen, gegenüber früher etwas schwächer gewordenen Mann, der immer leise lächelte, während alle absichernden, schutzsuchenden Blicke, wie ich sie früher manchmal an ihm wahrgenommen hatte, verschwunden waren. Vor einem halben Jahr hat er einen fünfzigseitigen Essay zu Kants Schrift zum ewigen Frieden beendet. De Vries hat ihn gelesen und war so begeistert, daß er sich schnell und erfolgreich um einen Verlag dafür bemüht hat. Man hat Jonas im Lauf der Haft zweimal Freigang angeboten, den er abgelehnt hat mit den Worten, er könne warten.

Uns geht es ein wenig wie seinen Mithäftlingen. Jonas ist jemand, den wir brauchen, was wir erst wirklich gemerkt haben, seitdem er in Haft sitzt. Wir warten auf ihn. De Vries und seine Frau haben noch einen zweiten erfolgreichen Kampf für Jonas geführt. Selbstverständlich hatte der niederländische

Staat direkt nach dem Urteil vor, Jonas die niederländische Staatsbürgerschaft abzuerkennen, die er sich ja mit falschen Papieren erschlichen hatte. Zwei Jahre lang haben die de Vries, die selber vor vielen Jahren Holländer geworden sind, im Verbund mit einem Anwalt und zum Teil auch mit der Presse dafür gestritten, daß Jonas seine Staatsbürgerschaft nicht verliert. Sie haben an die liberale Tradition des Landes appelliert, und es ist fast so etwas wie eine kleine Jonas-bleibt-Holländer-Initiative entstanden, die schließlich gesiegt hat. Deshalb war es auch richtig, die Werkstatt zu halten, in der in der Zwischenzeit ein Reiderländer Künstler arbeitet, der jedoch weiß, daß er gehen muß, wenn Jonas wieder frei ist.

Der Forschungsstützpunkt von Professor Ritz ist Ende letzten Jahres aufgelöst worden. Der örtliche Naturschutzbund hat mich gern und sofort als Hausbiologen übernommen. Ich arbeite mit der Universität Oldenburg zusammen. Vor kurzem habe ich, nach acht Jahren, einen Brief von Gerda erhalten, die ich eigentlich schon vergessen hatte. Er kam aus München und berichtete von ihrer Arbeit im Kulturmarketing. Von ihrem Dramaturgen hatte sie sich vor zwei Jahren getrennt und danach Berlin verlassen. München ist sowieso unvergleichlich und Italien so nah, schreibt sie. Ein ganz anderer Geschmack des Lebens! Sie fährt am Wochenende schon mal eben nach Mailand. Sie wünscht mir Glück in meinem Winkel da oben auf dem Land, und wenn ihre Wege sie mal in die Nähe führen, wird sie mich besuchen, schreibt sie.

In wenigen Wochen kommen die ersten Gänse zu uns.

New Economy

Juni, im Norden

Morgen nacht werden wir sprengen, und ich hoffe, mein kleiner Bruder erweist sich zum ersten Mal in seinem Leben nicht als Trottel. Die Chancen stehen nicht schlecht, denn er hat mit ein paar anderen zusammen nur darauf zu achten, daß nicht doch zu dieser stillen Zeit ein verirrter Nachtvogel das Gelände betritt. Menschen sollen nicht verletzt werden, fallen soll allein die Brücke.

Nach den größeren Aktionen der letzten Jahre handelt es sich diesmal um eine kleinere, eher symbolische Operation. Die Brücke richtet keinen großen Schaden an, ausgenommen am guten Geschmack. Ökologisch ist sie vermutlich unbedenklich. Mit dem Umweltaktivismus habe ich schon lange nichts mehr zu tun. Eine Zeitlang bewunderte ich das Spektakuläre bei Greenpeace, auch den wirklichen Mut, der dahinter stand. Inzwischen weiß ich, daß es klüger ist, aus dem Verborgenen heraus zu operieren und sich in der Menge zu bewegen wie der Fisch im Wasser, wie Mao geschrieben hat. Der mag zwar ein Massenmörder gewesen sein, aber Klugheit, in griffige und einfache Formeln umgesetzt, läßt sich ihm nicht absprechen.

Zuerst wollten wir uns das geplante Sperrwerk ein paar Kilometer weiter nördlich vornehmen, das im Grunde nur gebaut wird, damit eine Werft die frisch gebauten Luxusliner in die Nordsee überführen kann. Unsere Spione haben aber bald herausgefunden, daß die Sicherheitsmaßnahmen derart scharf sind, daß es eine monatelange Vorbereitung gebraucht hätte. So lange wollten wir uns hier in der Gegend nicht aufhalten. Wir achten darauf, uns niemals und nirgendwo festzubeißen. Wenn wir an einer Stelle nicht ansetzen können, suchen wir uns nach dem Prinzip der Guerilla eine andere aus oder kehren jeder für ein paar Wochen oder Monate in unsere jeweiligen Wohnorte zurück, um auf die nächste Aktion zu warten. Jetzt bot sich die Brücke an, gerade vor zwei Wochen fertig geworden und mit einem dieser leicht peinlichen Festakte eingeweiht, die für die Provinz so typisch sind.

Die Brücke führt über den seit Jahrzehnten träumerisch dahinsiechenden Hafen dieser kleinen Stadt, und sie soll zwei Stadtteile miteinander verbinden. Dagegen wäre nichts einzuwenden. Es gibt aber schon eine Brücke, die das seit Jahrzehnten leistet, und die zweite ist nicht nur völlig überflüssig, sondern zerstört die städtebauliche Balance des Ortes. Außer den sogenannten Stadtvätern und einigen Geschäftsleuten gibt es fast niemanden unter den Bewohnern, der sie gewollt hat, soviel haben wir herausgefunden. Da sie nun aber da ist, würden sich die meisten zweifellos damit abfinden, und diesen Gewöhnungsprozeß werden wir durch unsere Aktion verhindern.

Natürlich war die Brücke nicht die Bierlaune irgendeines Bürgermeisters. Auf der anderen Seite des Hafens, von der Innenstadt aus gesehen, liegt eine Industriebrache in Form einer Halbinsel, die nun bebaut werden soll mit Wohnungen, Geschäften, einem Hotel, alles von der besseren Sorte. Die Lage direkt am Wasser weist das Gebiet als ein sogenanntes Filetstück aus, wie es in der verfressenen Sprache der Immobilienhändler heißt. Für die Geschäftsleute, die Interesse signalisiert haben, wird das Filetstück aber erst interessant, wenn eine Brücke direkt auf den zentralen Platz der Innenstadt führt, damit sie nicht von den Kundenströmen dort abgekoppelt werden. Die schon vorhandene Brücke am Rathaus, erbaut in den zwanziger Jahren des letzten Jahrhunderts, reicht ihnen nicht, weil sie einen leichten Umweg auf die andere Seite darstellt.

In vorauseilendem Gehorsam, bevor noch irgendein Grundstein dort drüben gelegt worden ist, hat man die Brücke bauen lassen. Sie führt jetzt vom Markt direkt auf ein verwildertes Gelände, das vor allem als Auslauf für Hunde dient: ein etwas zu stark gewölbter Bogen aus schwarzlackiertem Stahl mit einem auf alt getrimmten Geländer. Von der Form her sollen Assoziationen ans nahe Holland geweckt werden, als stünde man in der Mitte einer der zahllosen Brücken von Amsterdam und schaute auf die Flucht der Grachten herab. Durch die zu stark geratene Wölbung ist der Weg für ältere Menschen durchaus beschwerlich. Im Winter könnte der Boden sehr leicht vereisen und spiegelglatt werden: wenn das Bauwerk dann noch stehen würde. Bedingt durchs Material, macht die Überquerung der Brücke mit festem Schuhwerk einen Höllenlärm. Wir haben uns wahrlich kein schützenswertes Objekt ausgesucht, kein Bauwerk, das irgendwann die Chance hätte, zu einem architektonischen Denkmal zu werden: es sei denn, man wolle demonstrieren, wie man in Schilda baut.

Mein kleiner Bruder wollte vor zwei Jahren übrigens auch einmal mit einem Luxusliner durchs Mittelmeer kreuzen, aber dann hatte er plötzlich Angst vor Anschlägen. Das war in den letzten Monaten, in denen er noch glaubte, es ginge ihm gut. Anfang vergangenen Jahres stand er dann in Münster vor meiner Tür, direkt aus Berlin angereist, eine Reisetasche als Gepäck, und bat mich um ein Bett für ein paar Tage und um etwas Geld. Inzwischen hatte ihm sein Chef eröffnet, daß die

Firma praktisch nicht mehr existierte, und mein kleiner Bruder fand heraus, daß seine schönen Aktien, mit denen man ihn teilweise bezahlt hatte, pro Stück nicht einmal zehn Cent wert waren. Er konnte es noch gar nicht glauben und lachte mich an, als er mir das erzählte, mit dem offenen Jungengesicht, auf das Frauen gern fliegen, bei dem aber der genaue Beobachter sofort sieht, daß vor allem der Junge selber gern auf alles Mögliche reinfällt.

„Stell deine Tasche ab, wir gehen erst mal essen. Ich lade dich ein."

Arnold grinste, nahm mich in den Arm und sagte: „Danke, Schwesterherz."

Ich machte auf Münsteraner Lokalkolorit, und wir landeten bei Stuhlmacher. Er war beeindruckt und fand es großartig, so bodenständig. Stuhlmacher ist etwa so bodenständig wie irgendein Mövenpick an einer Schweizer Autobahn. Aber mir gefiel die Begeisterung meines Bruders, selbst in seiner prekären Lage. Auf der anderen Seite wußte ich, daß gerade seine Begeisterungsfähigkeit ihn immer wieder in schwierige Situationen brachte.

Die Firma, für die er zuletzt gearbeitet hatte – in der Öffentlichkeitsarbeit, wie in allen Firmen zuvor –, verkaufte im Internet Fitneß- und Diätprogramme. Jedenfalls versuchte sie es, und meinem Bruder fiel zunächst nicht auf, daß es meistens beim Versuch blieb, trotz der großen Wellness-Welle. Noch polsterte das Risikokapital, das zwei große Geldgeber vor dem Börsengang investiert hatten, alles ab: die schönen Räume auf einem Hinterhof in Mitte, die Gehälter des Teams, das neun Mitarbeiter umfaßte, die teuren Arbeitsessen und die Wohnung meines Bruders in der Schlüterstraße. Der Kurs der Aktie am Neuen Markt stieg im ersten Jahr unaufhörlich, weil über die Gewinnaussichten der Firma so phantastische Gerüchte kursierten, daß ich sofort wußte: dahinter stand eine gezielte Informationspolitik.

Mitte 2001 habe ich meinen kleinen Bruder einmal in Berlin besucht, auf seinem Hinterhof in Mitte ebenso wie in seiner Wohnung in der Schlüterstraße, die groß und hell und ziemlich leer war. Sein Chef gefiel mir nicht. Ich riet Arnold, seine Anteile so schnell wie möglich zu verkaufen, aber er lachte nur und sagte: „Schwesterherz, du warst zwar Stipendiatin bei der Studienstiftung des deutschen Volkes und bist sicher furchtbar klug, aber von der neuen Ökonomie verstehst du nichts. Das ist nicht mehr deine Welt. Ich hab dich trotzdem gern."

Ich hätte ihm sagen können, daß auf diesem Gebiet eine Firma, die nur Ideen verkauft, auf Dauer nicht existieren kann, weil andere neben den Ideen auch die dazugehörigen Produkte anbieten. Ich hätte ihm auch vieles andere sagen können, zum Beispiel, daß Geld nicht endlos neues Geld schafft, sondern daß es irgendwann von realen Werten gedeckt sein muß. Ich hätte ihm noch einmal die Geschichte von Nick Leeson erzählen können, der von Singapur aus vor weniger als zehn Jahren eine über zweihundert Jahre alte englische Bank ruinierte, übrigens, ohne es zu wollen. Aber mein Bruder hat mich immer für etwas überkritisch und deshalb langweilig gehalten, und ich kam nicht mehr darauf zu sprechen. Statt dessen gingen wir essen, und Arnold lud mich anschließend zu einem Zug durch die Hauptstadtnacht ein. Mein Aufenthalt in Berlin war, das will ich nur nebenher erwähnen, gleichsam dienstlicher Natur. Zwei Tage nach der kleinen Explosion im Sony-Center reiste ich wieder ab und war pünktlich zu Semesterbeginn in Münster an der Universität.

Dort habe ich seit vielen Jahren eine Professur an der Wirtschaftswissenschaftlichen Fakultät, am Institut für Wirtschaftsgeschichte. Der Name beschreibt meine Arbeit vielleicht nicht ganz zutreffend. Mein Schwerpunkt, nach wirklich wirtschaftshistorischen Anfängen – frühe Neuzeit ist sehr beliebt unter uns –, mein Schwerpunkt also ist mehr und mehr das

Imaginäre im Wirtschaftsleben geworden: alles, was mit Glaube, Liebe, Hoffnung und weniger mit den Fakten zu tun hat. Warum wird der einen Ankündigung der Regierung nicht geglaubt, während eine zweite, ziemlich ähnliche, Zustimmung hervorruft und ein positives Klima schafft? Wie kommt es, daß es sogar Sozis geben kann, die als Persönlichkeiten beim Kapital mehr Vertrauen schaffen als ihre christdemokratischen Gegenspieler? Wieviel Metaphysik steckt im Wirtschaftsleben? Warum ziehen manche Wirtschaftsführer vor Entscheidungen ihren Beichtvater heran, andere eine Wahrsagerin? Was bedeutet überhaupt „gute" oder „schlechte" Stimmung? Wie groß kann die Diskrepanz zwischen einer guten Stimmung und der tatsächlichen Lage sein, und wie lange dauert es, bis das ins allgemeine Bewußtsein dringt? Warum treffen sich Manager zu wirtschaftsethischen Tagungen, wenn das einzige Kriterium für ihre Aktivitäten die Rendite ist? Ich tue an der Universität alles das, was die Männer – und die wenigen Frauen – in der so viel beschworenen Praxis nicht tun: darüber nachdenken, was diese Praxis bedeutet, was sie bewegt und wovon sie bewegt wird. In einer hochspezialisierten Gesellschaft ist das Aufgabe der Universität und verwandter Institutionen. Fängt der Unternehmer selber mit dem Nachdenken über sein Tun an, so hat es schon vor Jahrzehnten einmal ein Frankfurter Bankier geschrieben, dann stimmt etwas nicht mehr mit ihm und mit seiner Firma.

Ich wußte also über die Sphäre, in der sich mein kleiner Bruder seit seinem kurzen Studium als Propagandist verschiedener Firmen tummelte, sehr viel besser Bescheid als er selbst. Daß er mir das nicht glaubte, kann ich ihm nicht verdenken – die großen Bosse würden es mir auch nicht glauben. Nirgends aber ist die Phantasie so sehr an der Macht wie im Wirtschaftsleben, und das um so freier umherschweifend, je mehr es dort vor allem um reines Geld geht, kaum noch um Produkte. Die Phantasie geht mit den Phantasten leicht durch.

Arnold ist nicht der einzige, der sich Ende des letzten und Anfang dieses Jahrhunderts auf einem Flug befand, der mit ziemlicher Sicherheit mit einem Absturz enden mußte. Nicht aus moralischen Gründen, nicht, weil nicht sein kann, was nicht sein darf, sondern einfach, weil dem Flugzeug irgendwann der Treibstoff ausgehen mußte, wie mir meine solide volkswirtschaftliche Ausbildung sagte.

Arnold war allerdings für diesen Flug besonders prädestiniert. Fünf Jahre Altersunterschied sind eine Generation, wenigstens in jungen Jahren. Er kam Mitte der achtziger Jahre – als ich mit meinem Studium schon fast fertig war – gerade erst von der Schule, die er mit dem Weg des geringsten Widerstands durchlaufen hatte. Ganz knapp kann man sagen: Arnold ist jemand, der gefällt. Er ist groß und blond mit irritierend leuchtenden blauen Augen und ausgeprägten Wangenknochen. Man könnte sich ihn im Kino sehr gut in der Rolle des netten, höflichen Nazis vorstellen. Er ist angenehm im Umgang, selten schlecht gelaunt. Sein Lächeln kann jeden jederzeit von jeder möglichen Unternehmung überzeugen, und sei sie noch so unsinnig. Das geht so weit, daß er zuerst sich selber davon überzeugt.

Er hätte bei seinem ersten Arbeitgeber in Hamburg bleiben sollen, einem riesigen weltweiten Medienkonzern. Vermutlich hat Arnold gar nicht begriffen, was es bedeutete, daß er, frisch von der Uni gekommen mit einem mittelmäßigen Diplom, dort auf Anhieb Pressesprecher wurde, mit einem Gehalt, das um mehr als hundert Prozent über meinem lag. Das war vor nicht einmal zehn Jahren. Er arbeitete dort noch nicht lange, als ich ihn besuchte, das einzige Mal während seiner dreijährigen Hamburger Zeit. Der Gebäudekomplex lag irgendwo in der Nähe des Baumwalls, und als ich ihn betrat, erfuhr ich zum ersten Mal in meinem Leben, was ein Hochsicherheitstrakt ist. Ich mußte drei Lichtschranken und zwei Pförtner passieren, bevor ich in einer Wartezone Platz nehmen durfte, bis Arnold mich abholen kam. Als ich ihn fragte, wovor der Konzern Angst habe, zuckte er mit den Schultern und sagte: „Anschläge vielleicht. Darüber liest man ja immer wieder. Oder Spionage, kann auch sein." So war mein kleiner Bruder: Pressesprecher, aber es interessierte ihn nicht im geringsten, warum sein Arbeitgeber sich doppelt und dreifach verbunkerte.

In seinem Büro umschwirrten ihn drei Mitarbeiterinnen. Arnold verbot es sich, mit ihnen zu flirten oder anzüglich zu werden, und das nicht nur, weil ich neben ihm stand, sondern, so glaube ich, weil er unsicher war. Auf diese Mitarbeiterinnen, das fand ich in den zwei Stunden heraus, war er dringend angewiesen. Sie waren allesamt länger bei der Firma als er selbst und kannten die Abläufe, und Arnold fragte sie nicht nur ständig, wie er am besten dies oder das machen sollte, sondern wurde von ihnen auch daran erinnert, daß er noch jenes erledigen müsse. Er war ganz offensichtlich nicht der Herr seines Fachs, aber das machte meinem Bruder nichts aus. Er genoß seine Stellung und die Lebensmöglichkeiten, die damit verbunden waren. Später ist er wohl noch ein ganz brauchbarer Pressechef geworden, den der Konzern gern behalten hätte. Aber Arnold wurde es zu langweilig, zu saturiert, und im übrigen wollte er unbedingt nach Berlin, wo er zuerst bei einer neugegründeten Firma fürs Internet-Shopping anheuerte.

Ich war immer Herrin meines Ressorts, darf ich ohne Überheblichkeit sagen. Als ich meinen Lehrstuhl in Münster übernahm, noch sehr jung, war mir klar, daß ich von Anfang an etwas Neues aufbauen mußte. Ich habe mich anfangs von Mitarbeitern über die traditionellen Verwaltungsabläufe informieren lassen, aber ich habe nie jemanden gefragt, wie ich was machen sollte. Darauf hätten viele vielleicht nur gewartet, um zu sagen: Guck dir das an, Studienstiftung, ein Jahr in Harvard, und jetzt weiß sie nicht, was sie machen soll! Ich habe immer den Eindruck erwecken können, als hätte ich für alles ein festes Konzept, obwohl ich zunächst für alles nur ungefähre Vorstellungen hatte – wohl wissend, daß feste Konzepte nach kurzer Zeit jeden strangulieren. Auf dem von mir abgesteckten Gebiet habe ich mich immer treiben lassen, bis ich ins richtige Fahrwasser geraten war. Gemerkt hat dies niemand.

Auch auf die Gruppe bin ich eher zugetrieben, als daß ich sie bewußt gesucht hätte. Meine Mitarbeit dort war die Frucht meiner ersten Nacht mit Ludger Stein, der als Grundschullehrer in einem kleinen Ort im Allgäu arbeitet. Ich weiß, daß es jetzt natürlich heißt: Klar, die Frau kommt immer übers Bett zur Politik, andere werden sagen, zum Terrorismus. Kennengelernt habe ich Ludger auf einem mehrtägigen Seminar zum Thema „Psychologie des Turbokapitalismus", das in Bad Münstereifel stattfand. Mich hatte man selbstverständlich als Referentin geladen, und ich erzählte dort unter anderem noch einmal die Geschichte von Nick Leeson.

Dieser junge Mann aus einfachen Verhältnissen in Watford ging im Alter von 25 Jahren nach Singapur, um dort für die äußerst seriöse und steinalte Londoner Barings Bank an der Börse zu spekulieren, nachdem er seine ersten Meriten für die Bank in Jakarta erworben und ihr gezeigt hatte, wie man richtig Geld verdient. Das war 1992. Anfang März 1995 wurde Leeson auf dem Frankfurter Flughafen festgenommen und in Untersuchungshaft überführt.

Was dazwischen lag, gehört in den Bereich des Phantastischen, der reinen Fiktion. Leeson handelte äußerst erfolgreich mit Optionen, weil er den rein geistigen Charakter solcher Transaktionen genau verstand. Es geht dabei nicht mehr wie beim Monopoly darum, die Schloßallee zu kaufen und zu bebauen, sondern beispielsweise die nur sekundenlang währende Kursdifferenz zwischen Osaka und Singapur auszunutzen. Dabei handelt es sich um Summen, die auch diejenigen, die mit ihnen handeln, sich sinnlich nicht mehr vorstellen können. Das müssen sie auch nicht, denn am Ende sehen sie sie lediglich als Gewinne und Verluste auf den entsprechenden Konten und einmal jährlich die Folgen davon als Bonuszahlung des Arbeitgebers auf dem eigenen Konto.

Fatalerweise begann Nick Leeson früh, einige Verluste, die seine weniger begabten Mitarbeiter durch Unaufmerksamkeiten verursacht hatten, durch Buchungen auf einem besonderen Konto zu kaschieren, später auch die eigenen Verluste. Während die Leitung der Barings Bank in London, die von all diesen Geschäften, an denen sie soviel verdiente, herzlich wenig Ahnung hatte, ihren jungen Mann noch immer als Zauberer feierte, hatte dieser für sie schon Verluste in neunstelliger Höhe eingefahren: britische Pfund. Immer ausgeklügeltere Buchungstricks und Urkundenfälschungen sollten das verschleiern. Beinahe von Beginn seiner Singapurer Zeit, so erklärte ich meinen Zuhörern in Bad Münstereifel, schrieb Nick Leeson gewissermaßen an einem Roman, und seine Leser, die Führungsleute der Bank, waren nur zu geneigt, diesem Roman zu glauben, da er sich so gut las. Auch Leeson selbst entkam der einmal begonnenen fiktionalen Produktion nicht mehr, obwohl er ein paar zaghafte Versuche machte, die Wahrheit zu sagen. An soviel Geist, soviel Phantasie hat sich das Geld schließlich gerächt: es war am Ende futsch, und mit ihm die Barings Bank, deren Leben von 1763 bis 1995 währte. „Diese Geschichte ist sicherlich ein Extremfall", schloß ich meinen Vortrag in Münstereifel, „doch bei der zunehmenden Virtualisierung, also Vergeistigung des Geldes sind Wiederholungen keineswegs ausgeschlossen. Die angeblichen Antipoden Geist und Geld durchdringen sich immer mehr, können voneinander nicht lassen. Dieser Prozeß hat vielleicht gerade eine neue Stufe erreicht, und von den Folgen können wir kaum erst träumen. Ob dabei süße Träume angebracht sind oder eher Albträume, wird die weitere Zukunft zeigen."

Langanhaltender Beifall, und angesichts der Geschichte von Nick Leeson schwankten die Teilnehmer zwischen Amüsement und einem angenehm prickelnden Entsetzen. Auch Ludger war als einfacher Teilnehmer da. Es wunderte mich, daß ein Grundschullehrer – nur Ludger spricht von sich konsequent als Volksschullehrer, auch wenn es die Volksschule per Sprachregelung nicht mehr gibt –, daß also ein Grundschullehrer an einem solchen Seminar teilnimmt, ganz aus privatem Antrieb, ohne Auftrag seiner Schule. Wir kamen gleich am ersten Abend in der Kellerbar miteinander ins Gespräch, diesem dunklen Gewölbe mit braunem Mobiliar, das von der Virtualität des Geldes so gar keine Ahnung in sich trägt. Ludger erklärte mir, seiner Ansicht nach habe niemand so sehr das Anrecht auf gutausgebildete Lehrer wie die Volksschüler, auch wenn das Wissen, das ihre Lehrer sich aneigneten, diesen Kindern vielleicht noch gar nicht weitergegeben werden könne. Aber was der Volksschullehrer verbocke, das könne kein später auf die Kinder und Jugendlichen angesetzter Pädagoge mehr korrigieren. Wir setzten das Gespräch am nächsten Abend fort, und in der Morgendämmerung erzählte mir Ludger von der Gruppe und ihren Aktivitäten.

Damals umfaßte die Gruppe sechzehn Mitglieder, heute sind wir neunzehn, über das ganze Land verteilt, von Schleswig bis Konstanz. Jeder von uns lebt in gesicherten, oft sogar in sehr guten Verhältnissen. Gescheiterte Existenzen passen nicht zu uns. Insofern war die Kooptation meines kleinen Bruders vielleicht ein Fehler – das wird sich herausstellen. Wir treten nur über die normale Post miteinander in Kontakt, niemals über das Telefon oder E-Mail. Persönliche Treffen, durchaus nicht immer in Gruppenstärke, halten wir allein in unseren Privatwohnungen ab. Nur an den Orten, an denen unsere Aktionen stattfinden, müssen diejenigen, die sie wirklich durchführen, sich für einige Zeit in Hotels einmieten. Wir schreiben nie Bekennerbriefe oder irgendwelche anderen

Verlautbarungen. Wir rufen auch keine Zeitungen oder Nachrichtenagenturen an. Wir führen keine falschen Namen, wenn wir unterwegs sind, und wir brauchen keine falschen Pässe. Wir verkleiden uns nicht, wir maskieren uns nicht. Wir sind nicht im Internet vertreten. Wir haben nicht den Ehrgeiz, auf Fahndungsfotos aufzutauchen. Wir streben nicht danach, Märtyrer zu werden. Nach erfolgter Aktion kehrt jeder in sein bürgerliches Leben zurück und wartet, bis von irgendeiner Seite ein neuer Vorschlag kommt. Es gibt keine Hierarchie, und unsere Gruppe hat keinen Namen, nicht einmal intern. Doch, einmal bei einem Treffen hat Peter Kruse, evangelischer Pfarrer in der Diaspora von Fulda, uns scherzhaft die „Brüder und Schwestern von der Barmherzigen Landespflege" genannt.

Es liegt auf der Hand, daß die Arbeit unserer Gruppe nur durch ihre völlige Anonymität funktionieren kann. Keiner meiner Bekannten und Freunde weiß von der Gruppe, und bis vor kurzem hat auch mein Bruder nicht davon gewußt.

Die Firma fürs Internet-Shopping, in die er nach den drei Jahren bei der Weltfirma eintrat, hat eigentlich über ein Jahr lang ganz gut funktioniert, vielleicht auch noch länger. Arnold ist gegangen, weil er sich mit einem der beiden Chefs nicht verstand. Der sei ihm schon rein physisch unsympathisch, schrieb er mir, er könne seinen Anblick kaum ertragen. Ich habe nicht nachgefragt. Dahinter kann eine Frauengeschichte stehen, muß es aber nicht. Mein Bruder hatte schon in der Kindheit sehr ausgeprägte Überempfindlichkeiten, die sich nicht selten auf das äußere Erscheinungsbild oder den Habitus von Menschen bezogen. Wenn ein bestimmter Arbeitskollege unseres Vaters an Wochenenden manchmal privat zu uns zu Besuch kam, hat Arnold sich immer versteckt. Der Mann war in der Tat etwas unförmig und schwitzte leicht, aber am unerträglichsten war meinem Bruder die Hasenscharte und die

Tatsache, daß dieser Mann das rechte Bein leicht nachzog. Unser Vater war ein hohes Tier in der Stadtverwaltung, und der Dicke mit der Hasenscharte war gleichsam seine rechte Hand, ohne den, so unser Vater, er seine Arbeit gar nicht würde bewältigen können. Er versuchte Arnold davon zu überzeugen, daß der Mann in keiner Weise gefährlich und alles andere als dumm war. „Nein, aber er ist eklig", sagte Arnold dann.

Er war damals gerade in die Schule gekommen, die er dann, wie ich schon sagte, von Anfang bis Ende auf dem Weg des geringsten Widerstandes durchlief und mehr als Treffpunkt denn als Bildungsinstitution sah. Meine Mutter, die nach dem frühen Tod unseres Vaters allein mit uns dastand, war beinahe ein bißchen froh darüber, daß nicht noch eine zweite Hochbegabung unter ihren Kindern war – ich war ihr mehr als genug. Es wäre aber falsch zu sagen, daß Arnold keine besonderen Interessen und Begabungen hatte. Im Gegensatz – oder vielleicht gerade nicht? – zu seinem späteren Betätigungsfeld in der Welt der aufglänzenden und wieder verglühenden Firmen galt sein frühes Interesse in der Schule vor allem den Gedichten. Arnold hatte und hat eine ausgeprägte Fähigkeit zum Memorieren, und er hat einen Sinn für das Schöne, Harmonische. Sein erstes Gedicht, das er mit sieben Jahren auswendig konnte und das auch später immer zu seinen Favoriten zählte, war Eichendorffs *Wem Gott will rechte Gunst erweisen*. Daß er zur Schar dieser Auserwählten gehörte, daran hatte er von Beginn an keine Zweifel. Weitere Gedichte, die zu seinem Kanon gehören und die er zuweilen ohne Vorwarnung rezitiert, sind noch einmal Eichendorff, die *Mondnacht* nämlich, dann Lenaus *Drei Zigeuner*, Rilkes *Herbsttag* und das Gedicht *Reisen* von Gottfried Benn. Beim letzten muß ich immer lächeln, wenn er es aufsagt, denn mein kleiner Bruder wäre der letzte, der fähig wäre zu *bleiben und stille bewahren / das sich umgrenzende Ich*.

Im Grunde war es konsequent, daß er als Liebhaber des Schönen und der Harmonie schließlich bei einer Firma landete, die Wellness verkaufte, und dies rein als Programm und Idee. Inzwischen wird seinem ehemaligen Chef übrigens der Prozeß gemacht. Arnold verfolgt die Berichte darüber zwar mit Genugtuung, kann jedoch kaum darauf hoffen, irgendwie finanziell entschädigt zu werden. Es war auch nicht so, daß er ruiniert war, als er vor anderthalb Jahren bei mir in Münster vor der Tür stand. Zwei Monate danach wurde Geld frei, das er angelegt hatte, und im übrigen hatte er schon bald wieder einen Job als Kommunikator, sprich Öffentlichkeitsarbeiter: diesmal allerdings bei einer Kulturstiftung in Düsseldorf, die ihn nicht in Anteilen bezahlt, sondern mit einem veritablen Gehalt. Das hat auch unsere Mutter vor dem Zusammenbruch gerettet, die nach dem Ende der Berliner Firma untröstlich war und mich fragte, „ob unser Arnold noch einmal auf die Füße kommt und aus ihm was Vernünftiges wird."

Seitdem haben Arnold und ich uns schon öfter gesehen als in den ganzen zehn Jahren davor, denn trotz meiner manchmal etwas respektlosen Art, von ihm zu sprechen, mag ich meinen kleinen Bruder sehr gern. Auch das Wort vom Trottel, das ich anfangs gebraucht habe, ist eher liebevoll als ernst gemeint. Ich verfolge seine wechselnden Liebesgeschichten, die allesamt stürmisch beginnen und unglücklich enden, und bei aller Leichtigkeit seiner äußeren Erscheinung weiß ich, daß Arnold darunter wirklich leidet, wenn auch zeitlich wohltemperiert. Da er das Harmonische liebt, flieht er jedes Verhältnis, sobald sich die ersten Dissonanzen einstellen, das aber nicht leichten Herzens, sondern in aufrichtiger Trauer.

Mir selbst reichen meine gelegentlichen Treffen mit Ludger Stein. Bei einem seiner Wochenendbesuche in Münster tauchte plötzlich auch Arnold auf, der bis dahin von Ludgers Existenz keine Ahnung hatte. Dabei habe ich zum ersten Mal wahrgenommen, daß mein Bruder in der Lage ist, jemanden wirklich zu bewundern, ja zu verehren. Ludgers zurückgezogene, völlig glanzlose Existenz als Volksschullehrer im Allgäu, verbunden mit seiner für jeden sofort erkennbaren überdurchschnittlichen Intelligenz, flößte ihm ungeheuren Respekt ein. Wir machten einen langen Spaziergang zu dritt um den Aasee, im beginnenden und noch zögernden Frühjahr, und gingen dann in einem wirklich guten italienischen Restaurant essen. Ohne Vorwarnung, ohne daß ich noch irgendwie reagieren konnte, während wir auf das Dessert warteten, erzählte Ludger plötzlich von der Gruppe, von ihren Anfängen: zunächst so, daß Arnold gar nicht begriff, daß auch ich etwas damit zu tun hatte, dann aber immer weiter; erzählte von den noch nicht lange zurückliegenden Aktionen, auch unserer kleinen Sabotage im Sony-Center, und Arnold verstand nun, daß mein damaliger Besuch in Berlin nicht ihm allein gegolten hatte. Schließlich wurde mir deutlich, daß Ludger, der zusammen mit einem Ingenieur aus Stuttgart und einem Marineoffizier aus Kiel die Keimzelle der Gruppe gebildet hatte – insofern kann man vielleicht doch von der Existenz einer internen Hierarchie sprechen –, daß Ludger also dabei war, meinen Bruder zu rekrutieren. Ich habe ihn später gefragt, woher er damals das Vertrauen nahm, daß mein Bruder uns nicht verraten würde. Arnold sei, so hieß die Antwort, trotz seiner scheinbaren Sprunghaftigkeit gar nicht in der Lage, jemanden zu verraten, der sich ihm anvertraut habe, und er sei darüber hinaus durch die Täuschungen, deren Opfer er geworden sei, so verletzt, daß er jede Gelegenheit, wenigstens symbolisch Rache zu nehmen, gern nutzen werde. Wieweit unsere Aktionen mit den Auswüchsen und Verwerfungen der New Economy zu tun haben, darüber ließe sich debattieren, obwohl auch wir hier und da mit unseren bescheidenen Mitteln in den ökonomischen Prozeß eingreifen. Aber Ludger hatte insofern Recht, als mein Bruder sofort Feuer und Flamme für das absolut Geheime, kaum Greifbare der Gruppe war, für ihre immer nur punktuelle Existenz. Was ihn am meisten begeisterte, war die Tatsache, daß es im Anschluß an die Aktionen keinerlei Erklärungen gab, daß sie niemals kommentiert wurden, sondern immer nur sich selbst kommentierten, daß, mit einem Wort, die Gruppe am allerwenigsten so etwas wie einen Pressesprecher brauchte.

Die Nachforschungen bezüglich des Sperrwerks haben zwei Monate in Anspruch genommen, bis klar war, daß unsere Kapazitäten für eine Aktion dort nicht ausreichten. Es war Arnold, der uns auf die Brücke aufmerksam machte, weil er einen kurzen Bericht über den Meinungskrieg darüber im Regionalfernsehen gesehen hatte. Es gab sogar, zusammengestellt von einer örtlichen Initiative, eine kleine Dokumentation in Broschürenform über den Brückenstreit. In den regionalen Zeitungen hatte es eine Flut von Leserbriefen und mehrere Artikel pro und contra gegeben, deren einer mit der indirekten Aufforderung endete, die Brücke, sollte sie denn gebaut werden, nächtens wieder zu sprengen. Beherzte Pioniere seien gesucht, schrieb der Autor, ein am Brückenort wohnhafter Redakteur von Radio Bremen. Dieser Aufforderung wollen wir uns nicht verschließen.

September, im Süden

Arnold und Ludger sind nach Pagánico hinuntergefahren, um im Coop einzukaufen. Ich selber habe zum ersten Mal, seit wir hier in der Toskana sind, meine Unterlagen hervorgekramt, um mich aufs kommende Semester vorzubereiten. Eines meiner Seminare wird gemeinsam mit Professor Holtz durchgeführt, einem Kollegen von den Sozialwissenschaftlern, unter dem Titel *Sozialbanditen in der zweiten Hälfte des 20. Jahrhunderts*. Die Hauptlast, aber auch der schönere Teil, liegt bei Holtz: er darf die Geschichten erzählen, während ich vor allem die jeweiligen wirtschaftlichen Rahmenbedingungen referiere. Holtz hat wunderbare Geschichten zu erzählen, und ich habe Ludger gefragt, ob wir ihm nicht aus eigenem Fundus noch einige beisteuern sollten. Ob wir ihn nicht vielleicht sogar in die Gruppe aufnehmen sollten. Ludger hat sofort abgelehnt und gesagt: „Der gehört zu dem Typus, der nur darüber redet, aber nichts machen würde. Oder wenn er was machen würde, dann würde er hinterher darüber reden, und das können wir nicht gebrauchen. Dein Bruder ist da ganz anders, und das habe ich vorher gewußt."

In der Tat war Arnold nach unserer Aktion, soweit ich das übersehen kann, nie in Versuchung, irgend jemandem davon zu erzählen, damit zu prahlen oder auch nur Andeutungen zu machen. Er hat nicht einmal mit mir oder Ludger hinterher darüber gesprochen. Für ihn war die Sache abgeschlossen, und er wartet nach seinen eigenen Worten „in aller Ruhe und Demut" auf die nächste Aktion. Das hat er gesagt, als wir hier vor drei Wochen ankamen, und ich erinnere mich, daß ich bei dem Wort „Demut" beinahe ein bißchen zusammengezuckt bin. Vielleicht habe ich von meinem Bruder all die Jahre ein falsches Bild gehabt.

Die Sprengung war völlig problemlos. Wir waren zu acht und hatten das Gelände mehrfach durchgekämmt, um sicherzugehen, daß sich niemand außer uns dort aufhielt. Um drei Uhr nachts war dort naturgemäß keiner mehr. Da wir nicht noch die andere Seite absichern wollten, war die Sprengladung so dosiert, daß nur etwa die Hälfte der Brücke weggerissen wurde, während ein Teil als Ruine verblieb. Die ist natürlich inzwischen ebenfalls längst gesprengt, diesmal von offizieller Seite. Ein erneuter Brückenbau wird vorerst nicht erwogen. Schon die Mittel für die erste Brücke waren nur mit Mühe aufzutreiben gewesen; für eine Wiederholung ist absolut kein Geld da. Davon waren wir bei der Planung des Projekts auch ausgegangen.

Nach der Sprengung hatten wir die drei Fluchtautos schnell erreicht. Das Städtchen liegt zum Glück gleich an zwei Autobahnzufahrten. Wenige Minuten später waren wir schon aus der Stadt. Ein Auto verließ sie ostwärts, die zwei anderen in Richtung Süden. Wir konnten davon ausgehen, daß bei der unauffälligen Arbeitsweise unserer Gruppe der Überraschungseffekt so groß war, daß es wenigstens eine halbe Stunde dauern würde, bis man begriffen hatte, was geschehen war, und daran dachte, Suchaktionen zu starten: davon abgesehen, daß man nicht wußte, wen man suchen sollte. Später erfuhren wir, daß man den Redakteur von Radio Bremen kurzfristig allen Ernstes verdächtigte. Der Mann war aber zur fraglichen Zeit weit weg an einem norwegischen Fjord, hatte von Sprengtechnik nicht die geringste Ahnung und kannte auch niemanden, der in der Lage gewesen wäre, eine solche Aktion durchzuführen. In Anlehnung an eine Rhetorik, die fast drei Jahrzehnte zurückliegt, schrieb zwar ein Kommentator, er habe zumindest eine „geistige Sprengladung" gezündet, aber das nahm niemand ernst, nicht einmal er selber, und zu einer publikumswirksamen Auseinandersetzung kam es nicht.

Wir sind Mitte August hier angekommen, mitten in der großen Hitze. Das Haus habe ich vor fünf Jahren erworben; der Vorbesitzer hatte es einem ortsansässigen Bauern abgekauft und ausgebaut. Die Siedlung liegt auf halber Höhe zwischen zwei Ortschaften und besteht aus sechs Häusern, von denen kaum eines ganzjährig bewohnt ist. Das gegenüberliegende gehört Schweizern, ein paar Häuser weiter sieht man manchmal Münchner Kennzeichen. Nebenan verbringt ein italienisches Ehepaar aus Livorno einen Teil seiner Ferien. Vor zwei Jahren rief ich von hier aus eines Abends per Handy meinen Bruder in Berlin an, um mit ihm ein wenig zu plaudern. Er konnte einfach nicht glauben, daß ich den ganzen Tag lang noch nichts von New York und den Twin Towers gehört hatte.

Aber hier gibt es kein Radio und keinen Fernseher. Ich hatte das Haus den ganzen Tag noch nicht verlassen und mit niemandem gesprochen, sondern hinter geschlossenen Fensterläden auf dem Sofa gelegen und gelesen, gleichsam im toten Winkel der Weltgeschichte.

Gestern abend haben wir oben in Cinigiano gegessen, im Rintocco. Wir nahmen draußen Platz, an einem der Tische auf der Piazza, und am Nebentisch saß eine deutsche Familie: Vater, Mutter, zwei Söhne im Alter von vielleicht dreizehn und elf Jahren. Sie hatten Schwierigkeiten mit der Speisekarte, und mir fiel auf, daß der Mann keineswegs in der üblichen Manier versuchte, sein Unwissen zu kaschieren und irgend etwas zu erfinden. Er sagte auf die Fragen seiner Frau und des älteren Sohns einfach nur: „Das weiß ich nicht. Vielleicht spricht die Kellnerin Deutsch oder Englisch, dann können wir sie fragen."

Ich kann es nicht anders sagen: nach dieser ehrlichen, ganz bescheiden vorgetragenen Antwort wurde ich von einer Welle von Sympathie für die ganze Familie erfaßt. Ein Deutscher in Italien, der nicht so tut, als könne er fließend Italienisch! Da blieb nichts mehr von der heftigen Abneigung, die Deutsche im Ausland gewöhnlich gegen andere Deutsche im Ausland haben. Weil meine Italienischkenntnisse gerade auf dem Gebiet der Gastronomie ziemlich gut sind, bot ich an, die unklaren Stellen zu übersetzen, damit unsere Nachbarn sich nicht das Falsche bestellten. Als alles geklärt war, schoben wir die Tische enger zusammen und setzten das Gespräch fort. Ich erzählte von dem Haus, das ich hier besaß, und von meiner Arbeit, und stellte Ludger als einen langjährigen Bekannten vor, mit dem ich jedes Jahr hier Urlaub machte. Arnold mußte ich nicht vorstellen, das besorgte er selbst.

Die Familie Gablenz war zum ersten Mal hier in der Gegend, für vierzehn Tage. Man war offen für alle Vorschläge und Hinweise: wo man essen könne und wo einkaufen; daß der Coop am Mittwochnachmittag geschlossen sei; was man sich in der Umgebung unbedingt ansehen sollte; daß bei dieser Hitze ein Ausflug ans Meer vielleicht zu strapaziös sei.

Erst nach dem Essen kamen wir auf die Idee, unsere Tischnachbarn zu fragen, woher sie kamen und was sie machten. Aus Norddeutschland waren sie, so stellte sich heraus, aus einer kleinen Stadt, die wir vor ein paar Monaten mitten in der Nacht eilig verlassen hatten. Frau Gablenz unterrichtete an der Hauptschule, ihre beiden Söhne allerdings gingen aufs Gymnasium. Man war erst seit zwei Jahren in der Stadt, weil Herr Gablenz dort die neu ausgeschriebene Stelle des Stadtbaurats bekommen hatte. Er hatte in Zusammenarbeit mit einem Planungsbüro und dem Rat einen Stadtentwicklungsplan ausgearbeitet, erzählte er, der die Lage der Stadt am Wasser stärker nutzen und noch attraktiver machen wollte. Eine Perle sollte die Stadt sein, wenn alles fertig war, aber schon bei einem der ersten Schritte hatte es Sabotage gegeben.

Ich sah, wie Arnold bei diesen Worten heftig atmete. Hoffentlich hält er dicht, dachte ich, hoffentlich macht er jetzt nicht plötzlich Öffentlichkeitsarbeit. Aber der Stadtbaurat erzählte schon weiter, erzählte von der Brücke, von der Opposition, die es dagegen gegeben habe, aber auch davon, daß sich im Rat eine sehr deutliche Mehrheit dafür gefunden habe.

„Eine demokratische Entscheidung", sagte er. „Aber einige haben das wohl nicht vertragen." Und er erzählte von der Sprengung der Brücke und davon, daß die Ermittlungen bis heute nichts Konkretes erbracht hatten.

„Nun müssen wir uns eine andere Lösung einfallen lassen", sagte er, „denn eine Wiederholung des Brückenbaus ist nicht finanzierbar. Nach meinem Urlaub müssen wir uns darüber Gedanken machen."

„Die meisten auf unserer Schule fanden die Brücke schön", sagte der ältere Sohn. „Andreas hat gesagt, wenn er die Leute erwischte, die das gemacht haben, würde er sie am liebsten killen."

„Andreas ist sein bester Freund", erklärte Frau Gablenz.

Wir waren sehr schweigsam, als wir spätabends wieder hinunterfuhren in unsere Siedlung. Im Haus schlug Arnold vor, noch eine Flasche Wein aufzumachen, aber weder Ludger noch ich hatten Lust, weiter zu trinken und zu reden. Auch heute haben wir nicht mehr von unserer Begegnung mit der Familie Gablenz gesprochen. Keiner von uns möchte, daß unser letzter gemeinsamer Tag irgendwie getrübt wird.

Ludger muß morgen zurückfahren, eine Woche früher als wir, weil die Ferien in Bayern zu Ende gehen. Deshalb machen wir ein Abschiedsessen. Außerdem haben wir auch etwas zu feiern. Vorgestern war in den großen deutschen Zeitungen nachzulesen, daß Arnolds Ex-Chef wegen Betrugs, Untreue und ich weiß nicht welcher zusätzlichen Delikte zu drei Jahren Haft mit Bewährung verurteilt worden ist, außerdem zu etlichen Zahlungen, von denen Arnold aber nicht profitieren wird. Das scheint ihn nicht mehr zu schmerzen.

„Das Geld sucht sich seine eigenen Wege", sagte er, „da kann man nichts machen. Es ist von Natur aus flüchtig." Fast hörte ich mich da selber sprechen. Kaum jemand mag es glauben, aber es gibt keine Wissenschaft, die so melancholisch ist, so sehr mit Vergänglichkeit beschäftigt wie die Ökonomie.

Jetzt tuckert Ludgers alter Diesel unterm Fenster. Ich werde nach draußen gehen und all die schönen Sachen fürs Festessen auspacken helfen.

Ein Abend mit dem Kanzler

„Jetzt ist der ganze Zauber vorbei", sagte Hachmeister und schloß den obersten Knopf seiner Jacke. „Keiner mehr zu sehen."

„Stimmt nicht ganz", sagte ich und deutete mit einer Kopfbewegung seitwärts. Ein schwarzer Hund, nicht sehr groß, mit gelb leuchtendem Signalhalsband, lief quer über das leere Gelände. Er blieb ab und zu stehen und schnupperte an den Resten, die die Schlacht hinterlassen hatte. Vielleicht lagen Essensreste herum, vielleicht roch er an getrocknetem Blut. „Ein Herrchen scheint's nicht zu geben, Halsband hin oder her."

„Vielleicht ist er ein Abgesandter von oben", sagte Hachmeister und zeigte in den Himmel. Vor einer weißgrauen Wolkenschicht stand der Vollmond fahl über der leuchtenden Fahne auf dem Reichstag. „Laß uns gehen. Im Kino gehen die Helden in der letzten Szene auch immer so aus dem Bild."

Wir gingen Richtung Pariser Platz. Es war in den vergangenen zwei Stunden deutlich kälter geworden, und der Wind kam eisig von der rechten Seite. Der Kanzler stand kurz vor dem Brandenburger Tor, ganz allein, mit leicht hängenden Schultern, die Hände in den Manteltaschen. Er winkte uns zu, als er uns erkannte, und als wir ihn fast erreicht hatten, rief er: „Schreibt mir bloß keinen Blödsinn über das Ganze. Spielt das nicht so hoch, so was passiert immer wieder. Es hat kaum Verletzte gegeben. 68 war schlimmer."

„Unsere Texte sind längst in der Redaktion", sagte ich. „Was machen Sie hier, so allein?"

„Ich weiß nicht. Ich hätte Lust, ein Bier trinken zu gehen. Kommt, wir machen rüber in den Westen." Er setzte sein bekanntes Lachen in Gang, brach dann aber schnell ab und ging auf ein Taxi zu.

„Führt mich mal irgendwohin, wo ihr immer einen trinken geht."

„Charlottenburg", sagte Hachmeister.

„Charlottenburg ist prima", nickte der Kanzler.

„Stuttgarter Platz", sagte Hachmeister, als wir einstiegen. Er saß vorn, der Kanzler und ich hinten. Der Taxifahrer war ein älterer Mann, ungeheuer dick, der während der ganzen Fahrt leise schnaufte. Vielleicht wollte er etwas sagen. Vielleicht wollte er sich politisch äußern oder seine Einkommenslage schildern. Vielleicht dachte er daran, den Kanzler um ein Autogramm zu bitten, aber er blieb stumm. Unterwegs begann es zu schneien, große Flocken, die sehr schnell immer dichter wurden.

„Jetzt kriegen wir doch noch Winter", sagte der Kanzler. Auf den Straßen zogen die Passanten die Schultern hoch.

„Wer bezahlt denn eigentlich die Sachschäden?" fragte Hachmeister.

„Fragt mich was Leichteres. Darum kann ich mich nicht auch noch kümmern. Irgendwie ist das schon geregelt."

Er holte ein Taschentuch aus der Manteltasche und rieb an seinem rechten Auge.

„Es soll ein paar Festnahmen gegeben haben", sagte ich.

„Es gibt immer ein paar Festnahmen. Alles nicht so wild. Die haben ja auch irgendwie recht, diese Leute. Alle haben immer irgendwie recht, und ich sitze blöd dazwischen. Die Macht sitzt nicht oben. Sie sitzt immer dazwischen."

„Über der Macht steht heute der Vollmond", sagte Hachmeister.

„Über der Macht steht Saturn", sagte der Kanzler. „Die Macht ist melancholisch, glaubt mir das, Jungens."

Der Schnee wurde noch dichter. Der Taxifahrer gehörte zur bedächtigen Sorte, fuhr fast ängstlich. Die kostbare Fracht hinter seinem Rücken schüchterte ihn ein.

Der Kanzler verstaute das Taschentuch wieder in der Manteltasche und sagte: „Ich habe gestern eine Postkarte bekommen, von einem alten Schulfreund. Seit dreißig Jahren nichts mehr von ihm gehört. Der ist jetzt irgendwo in der Südsee, ich habe den Namen vergessen. Nicht im Urlaub. Der lebt da."

Ich war plötzlich sehr müde und sehnte mich nach dem hellen, warmen Licht im Lentz und einem Bier vor mir auf einem der soliden Tische. „In Bonn wären wir schon längst irgendwo an der Quelle", sagte ich. „Da schneit's garantiert nicht."

Der Kanzler prustete. „Bonn", sagte er. „Bonn."

„Beim Kollegen Bongartz kommen ab und zu die rheinischen Sentimentalitäten hoch", beschwichtigte Hachmeister. „Das wird sich auch nicht mehr ändern. Wir haben es übrigens gleich geschafft." Er drehte sich um. „Sehen Sie da vorn das freundliche Licht?"

„Charlottenburg leuchtet", sagte der Kanzler. „Wenigstens hier und da."

Beim Aussteigen fragte der Kanzler den Taxifahrer: „Wie ist das Taxifahren heutzutage so?"

„Ein hartes Geschäft", sagte der Fahrer mit einer überraschend hellen Stimme.

„Meins auch", sagte der Kanzler. „Stimmt so. Lassen Sie, ich brauche keine Quittung."

Als wir das Lokal betraten, beschlugen meine Brillengläser sofort. Ich nahm die Brille ab und blinzelte in den Raum. Wir gingen auf einen Ecktisch zu, und ein paar Leute hoben die Köpfe, senkten sie dann aber schnell wieder und versuchten, unberührt zu wirken. Ein Charlottenburger läßt sich nicht aus dem Gleichgewicht bringen, nur weil zufällig der Kanzler in seine Stammkneipe kommt. Der ließ seinen Mantel auf die Bank neben sich fallen und sagte: „So, ich sitze."

Der Chef kam selber an unseren Tisch.

„Na, schneit's?"

„Und wie", sagte Hachmeister. „Und vorm Reichstag war heute ganz schön was los."

„Ja", sagte der Chef, „hat vorhin schon mal einer erzählt. Drei Bier?"

„Drei Bier", sagte Hachmeister. „Geht auf meinen Deckel."

Auf Wiedersehen, Dr. Winter!

> *Ich habe mit dem Tode geredet, und er hat*
> *mich versichert, es gebe weiter nichts als ihn.*
> Jean Paul, Die unsichtbare Loge

Am 9. August 2003, einem brütend heißen Samstag in einer langen Kette brütend heißer Tage, drückte ich mittags gegen zwölf eine Klingel am Haus Kloveniersburgwal 82-86, das zwischen der Juristischen Fakultät der Amsterdamer Universität und dem BOEKHANDEL POËZIE gelegen ist. Im Haus selber befindet sich, wie es eine verblassende alte Inschrift über der Haustür anzeigt, im Hochparterre das LABORATORIUM VAN ARTSENIJBEREIDKUNDE, ein pharmazeutisches Laboratorium. Auf mein Läuten wurde mir nach einer Minute geöffnet, und als ich die Tür aufdrückte und in den kühlen Eingangsbereich des Hauses trat, rief mir Dr. Winter die Worte „erster Stock!" entgegen. Trotz des noch nicht sehr weit fortgeschrittenen Tages war ich schon leicht verschwitzt und nahm die breiten Stufen am Laboratorium vorbei langsam, zum Glück schon ohne mein Gepäck, das ich zuvor im Hotel Prins Hendrik nahe dem Hauptbahnhof abgestellt hatte, einem gesichtslosen Hotel von mittlerem Standard, das mir genügte. Dr. Winter stand, als ich in den ersten Stock kam, lächelnd in der Tür seiner Wohnung und sagte: „Lassen Sie sich Zeit." Er trug eine weite helle Hose und ein graues Leinenhemd, und ich sah, daß er seit unserer letzten Begegnung vor mehr als sechs Jahren etwas fülliger geworden war, ohne dabei plump zu wirken.

Die Nacht zuvor hatte ich bei deutschen Freunden in Groningen geschlafen und dann vormittags einen der ersten Züge nach Amsterdam genommen. Als ich nach unten in die Halle des Hauptbahnhofs kam, fiel mir erstmals nach sehr langer Zeit wieder ein, wie ich vor beinahe vierzig Jahren zusammen mit einem Freund nach einer Woche in Amsterdam die letzte Nacht vor unserer Heimreise in dieser Halle verbracht hatte, weil unser Geld zu knapp geworden war, um noch eine Übernachtung bezahlen zu können. Diesmal hätte ich mir das Grand leisten können, das Pulitzer oder das Krasnapolsky, das Amstel oder das L'Europe nicht weit von Dr. Winters Wohnung, aber mein Allerweltshotel gegenüber der Centraal Station reichte mir völlig aus.

Dr. Winter gab mir nicht die Hand, sondern bat mich mit einer freundlichen Armbewegung in seine Wohnung über dem Laboratorium, in der zur Straße hin alle Jalousien heruntergelassen waren, um die Sonne abzuwehren. Es war das erste Mal in meinem Leben, daß ich eine Wohnung von Dr. Winter betrat, denn ich war weder jemals in seinem Haus nahe der Nachtgaststätte INSOMNIA in meinem ostfriesischen Wohnort gewesen, wo ich Dr. Winter kennengelernt hatte, noch hatte ich ihn in seinem Haus an der Keizersgracht aufgesucht, das ich bei meinem Amsterdamer Aufenthalt Mitte der neunziger Jahre zufällig entdeckt hatte. Damals war Dr. Winter als eine Art Armendoktor, zugleich aber gewiß auch als Händler mit Betäubungsmitteln tätig gewesen, in einer Kneipe am Rande des Rotlichtbezirks, in der Warmoesstraat, wo er sich mit seinen Klienten traf und einen eigenen, jederzeit für ihn reservierten Tisch hatte. Dort hatte ich ihn eines Abends zufällig entdeckt, als ich hier in Amsterdam an meiner Geschichte der

Mathematik schrieb und meinen abendlichen, nein nächtlichen Spaziergang zum ersten Mal in dieser Kneipe abschloß.

Einige Jahre zuvor hatte Dr. Winter unsere kleine Stadt, in der er Leiter der Anästhesie des Kreiskrankenhauses gewesen war, verlassen, um in seinem Heimatort Wunsiedel seine Mutter zu beerdigen und ihre Nachlaßangelegenheiten zu regeln. Von dort war er nie mehr zu uns zurückgekehrt, galt bald als vermißt und schließlich als spurlos verschwunden, und nur durch den unwahrscheinlichen Zufall, daß ich in jener Nacht in Amsterdam meine übliche Route an einem anderen als dem gewohnten Ort abschloß, stieß ich auf den verschollenen ehemaligen Anästhesisten an unserem Kreiskrankenhaus, der diese Kneipe als seine Praxis nutzte, und in dem schönen Haus an der Keizersgracht wohnte. Aus diesem Haus sah ich ihn ebenso zufällig zwei Wochen später herauskommen und sich zu einer jungen Frau asiatischer Herkunft hinunterbeugen, die die Arme um seinen Hals geschlungen hatte und ihn küßte, bevor Dr. Winter sich auf den Weg machte. Damals versprach ich Dr. Winter, zu Hause niemandem, auch nicht den Stammgästen im INSOMNIA, zu erzählen, was ich herausgefunden hatte, und habe mich daran immer gehalten, um seinen Amsterdamer Frieden zu schützen. Dr. Winter wurde keineswegs aus strafrechtlichen Gründen gesucht; er hatte nichts unterschlagen, in seiner Abteilung waren keine Patienten aus mysteriösen Gründen ums Leben gekommen, er hatte auch sonst niemanden getötet und keine illegalen Geschäfte getätigt. Er war nur einfach aus Wunsiedel nicht mehr an seinen Arbeitsplatz zurückgekehrt, und ich war der einzige von allen Bewohnern des Städtchens, der ein paar Jahre später erfuhr, wo er sich nun aufhielt.

Die junge Frau asiatischer Herkunft, die ich vor sechs Jahren so flüchtig und verstohlen bei dem innigen Kuß beobachtet hatte, war der unmittelbare Anlaß, aus dem Dr. Winter mich nun nach Amsterdam gerufen hatte. Er hatte sie vor wenigen

Tagen zu Grabe getragen, wie er mir in ein paar Zeilen mitteilte, und bat mich zu kommen, und, wie er schrieb, „einem alten Mann in einer solchen Situation für ein oder zwei Tage Gesellschaft zu leisten." Der kurze Brief war, da Dr. Winter keine Privatadresse von mir hatte, an das INSOMNIA adressiert, in der Hoffnung, daß diese Nachtgaststätte noch immer existierte und ich dort noch immer verkehrte, was beides zutraf. Denn obwohl ich nachts endlich schlafen konnte, nachdem ich Katharina geheiratet hatte, fuhren wir beide doch ziemlich häufig spätabends für ein Glas Wein oder gar ein Essen dorthin, wo wir so lange Zeit Nacht für Nacht verbracht hatten, ich als Stammgast und Katharina als Kellnerin.

Der Brief, der bei Heiner hinter der Theke lag, erreichte mich also schnell, auch wenn er mir im ersten Moment nichts sagte, weil Dr. Winter als Absender den Namen angegeben hatte, unter dem er schon bald nach seiner Ankunft in Amsterdam lebte und auf den er einen gültigen niederländischen Paß besaß. Ich begriff aber, sobald ich die ersten Zeilen las, um wen es sich handelte und erzählte an diesem Abend Katharina zum ersten Mal vollständig die Geschichte von Dr. Winter, den sie nur noch als Gerücht kannte, weil sie ihre Stelle im INSOMNIA erst angetreten hatte, als er uns schon verlassen hatte. Ich wollte sie nach Amsterdam mitnehmen, aber sie bestand darauf, daß ich allein fuhr, weil Dr. Winter mich immer um Stillschweigen gebeten hatte und es sicher als Vertrauensbruch auffassen würde, wenn ich plötzlich mit einer zweiten Person bei ihm auftauchte, auch wenn es meine Frau war. „Vielleicht beim nächsten Mal", sagte sie.

Dr. Winters Wohnung bestand aus einem großen Raum zur Straßenseite hin, an dem sich an allen vier Wänden Bücherregale bis zur Decke reckten, und einer weiten Flucht von Zimmern zur Rückseite des Hauses, die ich im einzelnen nicht sah, an deren Ende sich aber ein Austritt auf einen großen

Balkon befand. Aus den Fenstern zur Front des Hauses sah man über die eigene Straßenseite hinweg auf die Gracht und auf die gegenüberliegende Straßenseite, an der sich ebenfalls Privathäuser und einzelne Einrichtungen der Universität befanden, und dazu das eigentliche Gelände der Universität, mit jener nur den Lehrenden zugänglichen, edel ausgestatteten Bar, in der ich mich 1996 bei meinem Amsterdamer Aufenthalt einmal mit meinem niederländischen Kollegen Vandenberg getroffen hatte. Dr. Winter fragte mich jetzt, ob ich Tee, Kaffee oder Wasser wollte, „denn alkoholische Getränke", sagte er, „möchte ich Ihnen angesichts der Tageszeit und der Hitze nicht anbieten." Ich entschied mich für Kaffee, und er führte mich zu dem durch eine Markise geschützten Balkon und ließ mich dort warten, während er sich in der Küche zu schaffen machte. Von oben sah man auf einen jener überraschend in die Tiefe gehenden Gärten, die sich an die Amsterdamer Grachtenhäuser oft anschließen und die man nicht vermutet, wenn man vor diesen Häusern steht.

Dr. Winter brachte ein Tablett mit Kaffee und Keksen auf den Balkon. Wir setzten uns, und ich fand nun die Gelegenheit, ihm sechs Jahre nach ihrem Erscheinen endlich ein Exemplar meiner Geschichte der Mathematik zu überreichen, die ich ihm und dem vermutlich durch Selbstmord ums Leben gekommenen Schüler Enno ter Veen gewidmet hatte, einem mathematischen Genie. Das Buch selbst war natürlich längst vom Markt verschwunden, und ich hatte vor drei Jahren dem Verlag die Restauflage abgekauft, die jetzt einige Meter Regal in unserer Wohnung füllte. Er fühle sich an für ihn weit zurückliegende Zeiten erinnert, sagte Dr. Winter, in denen er mich jede Nacht im INSOMNIA traf und mich eine Weile auch mit Psychopharmaka versorgte, um mein Gleichgewicht wiederherzustellen, und er habe eigentlich nie gedacht, daß ich diese Geschichte der Mathematik zu Ende bringen würde, zumal ich ökonomisch auf den Abschluß der Arbeit ja nicht angewiesen gewesen sei. Denn solche Unternehmungen, sagte Dr. Winter, seien meistens darauf angelegt, in der endlosen Vorlust von endlosen Vorarbeiten stecken zu bleiben, im ewigen Sammeln von Material, das dann immer wieder neu angeordnet und gesiebt, ergänzt und umgruppiert würde. Um so mehr freue er sich, daß ich meine Arbeit tatsächlich abgeschlossen habe, und werde sich sofort nach meiner Abreise ans Lesen machen. Ich wollte bescheiden abwehren, wie sich das gehört, und sagen, so wichtig, so eilig sei es nicht, aber Dr. Winter war schon bei einer anderen Frage aus seiner Vergangenheit angelangt, die ihm am Herzen zu liegen schien: „Was ist aus meinem Haus geworden? Wer wohnt jetzt darin?"

Dr. Winters Haus, das er recht bald, nachdem er in unsere Stadt ans Kreiskrankenhaus gekommen war, bei einer Zwangsversteigerung erworben hatte, hatte ich im April 1997, nicht lange, nachdem ich mich von Dr. Winter verabschiedet und Amsterdam verlassen hatte, nachts um eins in hellen Flammen stehen und bis auf die Grundmauern abbrennen sehen, unter Anteilnahme der anderen Gäste des INSOMNIA, der Nachbarn und von Katharina, die plötzlich in ihrer Kellnerinnenuniform neben mir stand. Die Zeitung berichtete zwei Tage danach, daß es sich eindeutig um Brandstiftung gehandelt habe; die Brandstifter wurden jedoch niemals ermittelt. Das alles erzählte ich Dr. Winter jetzt und setzte hinzu: „Nach Ihrem Verschwinden verfiel das Haus nach und nach, und was in jener Nacht abbrannte, war schon eine ziemliche Ruine. Kann sein, daß einer der Nachbarn den Brand gelegt hat, denn das Gebäude galt als sogenannter Schandfleck. Inzwischen ist dort neu gebaut worden, ein Mehrfamilienhaus im Stil der Gegend, das können Sie sich vorstellen. Die Kellnerin, die damals neben mir stand, habe ich übrigens später geheiratet. Sie heißt Katharina und war einmal eine Art Wunderkind als Geigenvirtuosin, bevor sie sechzehnjährig bei einem Konzert hier in Amsterdam zusammenbrach und nie mehr spielte."

„Aber warum haben Sie sie nicht mitgebracht?" rief Dr. Winter, „und meinen Glückwunsch außerdem nachträglich!"

Ich erklärte Dr. Winter, daß Katharina nicht habe mitkommen wollen und sich auf eine spätere Begegnung freuen würde, und suchte dann nach den passenden Worten, um ihm endlich zum Tod der jungen Frau zu kondolieren, mit der er gelebt hatte und von der ich nicht einmal den Namen kannte. Ich bin, auch wenn ich es aufrichtig empfinde wie in diesem Fall, nicht sehr geschickt darin, anderen mein Mitgefühl auszudrücken, weil jeder Satz des Mitgefühls auf Trost zielt – aber wir können andere nicht trösten, wenn sie leiden, und jeder Versuch dazu erscheint mir als eine Art von Nötigung, so daß ich bei meinen eigenen Versuchen immer ins Stottern gerate. Diesmal aber fand ich ganz einfach die aufrichtigsten Worte – eben die, daß nach diesem Tod seiner Frau oder Geliebten nichts Dr. Winter trösten könne und ich es deshalb auch gar nicht versuchen wolle, daß ich ihm aber zur Verfügung stünde, wie er mich in seinem Brief gebeten habe, und daß ich, wenn er es wünsche, nicht nur ein oder zwei Tage, sondern auch ein oder zwei Wochen oder gar Monate in Amsterdam bleiben würde. Schließlich wußte ich, daß Dr. Winter vor Jahrzehnten, als er selber noch jung war, in Frankfurt am Main schon einmal eine Liebste zu Grabe getragen hatte. Er bedankte sich für meine Worte mit einem Lächeln und sagte: „Sie müssen nicht Wochen hierbleiben. Auf Sie wartet zu Hause eine Lebende, und ich habe nicht vor, aus meiner Trauer ein Stück in fünf Akten zu machen."

Dr. Winter hatte die junge Frau, eine Chinesin namens Gong Li, deren Familie schon seit drei Generationen in Amsterdam lebte und nahe dem Zeedijk ein Geschäft mit chinesischen Lebensmitteln, chinesischem Küchengeschirr und allerhand touristischem Nippes betrieb, an jenem Tisch in der Kneipe an der Warmoesstraat kennengelernt, der damals seine Praxis war. Sie hatte von Bekannten über den wohltätigen

Doktor gehört und war eines Nachts zu ihm gekommen, um nach einem Mittel für ihren Vater zu fragen, der unter Nervosität und Depressionen litt.

„Bis dahin hatte ich gedacht", erzählte Dr. Winter mir jetzt, während wir auf dem beschützten Balkon in Gartenstühlen einander gegenüber saßen und unseren Kaffee tranken, „daß die Chinesen, oder die Ostasiaten überhaupt, über hinreichend eigene Kräuter und Wundermittel verfügen, die sie in solchen Fällen einsetzen, und daß sie uns in dieser Hinsicht weit überlegen sind. Gong Li, deren Namen ich erst bei der zweiten Begegnung erfuhr, sagte mir aber, von diesen üblichen Mitteln habe man alles Mögliche probiert, aber nichts habe geholfen. Sie war verzweifelt, weil ihr Vater seit Monaten fast nur noch stumm brütend in der Wohnung über dem Geschäft in einer Fensterecke saß und es schon als besondere Aktivität galt, wenn er sich einmal aus seinem Sessel erhob, um eine Weile das Treiben unten auf der Geldersekade zu verfolgen, bevor er sich mit einem kaum hörbaren Seufzer wieder in seinen Sessel sinken ließ. Das Geschäft führten inzwischen ihre Mutter, ihr ältester Bruder und Gong Li allein, während zwei jüngere Brüder im Alter von neun und elf noch zur Schule gingen."

Als Gong Li zehn Tage später wieder in die ambulante Praxis an der Warmoesstraat kam, hatte sich der Zustand ihres Vaters schon leicht gebessert, auf Basis einer ähnlich glücklichen Kombination beruhigender wie aufhellender Mittel, wie sie Dr. Winter Anfang der neunziger Jahre mir selber verabreicht hatte, als wir uns im INSOMNIA näher kennenlernten. Seine Preise gestaltete er hier in seiner Amsterdamer Praxis nach den sozialen Verhältnissen seiner Klienten, und da Gong Lis Familie trotz ihrer bescheidenen Wohnverhältnisse durchaus vermögend war, gehörte sie von nun an zu jener Gruppe von Klienten, die den Höchsttarif zahlte. Drei Monate später war die Behandlung erfolgreich abgeschlossen, und Gong Lis Vater nahm, wie es sich gehörte, im Geschäft wieder die Zügel in die Hand und kaufte ein halbes Jahr danach, so tatkräftig wie noch nie in seinem Leben, das Geschäft eines Konkurrenten, der in Schwierigkeiten geraten war. Inzwischen, so erzählte Dr. Winter mir jetzt, hat die Familie auf dem chinesischen Markt in Amsterdam eine beherrschende Stellung inne.

Dr. Winter heiratete Gong Li, bevor ich Mitte der neunziger Jahre nach Amsterdam kam, um dort meine Geschichte der Mathematik zu Ende zu schreiben, die noch immer zwischen uns auf dem Balkontisch lag. Als ich die beiden damals zufällig vor ihrem Haus in der Keizersgracht beobachtet hatte, waren sie schon bald anderthalb Jahre ein Ehepaar. Nicht lange nach meinem Abschied aus Amsterdam gab Dr. Winter seine Praxis auf und wechselte in seiner angestammten Tätigkeit als Anästhesist an eine Klinik im Amsterdamer Westen, unter seinem neuen Namen und mit einer leicht bearbeiteten Lebensgeschichte, wie er mir erzählte, aber, sagte Dr. Winter, „wenn man bedenkt, wie viele Ärzte an Krankenhäusern in aller Welt ein Jahr oder länger ganze Abteilungen geleitet haben, bis sich herausstellte, daß sie gar keine Ärzte waren, dann ist die Bearbeitung meiner Biographie eine überaus läßliche Sünde, denn mein Handwerk verstehe ich wenigstens, wie Sie aus eigener Erfahrung wissen. Nur einmal habe ich versagt."

Vor einem halben Jahr war er in den Ruhestand getreten und hatte mit Gong Li diese Wohnung am Kloveniersburgwal bezogen, nicht zuletzt, damit seine Frau näher an den beiden Geschäften im Chinesenviertel war, wo sie auch nach der Heirat weiter tatkräftig mitarbeitete, „und überhaupt", sagte Dr. Winter jetzt, während wir uns für unseren Gang fertig machten, „zählt diese Straße zusammen mit einigen anliegenden, wie etwa die Raamgracht und der Groenburgwal, für mich zu den allerschönsten dieser ohnehin wunderschönen Stadt." Ich erinnerte mich jetzt, daß er damals, als ich mit Dr. Winter in seiner Kneipenpraxis gesprochen hatte, Amsterdam als die beste Stadt zum Sterben bezeichnet hatte, das aber in einem so schwärmerischen und fröhlichen Tonfall, daß es nur heißen konnte, er habe hier nun endlich sein Zuhause gefunden. Gewiß hatte er dabei nicht an den frühen Tod seiner jungen Frau Gong Li gedacht, die, wie er mir jetzt erzählte, in wenigen Tagen an der Legionärskrankheit gestorben war, die wie schon so oft zu spät als solche erkannt worden war. „Die Legionärskrankheit", führte Dr. Winter weiter aus, während wir in die Mittagshitze traten, „ist eine schwere und eben oft tödlich verlaufende Form der Lungenentzündung. Das Bakterium, durch das sie ausgelöst wird und das *Legionella pneumophila* heißt, kann durch Klimaanlagen oder Warmwasserleitungen verbreitet werden. Was ich mir nie verzeihen werde, ist die Tatsache, daß ich nicht einen Augenblick an diese Krankheit gedacht habe, auch dann nicht, als die üblichen Behandlungen einer Lungenentzündung nicht anschlugen. Gong Li lag natürlich in der Klinik, in der ich zuletzt gearbeitet habe. Zum Schluß konnte sie kaum noch sprechen. Als ein Kollege endlich die Infektion durch Legionellen feststellte, war es zu spät. Ich saß an ihrem Bett, als sie mir mit einer letzten Geste zu bedeuten versuchte, daß sie mich wirklich geliebt habe, denn sprechen konnte sie nun gar nicht mehr, und dann, selten war die Wendung so passend wie hier, hauchte sie ihr Leben aus."

Dr. Winter ging neben mir her und sah mich nicht an, als er diese Sätze seltsam mechanisch sprach, ja eigentlich aufsagte, als wolle er sie ein für alle Male loswerden und dann nicht weiter über den Tod seiner Frau sprechen. Wir waren inzwischen in die Nieuwe Doelenstraat eingebogen und bewegten uns auf den Muntplein und den dahinter beginnenden Grachtengürtel zu, auf dem Weg zu Dr. Winters altem Haus an der Keizersgracht. Von den Passanten, die uns jetzt in der Mittagshitze überholten oder uns entgegen kamen, trug fast jeder einen Stadtplan, eine Broschüre oder einen kleinen Reiseführer über Amsterdam in der Hand. Bevor ich darüber eine Bemerkung machen konnte, nahm Dr. Winter das Wort.

„In meinen ersten Amsterdamer Jahren", sagte er, „habe ich mich über die Touristen mit ihren Stadtplänen mokiert und die Nase über sie gerümpft. Kaum war ich Bürger der Stadt geworden, hatte ich schon den Hochmut aller Metropolenbewohner über die dummen Fremden angenommen, die sich nicht auskennen und sich im übrigen sowieso immer die falschen Sachen ansehen, weil sie die richtigen nicht kennen. Dabei kannte ich mich lange Jahre selbst nicht wirklich aus jenseits des kleinen Reviers, in dem ich mich bewegte. Erst vor einem Jahr bin ich zum ersten Mal mit der Fähre nach Java Eiland übergesetzt, von der Nordseite der Centraal Station aus. Das Viertel ums Tropenmuseum, das ich heute sehr liebe, habe ich erst vor zwei Jahren kennengelernt, und Teile des äußersten Westens kenne ich bis heute nicht. Aber kaum war ich hier angekommen, hielt ich mich für einen langjährigen Hauptstädter, der die Fremden mit ihren Stadtplänen und Reiseführern belächelte."

Wir hatten jetzt den Muntplein überquert, uns durch die Fülle und Enge des Blumenmarkts am Anfang des Singels vorbeigeschlängelt und wandten uns nun an der nächsten Brücke nach links, um auf die Herengracht zu kommen. „Ganz sicher hatte meine Borniertheit damit zu tun, daß ich vor vielen Jahren selber aus der Provinz in die Welt aufgebrochen bin, auf der Suche nach dem Glück wie die Touristen hier auch, und das später lange nicht mehr wahrhaben wollte. Ich habe Ihnen ja früher erzählt, daß ich in meinen ersten anderthalb Lebensjahrzehnten praktisch aus Wunsiedel nicht herausgekommen bin und daß es mir den Atem verschlagen hat, als ich zum ersten Mal in meinem Leben eine Stadt wie Nürnberg gesehen habe, wohin mein Onkel mich mitgenommen hatte. Später habe ich mich, ohne daß es mir bewußt war, für diese Faszination geschämt, spätestens dann, als ich nach meinem

Studium in Heidelberg in Frankfurt am Main Fuß gefaßt hatte. Es gab eine Zeit, in meinen ersten Frankfurter Jahren am Krankenhaus, da ich auf entsprechende Nachfragen nur mit dick aufgetragener Selbstironie antworten konnte, daß ich in Wunsiedel geboren und aufgewachsen sei. Dabei war meine Kindheit schön, so arm sie auch war. Ich weiß, daß Ihnen das nach der üblichen nachträglichen Verklärung klingen muß, aber ich glaube nicht, sondern ich weiß, daß ich als Kind und selbst noch als Jugendlicher oft glücklich war. Heute glaube ich, daß das mit Wunsiedel, und insbesondere mit Wunsiedel in den Nachkriegsjahren, nicht wenig zu tun hatte. Die Geographie gehörte immer zu meinen Lieblingsfächern, vielleicht weil wir in einer so entlegenen Gegend mit zwei reichlich undurchdringlichen Grenzen in der Nähe wohnten und auch in die weite Welt westlich von uns mangels Geld nicht hinauskamen. Es war viele Jahre lang genug, mir die Welt auszumalen, anhand dessen, was ich darüber gelernt hatte, und ansonsten mit meinen Freunden nachmittags in Wunsiedel und drumherum umherzustreifen. Ich bin dann ja noch früh genug hineingekommen in die Welt, und selbst nach Amsterdam bin ich noch früh genug gekommen."

„Amsterdam begegnete mir übrigens zum ersten Mal in Hebels Geschichte *Kannitverstan*, die wir im Deutschunterricht lasen, in der ersten Klasse des Gymnasiums", sagte Dr. Winter, als wir eine weitere kleine Brücke überquerten und die Keizersgracht erreichten. „Ich erinnere mich bis heute vor allem an zwei Stellen aus der Geschichte. Anfangs wird gesagt, Amsterdam sei eine *große und reiche Handelsstadt voll prächtiger Häuser, wogender Schiffe und geschäftiger Menschen,* und später, als der Handwerksbursche zum Hafen kommt, ist dort von einem Schiff die Rede, *das vor kurzem aus Ostindien angelangt war und jetzt eben ausgeladen wurde*. Es war das Wort *Ostindien*, das es mir angetan hatte, und unser Lehrer, den ich danach fragte, gab eine umständliche Erklärung, von der ich heute annehme, daß ihre Umständlichkeit daher rührte, daß er selber keine Ahnung hatte, was Ostindien war und wo es liegt. Er las diese Geschichte mit uns vor allem wegen der Botschaft, daß es am Ende die Reichen auch nicht besser haben als die Armen. Spätestens auf eben dem Gymnasium, auf dem wir diese Geschichte lasen, lernte ich aber, daß dem nicht so ist. Sie können sich denken, daß damals weit mehr als heute, und besonders in einer so kleinen Stadt wie Wunsiedel, die höhere Schule mehr oder weniger den Söhnen und Töchtern der Honoratioren und der neuen Gewinner des Nachkriegsaufschwungs vorbehalten war, die von allem mehr hatten als ich. In meiner ganzen Kindheit und Jugend hätte ich mir nie vorstellen können, daß ich einmal ein so schönes Haus bewohnen und sogar besitzen könnte wie dieses."

Dr. Winter war stehengeblieben, und ich brauchte einen Augenblick, um in dem Haus, vor dem wir standen, jenes wiederzuerkennen, vor dem ich ihn 1996 zusammen mit Gong Li gesehen hatte. Ich hätte auch dann nicht sagen können, daß ich die dunkelgrüne Haustür mit weißer Zierleiste wiedererkannt hätte, weil es in der ganzen Stadt unzählige dunkelgrüne Haustüren mit weißer Zierleiste gibt, und noch weniger erkannte ich das Haus wieder, das ich mir damals gar nicht angesehen hatte, weil ich schnell weitergegangen war, um nicht als zu aufmerksamer Betrachter erkannt zu werden. Nun sah ich an seinen zwei Stockwerken hoch bis zu dem ebenfalls weißen Halsgiebel und nahm zum ersten Mal wirklich wahr, wo Dr. Winter mit Gong Li gewohnt hatte. Was ich dann am Ende wiederzuerkennen glaubte, war der Standort, obwohl ich mir damals die Hausnummer nicht gemerkt hatte, und den Standort meinte ich allein an dem gegenüber dem Haus geparkten, gewiß über vierzig Jahre alten Citroën DS zu erkennen, der meiner Erinnerung nach auch vor sieben Jahren fast an derselben Stelle gestanden hatte. Ich fragte Dr. Winter, und er erzählte mir, daß dieses Auto einem Bewohner des

Nachbarhauses gehörte, einem emeritierten Professor für Wirtschafts- und Sozialgeschichte von der Amsterdamer Universität. Bei ihm waren Gong Li und er einige Male zum Essen eingeladen, und er war mit seiner Frau mehrmals bei ihnen gewesen, während sie hier wohnten. Das Haus hatte Dr. Winter Mitte der neunziger Jahre gekauft und vor dem Umzug in den Kloveniersburgwal wieder verkauft, mit deutlichem Gewinn, wie er jetzt sagte, denn in den wenigen Jahren seien die Immobilienpreise in Amsterdam so enorm in die Höhe geschossen, daß der Erlös dafür reichen würde, für viele Jahre den Mietpreis der Wohnung am Kloveniersburgwal abzudecken, für entschieden mehr Jahre, sagte Dr. Winter, als er noch zu leben habe.

Ich unterdrückte die höfliche Floskel, daß er gewiß noch viele Jahre leben werde, und sah in Dr. Winters Gesicht, während wir vor dem Haus standen, keine besondere Bewegung, außer einer Straffung der Züge, die ich als bewußte Erstarrung deutete, damit keine Tränen kamen. Wir setzten uns wieder in Bewegung, und Dr. Winter erzählte, wie er am Anfang seines Studiums in Heidelberg drei Monate lang bei einer der zahlreichen studentischen Verbindungen gleichsam hospitiert hatte, bis ihn der Ekel vor den Saufereien schnell wieder vertrieb.

„Das war so ungefähr alles, was ich jemals von der sogenannten Studentenherrlichkeit mitbekommen habe", sagte er. „Ich ging abends kaum weg, sondern hockte in meiner Bude in der Sandgasse über Büchern und Skripten, die halbe Nacht hindurch, weil meine Schlaflosigkeit schon chronisch geworden war. Nicht, daß es mir an finanziellen Mitteln gefehlt hätte, um mit den anderen abends trinken oder ins Kino zu gehen, denn wie ich Ihnen früher schon erzählt habe, war es mein Onkel, der mir das Studium finanzierte und von dem meine Mutter, kaum daß ich ins zweite Semester gekommen war, nach seinem Tod eine erhebliche Summe erbte. Aber in gewisser Weise war ich noch nicht aus Wunsiedel hinausgekommen, fuhr in den Semesterferien immer nach Hause, und das blieb während des ganzen Studiums so, das ich in Rekordzeit absolvierte und mit Auszeichnung abschloß."

„Dann aber Frankfurt!" rief Dr. Winter aus, „Frankfurt am Main in den frühen und mittleren sechziger Jahren! Erst als ich mich dort festgesetzt hatte, war ich ganz und gar aus Wunsiedel hinausgekommen. Als ich dort ankam, um mit meinem Klinikum als Neurologe in einem Krankenhaus an der Ginnheimer Landstraße zu beginnen, war ich sofort überwältigt von der staunenswerten Häßlichkeit dieser Stadt. Noch heute, wo diese Häßlichkeit hier und dort gestylt und aufpoliert ist, werden Sie dort nirgends einen Ausblick erleben können, wie wir ihn gerade vor uns haben", sagte Dr. Winter und zeigte von der Brücke über die Leidsegracht, auf der wir angekommen waren, nach links und rechts und nach vorn. Auf dieser Brücke hatte ich selbst damals bei meinen nächtlichen Streifzügen durch die Stadt oft innegehalten, um eine Viertelstunde in das schwarze Wasser zu sehen, und dabei immer erwartet, Spinoza werde plötzlich neben mich treten, um mir den Ursprung und die Natur der Affekte noch einmal gründlich darzulegen. „Es war gerade die Häßlichkeit", erzählte Dr. Winter weiter, während ich noch einen Augenblick an jene glücklichen Nächte allein vor sieben Jahren dachte, „diese enorme Häßlichkeit und auch Kälte, die mich in ihren Bann schlug. Ich kam 1963 dort an, und während ich die Sommer der zweiten Hälfte der sechziger Jahre als heiß und sonnendurchglüht in Erinnerung habe, ob berechtigt oder nicht, war das Jahr 1963 überwiegend grau und kühl. Alles Schöne, gut Proportionierte, meinetwegen auch hübsch Verwinkelte, wie ich es aus Wunsiedel und später aus Heidelberg kannte, war hier verschwunden. Die Quartiere und einzelnen Straßenzüge der Stadt, bei denen man noch von Schönheit sprechen könnte, lernte ich erst später kennen. Ich hatte zunächst eine kleine Wohnung in der Nähe des Krankenhauses, die Ginnheimer Landstraße noch ein kräftiges Stück nordwärts, in der Nähe der Miquelallee und des Friedhofs Bockenheim, falls Ihnen diese Ortsangaben überhaupt etwas sagen."

„Ich kenne mich leidlich aus", sagte ich.

„Von dort fuhr ich jeden Morgen oder Abend, je nach Dienst, an der lauten Straße entlang mit dem Fahrrad ins Krankenhaus, an den nordwestlichen Rand von Bockenheim, während ich in meinen freien Stunden mit fünfundzwanzig Jahren das Autofahren lernte. In keiner Stadt, die ich bisher kennengelernt hatte, waren Neurologen so notwendig wie in dieser, so fand ich jedenfalls, in diesem kompakten Gemisch aus Kleinbürgerlichkeit und urbaner Nervosität. Wie Sie aber wissen, wandte sich mein Interesse während dieser Jahre mehr und mehr der Anästhesie zu, und ich machte gleichsam nebenher den Facharzt in diesem Gebiet. In meinen wenigen freien Stunden ging ich oft schwimmen im Freibad Frankfurt-Hausen, das nicht zu weit von meiner Wohnung entfernt lag. Eines Nachmittags lag dort ein junger Student – das nahm ich jedenfalls an –, vielleicht fünf Jahre jünger als ich, der ab und zu von seinem Buch aufsah und mit schmerzlichem Blick die schon leicht verfetteten Männer um die Dreißig und mit einem ebenso schmerzlichen Blick die jungen hübschen Mädchen betrachtete, bis er sich wieder seinem Buch zuwandte, das er studierte wie ein Mönch einen heiligen Text. Als er seinen Liegeplatz verließ, um ins Wasser zu gehen, und sein Buch bäuchlings aufgeschlagen auf der Decke hatte liegenlassen, ging ich vorsichtig hinüber, um beiläufig einen Blick auf den Titel zu werfen. Es handelte sich in der Tat, was ich aber damals noch nicht wußte, um einen heiligen Text, nämlich um Adornos *Minima Moralia*."

An dieser Stelle von Dr. Winters Erzählung, wir hatten inzwischen über die Herengracht den Rembrandtplein erreicht, begann ich laut zu lachen und sagte nach Dr. Winters irritiertem Blick: „Bei dem Studenten handelte es sich wahrscheinlich um den späteren Essayisten Michael Rutschky, der die Szene, wie er im Hausener Freibad Adorno gelesen hat, in den achtziger Jahren einmal in einem Zeitschriftenaufsatz beschrieben hat. Ich weiß nicht, ob Sie selbst für ihn auch schon zu den Leuten gehörten, die ‚Fett angesetzt‘ hatten, oder ob er sie eher zu seiner eigenen Fraktion zählte. Es kann natürlich auch sein, daß der junge Mann, den Sie gesehen haben, einer seiner zahlreichen Kommilitonen war, die damals auch alle die *Minima Moralia* lasen wie einen heiligen Text und durchdrungen von Adornos Blick auf die Verhältnisse durch die Welt liefen oder auch nur im Freibad lagen. Michael Rutschky habe ich später einmal, am Rande eines mathematischen Kongresses, kennengelernt, als er schon in Berlin lebte. Ich war nach meinem Vortrag von dem Kongreß geflohen und saß nachmittags im Biergarten eines Lokals in Friedenau, und er saß zwei Tische weiter bei Kaffee und Kuchen. Ich kannte ihn von Fotos, und ein Zweifel war nicht möglich. Wenn ich sage, ich habe ihn kennengelernt, soll das heißen, daß ich schließlich an seinen Tisch ging und ihn fragte, ob er Michael Rutschky sei. Er sah zu mir auf und antwortete: ‚Ja. Warum? Ist das schlimm?‘ Die spöttische Antwort machte mich verlegen, aber ich brachte es noch fertig zu sagen, daß ich seine Arbeit schätzte und sein Buch *Erfahrungshunger*, das fünf Jahre zuvor erschienen war, lange Zeit auf allen meinen Reisen mit mir geführt hatte, weil er darin das Klima eines Jahrzehnts in Deutschland beschrieb, das ich in England verbracht hatte, nämlich die siebziger Jahre. Nach diesem etwas holprigen Anfang kamen wir ins Gespräch, und abends war ich mit ihm und seiner Frau, die wie meine jetzige Katharina heißt, in einem indischen Lokal essen, das ich ausgesucht hatte. Es erstaunte mich zu erfahren, daß diese beiden so weitgereisten Menschen in ihrem Leben noch nie indisch gegessen hatten, während das in Cambridge für mich beinahe die Alltagsnahrung war. Als ich mir beim Warten aufs Essen die erste Zigarette anzündete, sagte seine Frau: ‚Herr Murnau, Sie rauchen noch? Ich finde, Rauchen ist so richtig was für junge Leute.' Die jungen Leute, zu denen beide nicht mehr zählten, waren schon damals eines der Lieblingsthemen der Rutschkys und sind es bis heute geblieben."

„Wir sollten jetzt auch langsam eine Kleinigkeit essen gehen", sagte Dr. Winter, während wir am Rembrandtpark vorbeigingen, auf dessen Rasenflächen junge Leute aus aller Welt lagerten, „und wir werden die holländische Nationalküche probieren, nämlich die indonesische. Das originär holländische Essen gehört ja eigentlich vor die Menschenrechtskommission."

Bevor wir weitergingen, zeigte er auf die Statue von Rembrandt im Park und sagte: „Ein großer Maler, ohne Zweifel, aber ich ziehe Vermeer vor, wegen der Intimität seiner Bilder und wegen seiner Fähigkeit, völlig in sich oder ihre Arbeit versunkene Frauen darzustellen. Das war auch die Fähigkeit von Antonia Becker, die ich bei einem öffentlichen Vortrag an der Frankfurter Universität kennenlernte und in die ich mich auf der Stelle verliebte. Ich hatte nicht lange nach jenem Nachmittag im Schwimmbad begonnen, fakultätsübergreifende Vorträge oder Ringvorlesungen an der Universität zu hören. Die Vorlesung, bei der ich Antonia kennenlernte, hieß *Meditationen zur Metaphysik*, und ich habe eigentlich kein Wort verstanden. Aber ich wollte den kleinen Mann mit dem beinahe kahlen Kopf, über dessen lokalen wie überregionalen Ruhm ich inzwischen einiges gelernt hatte, sehen und hören. Als ich in den Vorlesungssaal kam, direkt vom Dienst, waren fast alle Plätze besetzt. Ich irrte mit suchendem Blick an den einzelnen Reihen entlang, bis mir eine Frau etwa in meinem Alter zuwinkte und auf den leeren Platz neben sich zeigte. Antonia hat mir später gestanden, daß sie mich im ersten Moment mit einem flüchtigen Bekannten vom Philosophischen Seminar verwechselt und deshalb gewunken hatte."

„Vielleicht", sagte Dr. Winter, während wir uns langsam und der Hitze angemessen auf ein indonesisches Restaurant am Rokin zubewegten, das nach seinen Worten trotz der touristischen Lage empfehlenswert sei, „vielleicht habe ich von der öffentlichen Vorlesung doch mehr verstanden, als ich jetzt wahrhaben will. Damals wußte ich natürlich nicht, daß es sich bei dem Text um Auszüge aus dem Schlußteil eines großen Buches mit dem Titel *Negative Dialektik* handelte, das wenig später erscheinen sollte. Er sprach dabei jedenfalls auch übers Sterben und wie es sich heute verändert habe. Ich glaube, so naiv und unvorbereitet ich auch in der Vorlesung gesessen habe, diese Passagen über das Sterben habe ich verstanden, ebenso wie die folgende, in der von Glück die Rede war und von Ortsnamen. Den kleinen Mann am Pult habe ich nach kurzer Zeit kaum mehr angesehen, denn ich fand ihn einerseits sehr beeindruckend, hatte aber auf der anderen Seite die Vorstellung, er könne jederzeit durch einen Lufthauch, ein heftiges Husten, eine Bewegung des Publikums hinweggeweht werden. Später habe ich oft gelesen, Adorno habe immer auch einen kindlichen Eindruck gemacht, sei irgendwo Kind geblieben", sagte Dr. Winter, als wir nun vom Heiligeweg in den Rokin einbogen, „und so ist er mir damals erschienen, auch wenn ich das Wort dafür nicht bereit hatte." Er schien durch diese Erinnerung einen Moment sehr bewegt, und zum ersten Mal kam mir der Gedanke, daß auch Dr. Winter selbst mir damals im INSOMNIA wie jemand erschienen war, der bei aller Desillusion ein Kind geblieben war, und daß er eben, indem er über Adorno sprach, auch über sich selbst gesprochen hatte.

„Das Publikum verhielt sich ganz still und andächtig", fuhr er fort. „Manche schrieben mit, wobei ich mir nicht vorstellen konnte, wie das bei diesem Vortrag überhaupt funktionieren sollte, aber Antonia Becker saß neben mir eher entspannt, dabei jedoch konzentriert und mit ineinandergelegten Händen, den Handrücken der linken Hand in der Handfläche der rechten, daran erinnere ich mich noch heute ganz genau. Von Vermeer gibt es das Bild der *Briefleserin am offenen Fenster*, und als ich es viele Jahre später zum ersten Mal in Dresden gesehen habe, wurde ich aufs Lebhafteste an Antonia erinnert. Dabei spreche ich nicht nur von der in eine Tätigkeit versunkenen Haltung – Lesen, Schreiben, Kaffee eingießen, eine Tischdecke auflegen –, die ich später so oft an ihr wahrnehmen konnte. Das Profil, das Vermeers Bild zeigt, hat mit dem ihren eine enorme Ähnlichkeit, und sogar die Haare, die allerdings dunkler und rötlicher waren als die der jungen Frau in Vermeers Bild, trug sie damals oft auf die gleiche Art und Weise. Hier ist es."

Dr. Winter blieb vor einem Haus am Rokin stehen, in dessen erstem Stock sich das Restaurant befand, das er ausgewählt hatte. Der Mittag war schon fortgeschritten, nur noch wenige Tische besetzt. Der Art der Begrüßung durch die Besitzer entnahm ich, daß man Dr. Winter hier kannte. Man gab uns einen Tisch in der Tiefe des Raumes, nachdem mein Begleiter mich gefragt hatte, ob ich lieber am Fenster sitzen und auf die Straße sehen wollte. Ich schüttelte den Kopf, weil ich spürte, daß er diese Antwort erhoffte, und Dr. Winter sagte erleichtert: „Von der Welt können wir nachher immer noch genug sehen."

Hier im hinteren Teil des Restaurants herrschte Dämmer, ja beinahe Dunkelheit. Die Hitze, die draußen auf der Stadt lastete, schien nicht mehr bis zu unserem Platz zu dringen. Ich hatte den Eindruck, Dr. Winter habe diesen geschützten Raum absichtlich ausgewählt, um noch einmal auf Antonia Becker zu sprechen zu kommen, auf jene Zeit des Glücks und seines plötzlichen Endes vor mehr als dreißig Jahren.

Antonia Becker hatte ihn damals nach dem Vortrag gefragt, ob er noch mitkommen wollte in eine nahe Kneipe in Bockenheim, dessen Name ihm nichts sagte. Sein fragender Blick zeigte ihr, daß er sich nicht auskannte, und so erfuhr sie, daß Dr. Winter als Arzt an einem Krankenhaus arbeitete, kein Student mehr war und auch früher nicht Philosophie studiert hatte, und daß er außerdem von dem eben Gehörten nicht viel verstanden hatte. Was er aber glaubte, verstanden zu haben, sagte Dr. Winter damals zu Antonia Becker, das interessiere ihn sehr, denn wie es sich mit dem Glück verhalte und mit dem Sterben, das gehe auch ihn etwas an. Bei diesen Mitteilungen nannte Antonia Becker ihren Namen und fügte hinzu, sie sei Assistentin am Philosophischen Seminar, und nun würden sie in eine kleine Pizzeria ein paar Straßen weiter gehen statt in die vorgeschlagene Kneipe. In der sei es nämlich zu laut, und sie bräuchten einen ruhigeren Ort, wenn Dr. Winter noch mehr über das Sterben und das Glück erfahren wolle.

„Das Lokal, in das sie mich führte", sagte Dr. Winter, während wir die Speisekarte des indonesischen Restaurants am Amsterdamer Rokin gereicht bekamen, „gibt es heute nicht mehr. Pizza war etwas völlig Neues in Deutschland, so neu, daß ich, der aus Wunsiedel über Heidelberg nach Frankfurt verschlagene Krankenhausarzt, nicht einmal wußte, um was es sich handelte. Das sagte ich aber der jungen Frau nicht, die draußen auf der Straße entschlossen immer einen halben Schritt vor mir her ging, um zwei oder drei Ecken bog und schließlich in eine dieser nicht sehr einladenden kleinen Straßen westlich der Universität einbog. Der damaligen Universität, müßte ich sagen, denn wie Sie vielleicht wissen, sind große Teile der Universität, die Geisteswissenschaftler voran, heute schon auf das Gelände und in die Räumlichkeiten eines ehemaligen Headquarters der Amerikaner umgezogen, eine Bewegung, die, wie ich finde, zur Stadt Frankfurt ausgezeichnet paßt und die noch weitergehen soll. Mit dem indonesischen Essen muß ich Sie ja nicht beraten, Sie haben sich lange genug hier aufgehalten, aber als wir damals in dem kleinen

179

Lokal Platz genommen hatten und die Karte bekamen, nahm ich meinen Mut zusammen und fragte Antonia, was eine Pizza sei. Ich hatte damit gerechnet, daß Sie mich entgeistert anstarren oder auslachen würde, aber ich registrierte nur ein sehr kleines Lächeln, das sie zudem noch zu verbergen versuchte, bevor sie mir erklärte, daß es sich um einen Teigboden handele, der mit den verschiedensten Zutaten belegt sei, und daß dieses Gericht dem Vernehmen nach in Neapel erfunden wurde."

„Sie müssen bedenken", sagte Dr. Winter, nachdem wir in dem geschützten Raum abseits der Hitze und des gar zu hellen Lichts unsere Bestellungen aufgegeben hatten, „daß ich damals achtundzwanzig Jahre alt war und Deutschland noch nicht ein einziges Mal verlassen hatte. Nicht einmal in Österreich, in der Schweiz oder in Holland war ich bis dahin gewesen. Für meinen Urlaub, der in drei Wochen beginnen sollte, hatte ich mir meine erste Auslandsreise vorgenommen, die nach Frankreich führen sollte, genauer: nach Paris. Dazu ist es dann nicht gekommen, denn ich blieb während meines gesamten Urlaubs in Frankfurt und saß beinahe jeden Abend bei Antonia in ihrer kleinen Wohnung in der Brentanostraße, die sie damals bewohnte. Ich hockte meist auf dem Teppich, während sie auf dem Sofa hinter mir saß, mit der einen Hand meinen Nacken kraulte und in der anderen den Roman *Die Strudlhofstiege* von Heimito von Doderer hielt, den sie mir in mehrwöchigen Sitzungen von Anfang bis Ende vorlas. Daß sie das Buch während der ganzen Zeit in einer Hand hielt, der linken, denn Antonia war Linkshänderin, war schon wegen seines erheblichen Umfangs allein eine enorme physische Leistung; daß sie es aber schaffte, es mir innerhalb von drei Wochen vorzulesen, mit ihrer schönen, leicht singenden Stimme, war eine noch größere. Von dem Roman, der mich damals bezauberte, während ich so mit Antonia zugewandtem Nacken dasaß, weiß ich so gut wie nichts mehr, außer der Tatsache, daß in ihm eine meiner zwei oder drei Lieblingsfiguren vorkommt, Thea Rokitzer mit Namen."

In diesem Moment, während zugleich unsere Getränke gebracht wurden, begann Dr. Winter kaum hörbar zu wimmern und zu schluchzen, fing sich dann aber sofort wieder, hob sein Glas mit Mineralwasser und prostete mir zu.

Antonia Becker führte Dr. Winter in die Welt des lustvollen Denkens ein. Selbst noch das Nachdenken über die Melancholie oder über das allgemeine Unglück, das sie mit Elan betrieben, machte ihnen Lust. Etwa zur selben Zeit wurde Dr. Winter von einem Tag auf den anderen die Leitung der Anästhesie in dem Krankenhaus angeboten, in dem er arbeitete, und er sagte sofort zu. Er arbeitete schon seit längerer Zeit nicht mehr als Neurologe, sondern als Anästhesist, und eines Abends beim Essen – sie hatte Spaghetti gemacht – erklärte sie ihm, daß sein Hang zur Betäubungstätigkeit aus seinem tiefen Wunsch rühre, den Schmerz der Welt zu lindern oder ganz abzutöten, jenen Schmerz, den er, erklärte Antonia, selber schon in früher Kindheit erfahren habe. Im Gegensatz zu Dr. Winter kam Antonia Becker aus einer Familie, die materielle Not oder gar Armut nie gekannt hatte, einer alten Kaufmannsfamilie aus dem Rheinland, die in den verschiedenen Generationen neben dem kaufmännischen immer auch einen geisteswissenschaftlichen Zweig aufzuweisen hatte, vornehmlich einen philosophischen, mit mehreren Universitätsprofessoren im Laufe der letzten beiden Jahrhunderte, und auf dieser Spur, sagte sie, befinde auch sie sich jetzt.

„Das war kurz vor dem Wintersemester 1968/69", erzählte Dr. Winter jetzt, „und im Oktober 1968 nahmen wir eine gemeinsame Wohnung in der Lübecker Straße, in der Nähe des Holzhausenschlößchens. Als Leiter der Anästhesie hatte ich plötzlich soviel Geld wie noch nie in meinem Leben, und wir machten an den Wochenenden schnelle Reisen, einmal endlich auch nach Paris, das Antonia mir in einem fast zehnstündigen Gewaltmarsch durch die Viertel hinreißend erklärte. So hinreißend, daß ich bis heute überzeugt bin, daß Paris unbestreitbar die schönste Stadt der Welt ist, daß ich aber gerade deswegen, aus übergroßer Scheu und Ehrfurcht, nie mehr hingefahren bin, gleichsam aus der Angst, ein zweites Mal und jetzt allein der Stadt nicht gewachsen zu sein."

Das Essen wurde gebracht, für jeden von uns ein kleines, eher leichtes Gericht, ein Gado-Gado für Dr. Winter und ein Mee Goreng für mich, und eine Weile stockte die Erzählung. Ich lobte das Essen und die Wahl des Restaurants und stellte fest, wie gut Dr. Winter sich doch in der Stadt auskannte, die er zu seiner Heimat gemacht hatte, aber er winkte ab. „Wahrscheinlich gibt es in Amsterdam zehn bessere indonesische Restaurants als dieses", sagte er, „aber ich habe keine Lust mehr, etwas Neues auszuprobieren. Man hat seine paar Restaurants, seine Stammlokale, seine Cafés, seine paar Straßen und Plätze, die man immer wieder aufsucht, das alles ist mehr Gewohnheit als Kenntnis und bewußte Auswahl, aber für den, der mich jetzt begleitet wie Sie, wirkt es natürlich, als sei da einer mit seiner Stadt seit Jahrzehnten verwachsen. In diesem Semester, damals im Winter 1968/69", fuhr er unvermittelt fort, „kam Antonia abends oft erschöpft vom Institut nach Hause, hin- und hergerissen zwischen ihrer Sympathie für die Studenten, die Vorlesungen und Seminare boykottierten und sprengten, und ihrer instinktiven Ablehnung der Hyperaktivität und des Wortgeklingels, daß diese Aktionen mit sich brachten. Antonia war bei aller Lebensfreude und Hoffnungsbereitschaft nicht naiv. Sie glaubte nicht an die gesellschaftliche Herstellbarkeit von Glück, eine Haltung, die für ihr Alter, ihr akademisches Milieu und die damalige Zeit sehr ungewöhnlich war. Von ihr habe ich auch gelernt, daß man das Glück nicht haben, sondern nur darin sein kann, meist, ohne es zu wissen. Das war vielleicht die Situation, in der wir uns selber befanden, in jenem knappen Jahr, da wir zusammen in der Lübecker Straße wohnten. Denn wenn auch Antonia durch die Auseinandersetzungen an der Universität sehr angespannt war, fiel doch an den Abenden, wenn sie nach Hause kam, bald alles von ihr ab. Nach einer Stunde hatte sie sich ganz und gar erholt, und wir zogen oft noch einmal gemeinsam durch die Stadt, besuchten die Veranstaltungen, eine ganze linke Veranstaltungskultur überzog damals Frankfurt, rhetorische Schlachten überall; einmal sahen und hörten wir Krahl auf einem Podium, wo das war, weiß ich nicht mehr, die schneidende Intelligenz in Person, Intelligenz als Erotikum, und neben ihm, fast an ihn geschmiegt, leer, aber zufrieden vor sich hin dämmernd, ein junger Freund, der gewiß kein Wort verstand und damit glücklich war. Wir gingen ins Kino, und in einem Programmkino sahen wir einmal an sieben Abenden hintereinander die wichtigsten Filme von Jean-Luc Godard von 1959 bis 1967, einem Regisseur, der mir bis dahin völlig unbekannt war. Meine Kinoerfahrung beschränkte sich, etwas übertrieben gesagt, auf Rudolf Prack und Sonja Ziemann, vielleicht noch auf Joachim Fuchsberger, Karin Dor und Klaus Kinski. Wenn wir dann nach so verwirrenden und meinetwegen auch wirren Filmen wie *Alphaville, La Chinoise* oder *Weekend* nach Hause gingen – meistens gingen wir wirklich zu Fuß, denn wie klein Frankfurt eigentlich ist, erfährt nur der, der dort wohnt und sich durch die Kulisse nicht länger einschüchtern läßt –, auf diesen Heimwegen also spielten wir die Filme einfach weiter, trugen die Gesten aus dem Kino auf die Straße, brachten so manch späten Passanten in Verlegenheit, der nicht wußte, ob er uns für ein albernes Paar oder zwei der Psychiatrie Entlaufene halten sollte. Auf dem Heimweg nach dem letzten Film sagte Antonia, Godard solle einmal nach Frankfurt kommen und dort drehen, die Stadt sei wie gemacht für seine Intelligenz. Schließlich fielen wir zu Hause glücklich ins Bett. An meiner nächtlichen Schlaflosigkeit hatte sich nichts geändert, nur, daß jetzt Antonia neben mir lag, die zumeist plötzlich, von einer Sekunde auf die andere, in den Schlaf fiel, manchmal mitten in einem Satz abbrechend, den sie begonnen hatte, und dann bis zum Morgen nicht mehr aufwachte, egal, ob ich noch in der Wohnung umherwanderte, und egal, wie lange das Licht noch brannte. Ich saß dann im Bett neben ihr und sah auf das völlig entspannte Gesicht einer Frau aus der Welt Jan Vermeers hinunter."

An dieser Stelle befürchtete ich, Dr. Winter könne wieder leise zu schluchzen beginnen und seinen Ausbruch dann mit einer schnellen Geste überspielen, aber sein Gesicht nahm statt dessen für eine kurze Zeit den Ausdruck völliger Erstarrung an, bevor trotz der fortgeschrittenen Stunde plötzlich ein Rudel spanischsprechender Touristen das Restaurant stürmte und lärmend an zwei Tischen Platz nahm, die eine Bedienung eilends zusammenrückte. Die Erstarrung in Dr. Winters Gesicht löste sich und wich einem Lächeln. „In diesen Tagen hört man sehr viel Spanisch in Amsterdam", sagte er, „überhaupt sehr viel südeuropäische Sprachen, mehr als gewöhnlich. Sie sind vermutlich alle vor dem unerträglichen Sommer in ihren eigenen Ländern geflohen, haben gemeint, es hier besser zu treffen, und nun schwitzen sie eben hier." Nach diesen Sätzen hörte ich Dr. Winter zum ersten Mal, seitdem ich ihn kannte, laut lachen. Erst als das Lachen anschwoll, begriff ich, daß ich ihn in den vielen Nächten im INSOMNIA ebenso wie bei den wenigen Begegnungen in Amsterdam zwar manchmal hatte lächeln sehen, mit einem mokanten oder auch mit einem schmerzlichen Beiklang, daß aber in der ganzen Zeit nie auch nur ein angedeutetes Lachen von ihm zu hören gewesen war.

„Wir wollen zahlen und gehen", sagte er jetzt, „denn was ich Ihnen weiter zu erzählen habe, verträgt kaum solch eine lärmende Gesellschaft. Ich übernehme die Rechnung, keine Widerrede. Ich weiß, daß Sie nicht arm sind, aber ich habe Sie gebeten, nach Amsterdam zu kommen, ich habe Sie eingeladen, und die Einladung gilt für alles, was wir hier gemeinsam unternehmen."

Es war beinahe drei Uhr, als wir aus dem angenehmen Schatten des Restaurants wieder auf die Straße traten, und nach wenigen Schritten spürte ich, daß die Hitze erst jetzt ihren Höhepunkt erreichte. Dr. Winter ging neben mir erstaunlich zügig und zielstrebig und sagte zu der Hitze kein Wort, grummelte nur manchmal leise über manche Pulks von Touristen, die uns entgegenkamen, zuweilen untergehakt, und denen wir ausweichen mußten. Er ging mit mir zunächst in Richtung Bahnhof, bog aber plötzlich rechts ab und hielt, nun etwas langsamer gehend, auf den Oudezijds Voorburgwal zu, alles Straßen, die mir aus meiner Amsterdamer Zeit vertraut waren.
„Gegen Ende des Sommersemesters 1969", sagte er, „als wir uns auf unseren ersten wirklichen gemeinsamen Urlaub freuten, der nach Italien gehen sollte, begann Antonia, sehr häufig über Kopfschmerzen zu klagen, auch über plötzliche Sehstörungen, die nach ein oder zwei Minuten vorüber waren. Sie führte das auf die fortgesetzten Turbulenzen an der Universität zurück. Das so genannte Busenattentat auf den Professor Adorno im April im Hörsaal VI, das ihn zum Abbruch seiner Vorlesung veranlaßte, fand sie lächerlich und empörend. Interessant übrigens, daß die Presseberichte über den Vorfall zwar von den *Blumenmädchen* sprachen, die Adorno eingekreist hatten, und davon, daß diese eine *unzweideutige Annäherungspantomime* vollzogen hätten, daß aber keiner erwähnte, daß sie für einen kurzen Augenblick Adorno ihre entblößten Brüste zeigten. Ich weiß noch, daß Antonia am Abend jenes Tages in unserer Küche regelrecht tobte und lauthals schimpfte über den „Quatsch mit den befreiten Trieben, der die Köpfe von einigen Jüngelchen und Töchterchen aus Boppard oder Bad Homburg vernebelt". Um sie zu beruhigen, sagte ich, vielleicht sei einer oder eine davon sogar aus Wunsiedel, und in der Tat

begann Antonia zu lachen und mir in die Arme zu fallen, wo sich das Lachen aber gleich in ein krampfhaftes Weinen verwandelte. Solche Szenen gab es jetzt öfter, und wir waren heilfroh, als das Semester sein Ende erreicht hatte."

Den Oudezijds Voorburgwal hatten wir inzwischen überquert und erreichten den Oudezijds Achterburgwal, den wir ebenfalls kreuzten. Ich nahm nun an, Dr. Winter wolle mich in diesem kleinen Bogen in seine Wohnung am Kloveniersburgwal zurückführen, jetzt doch erschöpft von unserem Gang, aber kurz davor blieb er stehen und führte mich auf einen großen Innenhof.

„Ich weiß nicht, ob Sie in Ihrer Amsterdamer Zeit hier je gewesen sind", sagte er, und als ich den Kopf schüttelte: „Das ist die Zentrale des Amsterdamer Reichtums im siebzehnten und achtzehnten Jahrhunderts gewesen. Heute sind Teile der Universität in dem Haus untergebracht, das Osteuropa-Institut, aber damals saßen hier im zweiten Stock 17 Herren und bestimmten über die geschäftlichen und kriegerischen Aktivitäten Amsterdams und der Vereinigten Provinzen." Ich nickte, und als Dr. Winter sah, daß ich begriffen hatte, wo wir standen, am ehemaligen Haus der Vereinigten Ostindischen Compagnie nämlich, erzählte er weiter, eigenartig erregt, als spreche er von dem Leben, das er eigentlich gern geführt hätte: „Damals floß noch direkt vor dem Haus ein Kanal, an dem die Schiffe gelöscht wurden, und im Erdgeschoß lagerte der Proviant für die Schiffsbesatzungen. Im Hof wurden Rinder geschlachtet und zerteilt, ebenfalls als Proviant. Ein Stockwerk höher war Handels- und Beuteware eingelagert: Gewürze, Stoffe, Gummi, Porzellan und manches andere, was die asiatischen Geschäfte hergaben. Die 17 Herren tagten darüber und waren offensichtlich gegenüber dem Schlachtbetrieb so unempfindlich wie gegenüber den Gerüchen. Sie wußten, daß Geld sehr wohl stinkt, machten sich jedoch herzlich wenig daraus. Kapital und Ware waren damals noch eng verschwistert, und das Geld hatte den Virtualitätsgrad späterer Zeiten noch lange nicht erreicht."

Seine Erregung stieg, als er weitersprach, und mit ihr war auch seine Stimmhöhe nach oben geschossen. „Die Compagnie war die erste moderne Aktiengesellschaft überhaupt und bestimmte die Richtlinien der Politik. Mit ihr wurde Holland die führende Seemacht des Jahrhunderts. Der niederländische Freiheitskampf gegen die Spanier und die niederländische Weltaneignung, sprich die Unterdrückung fremder Völker, gingen Hand in Hand. Das Herzstück dieses Prozesses war der indonesische Archipel. Von den dortigen Gouverneuren wurde Jan Pietersz. Coen aus Hoorn der bekannteste. Er gründete 1619 die sogenannte Batavische Republik. Batavia kennen Sie ja vielleicht als Tabaksorte. Die Batavier waren für die politischen Theoretiker Hollands, vor allem Grotius, die legendären Vorfahren aus antiker Zeit, eine Art Freiheitskämpferlegende, so etwa wie die Gallier à la Asterix und Obelix. Coen machte den Herren von der Compagnie klar, daß Krieg und Handel untrennbar zusammengehörten. Auf den Banda-Inseln etwa, wo es um hochwertige Muskatnüsse ging und Verhandlungen mit den Bewohnern nichts fruchteten, rückte er mit einer zweitausend Mann starken Truppe an, vertrieb die Bevölkerung und ließ die Unterfürsten hinrichten. Übrigens nicht von seinen Leuten, sondern von Japanern, die er extra dafür angeworben hatte. Der größere Teil der vertriebenen Bevölkerung verhungerte, und der Rest wurde versklavt."

Dr. Winter machte eine Pause und atmete jetzt schwer, und es war für mich in der Tat nicht zu entscheiden, ob dieses heftige Atmen aus dem Ekel vor dem rührte, was er zu erzählen hatte, oder aus der Lust daran aufstieg, oder ob beides nicht zu trennen war. Als er weitersprach, hatte seine Stimme wieder die gewohnte Tonhöhe angenommen. „Die Amsterdamer haben es in ihrer Erinnerungspflege Herrn Coen nicht gedankt. Er hat zwar seine Orte des Gedenkens in der Stadt, aber lauschige Plätzchen sind das nicht gerade. Es gibt, als Teilstück der A 10, einen Coentunnel, der die Stadt mit ihren nördlich vom Hafen gelegenen Teilen verbindet, und in der Nähe eines Autobahnkreuzes einen Coenplein. Auch einen Teil des Hafens hat man immerhin nach dem Mann benannt, der übrigens ein strenggläubiger Calvinist war. Wenn man bedenkt, daß das Amsterdamer Stadtbild ohne ihn und seinesgleichen heute ganz anders aussähe, weniger bunt, weniger gesättigt von Welt und vermutlich weniger vornehmen Reichtum atmend, dann zeugt das nicht von allzu großer Dankbarkeit."

Ich sah ein paar Schweißperlen auf Dr. Winters Stirn, als wir uns in Bewegung setzten, nun doch wohl endgültig wieder auf seine Wohnung zu, wie ich glaubte. Statt aber an der Ecke rechts in die Straße einzubiegen, in der er wohnte, wandte er sich nach links und marschierte auf den Nieuwmarkt zu, ohne ein weiteres Wort zu sagen. Der Platz selbst, an diesem Nachmittag zur Hälfte von einer Art Flohmarkt eingenommen, lag in glühender Sonne, und die teilweise von Markisen beschatteten Terrassen der Kneipen, die ihn umkränzten, waren bis auf den letzten Platz besetzt. Dr. Winter ging mit der Bemerkung, daß er hier ganz gern ab und zu ein Bier trinke, auf eine davon zu, das Café Stevens, ging, ohne die Lage auf der Terrasse eines Blickes zu würdigen, hinein und nach hinten in die Tiefe des Raumes, so weit weg wie möglich von der Straße, wo wir auf Hockern an einem hohen Bistrotisch einander gegenüber Platz nahmen. Ohne mich zu fragen, bestellte er zwei Bier, und erst, nachdem uns eine junge Bedienung die beiden Gläser gebracht hatte, sprach er weiter.

„Antonia kannte solche Geschichten und ähnliche, wie ich sie eben erzählt habe", sagte er. „Ihr faktisches Wissen war enorm, auch deshalb, wie sie sagte, weil sie eine Zeit lang als Jugendliche Kolonialgeschichten gleichsam wie Abenteuerromane gelesen habe. Vielleicht sei da das Kaufmannsblut in ihren Adern durchgekommen. Was sie wußte, empörte sie, und doch hat sie in jenen späten Sechzigern nie den romantischen Blick auf die Dritte Welt geteilt, der in ihrem Milieu üblich war. Am ausgiebigsten schimpfte sie auf Che Guevara, der nach ihren Worten ein verantwortungsloser Desperado war und nicht nur sich, sondern auch andere ins Unglück gestürzt hatte. Einmal waren wir auf irgendeinem Solidaritätskonzert für irgendeine Befreiungsbewegung, aber schon nach den Begrüßungsworten rannte sie raus und sagte, wie gut die Musik auch immer sein möge, sie könne das nicht ertragen. Erst jetzt, wo ich Ihnen dies alles erzähle, begreife ich eigentlich, daß Antonia einerseits ganz nah und auf hohem Niveau an den Debatten ihrer Zeit war und daß sie auf der anderen Seite gegen bestimmte Strömungen und Irrtümer dieser Zeit vollständig immun gewesen ist. Bisher ist sie mir immer nur als sehr klug erschienen, jetzt sehe ich, daß sie ein überaus eigenständiger Kopf war. Vielleicht hat das sie umgebracht."

Dr. Winter winkte zur Theke und hielt zwei Finger hoch, denn wir hatten unser erstes Bier nach dem Gehen in der Augustsonne sehr schnell getrunken.

„Am Tag bevor wir nach Italien aufbrachen, mit einem silbergrauen Ro 80, den ich zwei Wochen zuvor gekauft hatte, begleitete ich Antonia ins Institut, wo sie aus ihrem Büro noch ein paar Papiere holen und mit auf die Reise nehmen wollte. Als wir das Büro verließen, stießen wir im Flur auf den in einen hellen Sommeranzug gekleideten Adorno, der Antonia mit einer knappen, aber galanten Verbeugung begrüßte und, nachdem Antonia mich vorgestellt hatte, meine ausgestreckte Hand zuerst ergreifen zu wollen schien, dann aber diese Bewegung mit einem kurzen schreckhaften Aufreißen der Augen abbrach. Als ich Antonia draußen darauf ansprach, sagte sie, daß Teddy, so nannte sie ihn tatsächlich, vor plötzlich ihm angetragenen Kontakt und Berührungen oft zurückschrecke, ohne daß dies irgendeine Antipathie gegen den anderen bedeuten müsse. Er sei nun gerade in den beiden vergangenen Semestern so oft gewissermaßen überaus hart angefaßt worden, daß man ihm die Steigerung seiner ohnehin tiefsitzenden Schreckhaftigkeit nicht verdenken könne. – Am nächsten Morgen machten wir uns auf den Weg nach Italien, in die Toskana, weil sie diese gut kannte. Wir wählten den Weg über die Schweiz. Antonia fuhr den ersten Teil der Strecke und war sehr fröhlich, endlich dem Institut und auch Frankfurt zu entkommen, das einem manchmal doch recht auf die Nerven gehen könne, so hübsch-häßlich es auch sei. Aber schon bald hinter Basel, ich hatte inzwischen das Steuer übernommen, kehrten ihre Kopfschmerzen und eine kurze Sehstörung wieder, und nach einer weiteren halben Stunde bat sie mich um eine Pause, damit sie eine Tablette nehmen könne. Es ging ihr dann rasch besser; wir übernachteten in einem einfachen Landgasthaus im Kanton Uri, und als ich am nächsten Morgen, Antonia schlief noch, aus dem Fenster sah und die Sonne rotgelb hinter den nahen Bergen stand, dachte ich zum ersten Mal seit langem wieder an meine Schulzeit und daran, daß die Geographie mein Lieblingsfach gewesen war und ich mich lange damit zufriedengegeben hatte, mir die Welt nur auszumalen, weil uns die Mittel fehlten, selber Reisen zu machen. Nun würde ich in den nächsten Jahren die Welt, unter der sachkundigen Führung Antonias, endlich für mich erfahren. Kaum aber hatten wir den Gotthardpaß überquert, eine Aufgabe, die Antonia mit Bravour gemeistert hatte, und waren ins Tessin hinabgefahren, als ich merkte, daß sie den Ro 80 nicht mehr unter Kontrolle hatte und Schlangenlinien fuhr. Sie schaffte es allerdings noch abzubremsen, bevor sie in den Sitz zurückfiel; der Wagen kam quer zu stehen und trug nur ein paar Schrammen davon. Mir war sofort klar, daß wieder eine Sehstörung eingetreten war, und ich sagte ihr, daß ich für den Rest der Reise den Wagen fahren würde. Diesmal aber erholte sich Antonia nicht wie bisher relativ schnell, und wir brachen die Fahrt fürs erste schon kurz hinter der Grenze ab, am Comer See, wo wir in einem kleinen Hotel in Bellagio für eine Nacht ein Zimmer nahmen. Aus der einen Nacht wurden drei, bis Antonia, die sich etwas erholt hatte, unter Tränen sagte, daß sie nicht weiter nach Süden reisen könne, sondern nach Frankfurt zurück müsse, weil ihr Zustand anders als bisher sich nicht mehr bessere. Sie war untröstlich, mir meine erste Reise nach Italien verdorben zu haben, und ich beeilte mich zu sagen, daß wir noch viel Zeit haben würden, um die ganze Welt zu bereisen. Also machten wir die Tour zurück, Antonia neben mir in den Sitz zurückgelehnt, in eine leichte Decke eingehüllt und die Augen hinter den schwarzen Gläsern einer riesigen Sonnebrille unberührbar."

Dr. Winter winkte noch einmal zur Theke und ließ das Zeichen folgen, dann sprach er leiser als zuvor weiter.

„Was dann folgte, habe ich Ihnen damals weitgehend schon im INSOMNIA erzählt. Ein paar Tage war Antonia noch bei uns zu Hause, ohne daß sich etwas änderte, dann mußten wir den Schritt tun und sie in meinem Krankenhaus gründlich untersuchen lassen. Gleich acht kleine Hirntumore ergab die Untersuchung, und mein Kollege Gommlich sagte mir, ich hätte nur noch die Wahl zwischen einer Chemotherapie, die in dieser Phase der Krankheit aber nichts mehr retten, sondern den Tod nur hinauszögern könne, und der Pflege zu Hause, bis Antonia starb, die Möglichkeit, *sie zu Tode zu pflegen,* wie er sich wörtlich ausdrückte. Natürlich blieb Antonia zu Hause, und ich verbrachte alle verfügbare Zeit bei ihr. Ihre Mutter kam aus Koblenz angereist und blieb zwei Wochen. Antonia sprach in den verbleibenden acht Wochen, um den Schrecken zu bannen, nur von ihren *Tumörchen.* Die Nachricht von Adornos Tod, knapp eine Woche nach der vernichtenden Diagnose, bekam sie noch bei vollem Bewußtsein mit. *Er war müde,* war ihr einziger Kommentar. Später nahm ihre eigene Müdigkeit immer mehr zu, und die Bewußtseinsstörungen wurden häufiger. In den Zeiten, da sie klar war, bat sie mich, ihr vorzulesen, so wie am Anfang unserer Liebe sie mir vorgelesen hatte. Es waren Brentanos Rheinmärchen, die sie hören wollte. Über das erste Märchen vom Müller Radlauf kamen wir nicht mehr hinaus, denn Antonia konnte immer nur kurzzeitig zuhören, und am Ende wurde ihr Zustand so unerträglich, daß ich, wie Sie ja wissen und wie sicher damals auch manche meiner Kollegen ahnten, mich veranlaßt sah, ihr Leiden mit den mir zur Verfügung stehenden anästhesierenden Mitteln zu beenden. Das war die erste Frau, die mir gestorben ist, im September 1969, und nun habe ich vor einer Woche die zweite beerdigt. Man schämt sich", sagte er abschließend und glitt vom Hocker, schon nach seinem Portemonnaie fingernd, „man schämt sich zu überleben, so alt zu werden und noch immer furchterregend gesund zu sein. Sogar meine nächtliche Schlaflosigkeit, müssen Sie wissen, habe ich überwunden. Ich gehe gegen elf ins Bett und schlafe nach ein paar Seiten Lesen bestens ein."

„Herzlichen Glückwunsch", sagte ich. „Mir geht es inzwischen genauso."

Vor der Tür zeigte er quer über den Platz nach rechts, eine etwas unbestimmte Bewegung, und sagte: „Da hinten wohnt die Familie meiner Frau. Aber wir werden jetzt nicht hingehen." Seine Schwiegereltern und die Brüder von Gong Li ließen ihn aber nicht allein, sagte er, sie hätten sich in den Tagen nach Gong Lis Tod um ihn in einem Ausmaß gekümmert, das ihn nicht nur gerührt, sondern beinahe schon beängstigt habe; unverbrüchlich gehöre er zur Familie, sein Weg habe gewissermaßen von Wunsiedel nach Chinatown geführt, und zum zweiten Mal hörte ich Dr. Winter lauthals lachen, während wir uns nun tatsächlich auf den Rückweg zu seiner Wohnung machten, beide leicht benommen durch die schnell heruntergestürzten Biere und die Wirkung der Hitze, in die wir zurückgekehrt waren.

„Danach setzte sehr schnell die Lähmung ein. Anfangs kam ich meinem Dienst noch nach, aber die Phasen, in denen ich nicht fähig war, mich auf die einfachsten Routinearbeiten zu konzentrieren, wurden immer länger. Es waren meine Assistenten, die von sich aus vorschlugen, im Verbund meine Arbeit zu übernehmen, bis ich wieder funktionierte. Ich ließ mich im Krankenhaus ab und zu sehen, um den Formalien zu genügen und nicht offiziell beurlaubt zu sein; in Wahrheit aber hatten meine Assistenten mich beurlaubt, in einem durchaus freundschaftlichen Sinn. Die Erholung aber, das wurde mir spätestens nach einem Vierteljahr klar, würde nie mehr eintreten, solange ich in Frankfurt bliebe. Fast alles, was mich mit der Stadt verband, war auch mit Antonia verbunden, die ebenso wie ihr philosophischer Lehrer nicht mehr da war. Wenn meine Trauer nicht endgültig sich zur unauflöslichen Melancholie verfestigen sollte, mußte ich Frankfurt, die Stadt, die für mich das eigentliche Tor zur Welt gewesen war, verlassen. Nein, warten Sie, noch gehen wir nicht nach Hause. Wenn Sie mir hierhin folgen wollen."

Nah bei seiner Wohnung führte er mich nach rechts in eine Passage, die ich bei meinem früheren Aufenthalt beiläufig wahrgenommen hatte und in der an einfachen Ständen alte Bücher verkauft wurden. „Hier hole ich mir meine Einschlaflektüre", sagte er, „es sind auch viele deutsche Titel dabei. Zur Zeit bin ich mit Schillers Geschichte vom Abfall der Niederlande beschäftigt, werde aber bald durch sein. Vielleicht finden Sie ja auch etwas."

Das plötzliche Dämmerlicht, das trotz der Höhe der Passage herrschte, machte mich für einen Augenblick fast blind. Erst als wir die lange Reihe der Büchertische erreicht hatten, hatten sich meine Augen an das Halbdunkel gewöhnt. Dr. Winter schien die Spezialitäten der einzelnen Händler gut zu kennen, denn er ging an einigen achtlos vorüber und begann bei anderen konzentriert zu wühlen. Die alten Bücher waren keineswegs durchgängig alt, bei vielen handelte es sich um relativ frische Ramschware. Es waren in der Tat, neben den niederländischen und englischsprachigen, überraschend viele deutsche Titel dabei. Dr. Winter suchte einen Kriminalroman und entschied sich für das Werk einer schottischen Autorin, deren Name mir nichts sagte, die auch schon vor fünfzig Jahren gestorben war. *Warten auf den Tod* hieß das Buch, das in seiner deutschen Übersetzung gerade erst vor einem halben Jahr erschienen und auch nirgends als Mängelexemplar gekennzeichnet war. Drei Euro zahlte Dr. Winter dafür, und ich selber legte das Dreißigfache hin für den ohne Übertreibung an diesem Ort sensationell zu nennenden Fund, den ich fünf Minuten später zwei Tische weiter machte, eine zweibändige englische Lederausgabe, sehr gut erhalten, *The Complete Letters, Diaries and Notes of Sir Andrew Marbot, edited and annotated by Walter Hildsham, PhD, Oxford 1931*, die gesamte schriftliche Hinterlassenschaft von Marbot also, dem 1801 geborenen und 1830 verschollenen, vermutlich in den Freitod gegangenen englischen Kunsttheoretiker aus Northumberland.

„Das wollen Sie alles lesen?" fragte Dr. Winter, „im Original?"

„Sie vergessen", sagte ich, „daß ich mehr als zehn Jahre in Cambridge verbracht habe. Ob ich das alles lesen werde, weiß ich nicht. Auf jeden Fall aber ist die Ausgabe bei mir in guten Händen, und es kam mir vor allem darauf an zu verhindern, daß sie in die falschen gerät."

„Und das hier?" fragte er und zog aus einem Stapel auf dem gleichen Tisch ein Exemplar meiner eigenen Geschichte der Mathematik hervor.

Ich mußte laut lachen und antwortete: „Das überlassen wir dem, der das Glück hat, es zu finden. Gut, daß Sie Ihr Exemplar schon haben."

Zurück in der Wohnung. Diesmal saßen wir vorn, in der Bibliothek gewissermaßen. Dr. Winter stellte die Lamellen der Jalousien so ein, daß noch etwas Licht in den Raum fiel und man ohne Anstrengung nach draußen sehen konnte, auf die Gracht und die andere Straßenseite. Er machte Tee, stellte auch Kekse hin, ließ sich in einen Sessel sinken, und zum ersten Mal an diesem Tag bemerkte ich bei ihm so etwas wie Müdigkeit oder sogar Erschöpfung.

„Es dauerte noch mehr als ein Jahr", begann er, „bis ich mich entschlossen hatte, Frankfurt für immer zu verlassen und diesen Entschluß auch in die Tat umsetzte. Ich habe das erste akzeptable Angebot angenommen, das ich erhielt, unabhängig davon, wohin es mich verschlagen würde, und so bin ich zu Ihnen gekommen, dort oben an den Deich."

„Zu mir persönlich nicht", sagte ich, „denn ich war damals noch sehr jung und im Studium in Westberlin, und innerlich vielleicht schon auf dem Absprung nach Cambridge."

„*Zu Ihnen* war in diesem Fall eher ein geographischer Begriff", lächelte Dr. Winter. „Vergessen Sie nicht, daß ich mich bis dahin nur immer im Süden, oder meinetwegen in der südlichen Mitte Deutschlands aufgehalten hatte. So eine Landschaft wie die, in die ich dann verschlagen wurde, hatte ich höchstens mal hier und da auf Fotos gesehen, und ich bin mir nicht einmal sicher, ob ich diese Fotos für realistisch gehalten habe. Daß es so etwas wirklich gab, konnte ich mir nach dem Fichtelgebirge, nach Heidelberg und nach Frankfurt und dem Taunus jedenfalls kaum vorstellen. Im ersten Jahr war ich deshalb sehr unglücklich, bis einer meiner Assistenten, der später nach Hamburg gegangen ist, mich an einem Wochenende mit dem Auto auf eine ausgedehnte und ausgearbeitete Reise durch ganz Ostfriesland mitgenommen hat, wo ich sah, daß die Region nicht ganz aus der Einheitslandschaft bestand, wie ich bis dahin angenommen hatte. Dennoch waren die ersten Jahre, was sage ich, die ersten anderthalb Jahrzehnte in diesem neuen

Milieu sehr schwer für mich. Als ich ankam – überlegen Sie, ich kam direkt aus Frankfurt, einem Frankfurt, das sich für mich persönlich zwar verfinstert und eingeschwärzt hatte, objektiv aber immer noch eines der Kraftzentren des Landes darstellte – als ich also ankam, gab es buchstäblich nichts. Weißes Rauschen. Manchmal hochwertige Konzerte dem Vernehmen nach, aber mein Musikverstand reicht nicht aus. Ab und zu Theater, Gastspiele einer sogenannten Landesbühne, die ihr Stammhaus sechzig oder siebzig Kilometer weiter nordöstlich hatte. Das muß ich Ihnen nicht näher erzählen, das kennen Sie ja. Selbst Oldenburg war damals noch recht verschlafen, Rettung gab es nur im Westen: in Groningen, in Amsterdam. Ich fuhr damals auf eigene Faust recht häufig hin, übrigens nicht mehr in dem Ro 80, den ich sofort nach Antonias Tod verkauft hatte, weil sich für mich in ihm erstmals ihr naher Tod angedeutet hatte. Ich wußte vielleicht immer, daß ich irgendwann in Amsterdam landen würde. Wie dem auch sei, die Frankfurter Diskussionen, von denen ich selbst als Zaungast, mehr bin ich ja nie gewesen, viel gelernt hatte, waren in meiner neuen Umgebung auch unter sogenannten Gebildeten nicht einmal im Ansatz bekannt. Ich war nicht immer so ungesellig, wie ich Ihnen später erschienen sein muß. Ich habe es mit Lehrern, Ärztekollegen, höheren Beamten, mit Bankdirektoren und Kaufleuten versucht. Viele waren nett und mühten sich redlich, ‚geistig rege' zu bleiben, wie sie selber es nannten, aber von den ganz Jungen abgesehen, die meist bald wieder aus der Stadt verschwunden waren, waren die anderen doch vor allem an einem interessiert: ihrem Haus oder Häuschen, mit deren Bau sie entweder noch beschäftigt waren oder das sie schon gebaut hatten und nun samt Garten hegten und pflegten. Beinahe wäre ich mitten unter sie geraten, in eine dieser parzellierten Straßen, in der ein Haus frei geworden war, weil der bisherige Besitzer der Verdammnis entkommen und aus beruflichen Gründen nach München verzogen war.

Ich war schon drauf und dran, es zu kaufen, als ich von der Zwangsversteigerung jenes entlegenen Hauses in der Nähe der Ems las. So bin ich dem gesellschaftlichen Verkehr entronnen, sehr einsam zwar in den ersten Jahren, aber auch nicht gezwungen, mich weiter am gehobenen Geplapper zu beteiligen. Den Abscheu vor dem Geschwätz hatte ich von Antonia gelernt. Nicht das alltägliche Reden meine ich damit, sondern eben das angestrengt hüstelnde Gerede übers Höhere, das ich mir in meiner ersten Zeit dort anhören mußte. Meine Kollegen waren noch am angenehmsten. Ärzte sind meist zu nah am Tod und am Verfall, um zu schöngeistig zu werden. Die Lehrer waren schon schlimmer, aber am schlimmsten waren die Kaufleute und Bankdirektoren."

Dr. Winter hatte bis dahin in einem müden, schleppenden Tonfall gesprochen, den ich auf unseren langen Gang ebenso wie auf seinen Überdruß angesichts der Erinnerungen an seine erste Zeit an der Küste zurückführte. Jetzt goß er Tee nach, drückte sich in seinem Sessel hoch und lief, die Hände in den Hosentaschen und offenbar in höchster Erregung, unruhig hin und her.

„Was ich zunächst nicht bemerkte und was mich später am meisten abstieß", sagte er mit einer Stimme, die von nachträglicher Wut, ja vielleicht sogar von Haß getränkt war, „war die Pfeffersackmentalität, die Krämerseele, die Pfennigfuchserei, die den herrschenden Geist dort ausmacht. Ein Kaufmann muß rechnen, und eine Bank hat Geld nicht zu verschenken, das ist vollkommen in Ordnung. Aber eine andere Frage als *was habe ich, was haben wir davon?*, wenn es um die Förderung von Projekten ging, deren direkter geschäftlicher Sinn nicht offenkundig war, habe ich in den Kreisen dort nie gehört. Ich habe zwei Versuche gemacht, einem in der Region ansässigen freien Historiker und einem Schriftsteller für ein Jahr ein Auskommen zu sichern, und zwar eines deutlich über dem Existenzminimum, damit sie bereits begonnene, sehr bedeutende

Projekte zu Ende führen konnten. Bei einigen der Begüterten fand ich ein offenes Ohr – es waren alles Zugewanderte. Bei den Einheimischen, bei den Banken und Handelsherren nur Kopfschütteln. Wenn es wenigstens ein Maler gewesen wäre oder ein Orchester, da hätte man am Ende eine schöne Ausstellung machen oder ein Konzert veranstalten können und sein Fördererlabel draufkleben. Etwa so: *An der Finanzierung haben sich beteiligt die Reederei Hinz und das Bankhaus Kunz.* Da sie dazu aber keine Möglichkeit sahen, winkten sie ab. Ich hatte Mäzene gesucht, keine Sponsoren. Wenigstens in einem Fall habe ich dann auch einen gefunden, einen Mann, der seine Unterstützung nur unter der Bedingung gab, daß sie nirgends erwähnt wurde. Ich nenne Ihnen seinen Namen auch heute nicht. Der Mann lebt in Hamburg, wo angeblich die Pfeffersäcke zu Hause sind."

Dr. Winter ging jetzt mit schnellen Schritten zum Fenster, riß es auf und spuckte wahrhaftig auf die Straße.

„Entschuldigen Sie", sagte er, als er das Fenster wieder geschlossen hatte. „Ich habe natürlich hier und da auch andere Erfahrungen gemacht, und zum Glück wurde ja im Sommer 1986 endlich das INSOMNIA eröffnet, wo wir uns alle gefunden haben, wenn man so sagen darf. Wir Versprengten, wir Ungesättigten. Haben Sie übrigens bemerkt, daß von den Gästen dort zwar die meisten in der Gegend wohnten, die wenigsten aber dort geboren waren? Die Krämerseele setzt sich nicht nachts zu einem schönen Essen in ein schönes Lokal. Außer Geld mag sie nämlich auch keine Zeit verschwenden. Keine Spur von Großzügigkeit, kein Talent zur produktiven Vergeudung. Lauter verstopfte Seelen."

Er ließ sich wieder in seinen Sessel fallen. „Noch einmal Entschuldigung. Es ist ja dann alles gut geworden, und im übrigen bin ich weg. Geht es dem Lokal gut?"

„Bestens", sagte ich. „Die Versprengten und die Ungesättigten, wie Sie sagen, sterben ja niemals aus."

„Zum Glück", sagte Dr. Winter. „Dort hätte ich natürlich auch weiter glücklich vor mich hindämmern können, wenn nur das verfluchte Krankenhaus nicht gewesen wäre, der Dienst. Der Verwaltungskram, die Feilscherei um dieses und jenes. Der jüngere Kollege, der selber scharf ist auf die Leitung der Abteilung. Als meine Mutter starb und ich nach Wunsiedel mußte, um die Beisetzung und den Nachlaß zu regeln, war mir spätestens beim Losfahren klar, daß ich nie mehr an den Deich zurückkehren würde. Ich muß an dieser Stelle gestehen, daß ich die Möglichkeit des spurlosen Verschwindens, das ich nebenbei für die ehrenhafteste und unserer Zeit angemessenste Bewegungsform überhaupt halte, schon länger in Betracht gezogen und in mancher Hinsicht vorbereitet hatte, so etwa den lautlosen Geldtransfer. Auch bei meinem Beginn in Amsterdam hatte ich einige Helfer; schließlich war ich vorher oft genug hier gewesen, das geht nicht ohne Bekanntschaften ab. Meine kleine Praxis als Armendoktor in jener Kneipe in der Warmoesstraat, in der Sie mich eines Nachts entdeckt haben, entstand dagegen eher aus einem Zufall. Ich verkehrte dort dann und wann, und eines Abends erzählte einer der Gäste, ein junger Mann aus Surinam, der Wirtin von einem gesundheitlichen Problem, und da ich genug verstand, griff ich ein und bot an, ihm zu helfen. Dann schleppte der junge Mann Freunde und Verwandte von sich an, und schließlich entschloß ich mich, dort regelmäßig, wenn auch inoffiziell zu praktizieren, übrigens gegen zumeist überaus maßvolle Honorare, bis ich, wie ich Ihnen schon erzählt habe, Gong Li kennenlernte und später ans Krankenhaus wechselte. Alles andere wissen Sie ja."

Ein sehr langes, uns in keiner Weise belastendes Schweigen folgte. Nach einer Weile schloß Dr. Winter die Augen, und ich meinte, ihn schlafen zu sehen. Ich sah auf die Uhr, es war halb sieben geworden. Sechseinhalb Stunden, in denen er mir sein Leben erzählte, hatten wir miteinander verbracht. Ich ging ans Fenster und sah über die Gracht auf die andere Straßenseite. Auf den Treppenstufen des gegenüberliegenden Hauses saß in der frühen Abendsonne ein Paar, beide in den Dreißigern, wie ich aus der doch erheblichen Entfernung nur schätzen konnte, Mann und Frau einander gegenüber, jeder auf seiner Seite der Treppe ans Geländer gelehnt und jeder mit einer Flasche in der Hand, von der ich zwar auch nur schätzen konnte, mir gleichwohl aber sicher war, daß es sich um eine Flasche Bier aus der Brauerei Heineken handelte. Direkt unter dem Fenster, an dem ich stand, ging langsam und leise pfeifend ein großgewachsener junger Mann und blieb ein paar Schritte später vor dem Schaufenster des BOEKHANDEL POËZIE stehen. Ich öffnete das Fenster vorsichtig und leise, um Dr. Winter nicht zu wecken. Den Lärm vom Muntplein, der doch um die Ecke nur vier Minuten Fußweg entfernt war, hörte man nur als sehr fernes Rauschen. Wieder war ich frappiert davon, wie still es plötzlich mitten im Zentrum von Amsterdam sein kann. Der junge Mann löste sich von den Gedichten im Schaufenster, begann wieder zu pfeifen und ging weiter.

Ich schloß das Fenster. Dr. Winter saß mit unverändert geschlossenen Augen im Sessel. Ich hatte daran gedacht, ihn noch um die Ecke zu einem kleinen Imbiß im Café DE JAREN einzuladen, verwarf das aber jetzt. Er hatte mich eingeladen, um mir sein Leben zu erzählen, seine Geschichte, die er vielleicht noch nie jemandem in dieser Ausführlichkeit erzählt hatte. Damit war er fertig, dachte ich, und ich sollte ihn nun in Ruhe lassen. Ich räusperte mich.

„Sie können sprechen", sagte Dr. Winter sofort, „ich schlafe nicht."

Auch ich setzte mich nicht mehr ins Café DE JAREN, in dem ich in meiner ohnehin glücklichen Amsterdamer Zeit vielleicht die allerglücklichsten Stunden verbracht hatte. Nachdem ich mich von Dr. Winter verabschiedet und ihm versprochen hatte, ihn sehr bald mit Katharina besuchen zu kommen und im übrigen alle, die es anging, im INSOMNIA zu grüßen, schlenderte ich durch die nun nicht mehr sengende, sondern nur noch angenehm streichelnde Sonne in die Richtung meines Hotels am Hauptbahnhof zurück. Unterwegs zog ich mir aus einem Febo-Automaten ein paar *belegde broodjes*, besorgte eine gute Flasche Rotwein und brachte beides auf mein Zimmer. Bevor die Dämmerung sich näherte, trank ich drei Bier an der Theke der Kneipe DE RODE BARON am Zeedijk, die ich in meiner Amsterdamer Zeit gern besucht hatte. Der Wirt, mit dem ich mich damals oft angeregt unterhalten hatte, erkannte mich nicht wieder: zu viele Jahre waren seitdem vergangen und zu viele Gäste dagewesen. Meine spontane Enttäuschung verging schnell, und ich dachte zufrieden an das, was Dr. Winter über das Verschwinden als ehrenhafte Bewegungsform gesagt hatte. Dann ging ich in mein Hotelzimmer, zernagte langsam meine belegten Automatenbrötchen und trank den Wein dazu. Später sah ich auf einem englischen Sender im Fernsehen eine Wiederholung des Films *Eat Drink Man Woman.* Danach rief ich Katharina an, die schon geschlafen hatte.

„War es schön?"

„Sehr schön."

„Was habt ihr gemacht?"

„Dr. Winter hat mir sein Leben erzählt. Wir sind eingeladen, ihn bald zu besuchen."

„Du hast mir dein Leben noch nie erzählt."

In den ersten Dezembertagen erhielt ich einen Brief aus Amsterdam, in englischer Sprache. Ich brauchte einen Moment, um zu begreifen, daß er von einem Bruder von Gong Li geschrieben worden war. Dr. Winter war vor einigen Tagen gestorben. Er sei in den Wochen vor seinem Tod nicht irgendwie leidend gewesen. Bei einem der üblichen Besuche seitens der Verwandtschaft habe er nach mehrmaligem Klingeln nicht geöffnet, obwohl dieser Besuch, in den frühen Abendstunden, verabredet gewesen sei. Man wollte gemeinsam essen gehen. Zum Glück habe man selber einen Schlüssel zu der Wohnung. Dr. Winter saß tot in seinem Sessel in der Bibliothek, *peacefully asleep*. Nach Feststellung des Arztes mußte der Tod ein paar Stunden vorher eingetreten sein. Da Dr. Winter von mir in den freundlichsten Worten erzählt und außerdem auch schriftlich hinterlassen hatte, man solle mich im Falle seines Todes benachrichtigen, lud die Familie mich zur Beerdigung ein. Die sollte am Tag nach dem Eintreffen des Briefes stattfinden, vormittags um elf Uhr auf dem Friedhof Buitenveldert in der Nähe des alten Olympiastadions.

Katharina und ich machten uns eine Stunde später mit dem Auto auf den Weg, übernachteten im Grand und waren am nächsten Morgen pünktlich bei der Beisetzung. Außer Dr. Winters chinesischer Familie, zwei Ärzten von seinem ehemaligen Krankenhaus sowie Katharina und mir waren keine anderen Trauergäste dort. Als der Trauerzug sich hinter dem Sarg langsam in Bewegung setzte, begann es erst sanft, dann immer dichter zu schneien, „ganz ungewöhnlich für Amsterdam", wie mir einer der Ärzte versicherte, und als wir am Grab angelangt waren, in dem seit vier Monaten schon Gong Li lag, war es trotz der Uhrzeit reichlich dunkel geworden. Langsam wurde Dr. Winter in sein Grab hinabgelassen, und jeder warf seine Schaufel Erde darauf. Einige Minuten standen wir noch, und in immer dichteren Flocken fiel der Schnee auf die Lebenden und die Toten.

Der Autor dankt dem Land Niedersachsen für die Unterstützung seiner Arbeit in Form eines Arbeitsstipendiums.